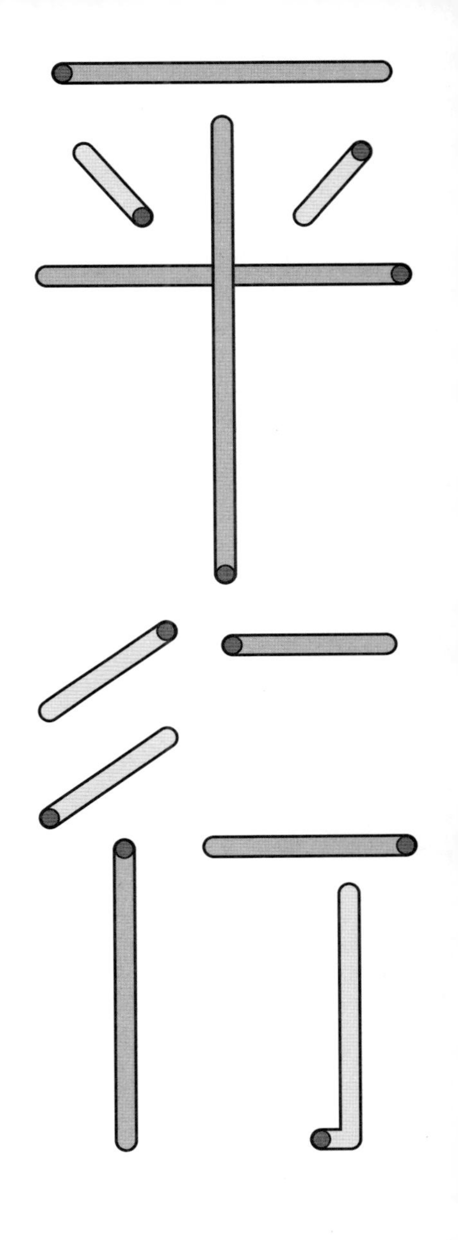

平行

——————弋舟短篇小說集

弋舟

人間出版社
中國作家協會

獻給我的父親

放開河的兩岸

讀《平行》

吳鈞堯（作家）

出版社給我的稿件，沒有弋舟的簡介。我不由得焦慮。慣常一本書，封面印上書名跟作者名，扉頁有放或不放作者照片的，但簡介總會寫上，不管寫得扼要或者如數家珍。我的稿件自然不是完整的書，獨缺作者介紹。而我原本要從弋舟的簡介找出一種判斷：他是從小就立志寫作、還是程咬金半途殺出的？他能把文學敬奉到甚麼程度？殺身成仁並且激昂衛道？

我能去哪裡找著弋舟的簡介？跟出版社要、上網搜尋？

後來我想，書寫就是作者最好的簡介了，那麼，我所能掌握的、部分面向的弋舟，該在他這本《平行》裡了。

判斷作家書寫的出發，猶如找到他的內燃機。吃汽油跟柴油的作家，爬坡力不同、油耗不同、速度不同、載運量不同。不一定吃越高級的油，就越好，如果是一輛拼裝車，給他太空燃料，他的內在與外部設備，也無法消受。讀弋舟的小說，讓我回想到很可能是寫作上，常常要回歸的問題：為什麼寫呀、怎麼寫呀？當事人，又抱持甚麼樣的信念。

一件認真的事情，同時也有多樣的呈現的。有人迎戰，選擇嚴肅態度；有人迎戰，選擇詼諧以待；有人迎戰，決定流更多的血淚，連家計、愛情、健康都不管了。

選擇認真是一回事，怎麼認真，戮力以赴，又是另一回事。

寫這林林總總，完全是因為弋舟的小說，洋溢著跳動的、不安的、創意的、構造的層層意思，它們整個加總起來，就是技法靈活，沒有一定的牌理。這必須以對比才能說得稍稍明確些。

在我認識的寫作者中，有一類人的勤奮形象是突出的。他們從小循規蹈矩，很快明白自己要成為哪一種人，極其有秩序、目的地朝之前進。他們的才華未必頂尖，但他們明白這一點，有著知其不可為，仍要為之的氣慨。於是寫作、讀書都算用功。當評論家歷數當代名家風流，他們或被選上或不被選上，但總歸兩個字，「無悔」，而且明白前進是唯一的路。他們努力，但未必明白能寫什麼、寫到甚麼程度，要發展哪款風格，未必自己說得準，但時間不退後，生命不重來，不往前難道向後嗎？於是他們的前進，目標看似明確，其實也模糊難辨。

還有一款人，是天才。他們勤學、善記，能把各種我看來「不相干」的學問兜攏在一塊。他們什麼時候自我砥礪的，沒有人搞得清楚，他們一出手，即已掌風熊熊，結構、敘述與文字、主題等，都像是天生的舵手。他們自然是努力的。但努力得雲淡風輕，似乎很多人都搞得苦哈哈的差事，到他們手裡自然瓦解，他們且經常謀定而後動，很少浪費筆墨跟時間，很多的當代大師，都屬於我以為的這一流。

還有一種人，未必自小抱著第一款人的勤奮積極，或者根本說，文學跟他們的浸染關係，不是太早開始，他們或與田野為伴，或在市集兜賣蔬果、與生活拚搏，或者養尊處優，稻米水果以及精神方面的生產，都不干他們的事。這樣的人與文學靠近，通常都得仰賴契機，比如發現生命的不足了、柴米油鹽之外，似乎還有個東西懸在上頭，還可能只是目睹一場雷雨，比如二〇一五年八月初，我在北京魯院，看見雷光乍閃，一閃竟好幾個小時。天不只雨，還落下大拇指粗的冰雹。當他們展開文學的尋覓時，便在勤奮與天才之外，有著飄逸、瀟灑的特質。

這讓我想到弋舟。或者說，弋舟讓我想到這一款人，且連帶想起有人勤奮、有人天才。

按我觀察，中國近代小說創作，是在寫實的基礎裡，發展自己的不同隔間。當然，這裡的「寫實」已是歷盡滄桑了，如以往的傷痕文學、先鋒文學等洗禮，這時候所謂的「寫實」再回過神來，猶如四川變臉，已有各自的神韻，且在人性與人情的積累上，愈增厚實。

但我同時也看到，有不少的寫實架構在廣闊的滄桑上，「廣闊」在此意謂著渲染，個人的作品幾乎篇篇滄桑，然後傳染似的，變成集體的滄桑。於是，二、三十歲的青年，他們筆下的面貌是老的，而且「我的」老去模樣、跟「他的」、「你的」，居然很相似。這些年參加交流，常感嘆年輕一代少年老成，又憐惜他們的少年老成，主要是風格與題材的尋覓、打造跟擁有，最好是曾經走上了歧路，再回神走自己的路，這時候自然面貌可辨。於是，在這時看弋舟作品，就感受到生猛之氣。

若上述，我草書勾勒的三款寫作型態是「勤奮」、「天才」以及「自由」，弋舟當然屬於第三種。他放掉多數作家習慣掌握的寫實，而在取材上、在構造上，有那麼一點離開現實的氣味，然而，弋舟也沒有靠攏超現實的意思，而用跳脱的、奔放的架構，構造他自己的寫實。比如〈誰是拉飛馳〉，少年受了網吧老闆阿昆的恩惠，在某次地方流氓挑釁之後，強出頭，殺了流氓老大「拉飛馳」。少年拿了阿昆跟母親的錢，開始逃亡。少年想，他殺的拉飛馳是誰啊？誰是拉飛馳呢？在少年追索誰是拉飛馳，最終他懷中的錢引起歹徒覬覦，少年被殺了；被「拉飛馳」殺了。

少年在網吧殺了真正的拉飛馳嗎？還是另有其人？或者拉飛馳是殺不盡的，死了一個拉飛馳，會有另一個取代？

〈空調上的嬰兒〉是〈誰是拉飛馳〉續篇，少年死了以後，一群婦女在少年的母親家聚會，忽然看到對面七樓高的冷氣空調上，一個匍匐的嬰兒。他怎麼掛在那裡的？「這個嬰兒，甚至令人憤恨。他還沒有長成人形……可他憑什麼，就這樣搗住世界粗重的呼吸」，這是死了兒子的母親，心裡的哀怨，但一個母親的柔軟，仍戰勝了邪惡的念頭。

這兩篇架構在現實生活，但飛揚而出，有其魔幻跟指涉。這兩篇，配角都有名字，少年只是少年，母親只是母親，弋舟故意遮掩主角名字，該有其隱喻，比如說，這是一個可以複製的現實跟命運，城裡發生的網吧跟殺人事件，可以被成千上萬地複製。套句老話，中國這麼大。而空調上的嬰兒是一個難以複製的意外，沒有幾個嬰兒會貿然出現戶外空調機上。命運可以複製，救贖卻不能。必須柔軟，必須人飢己飢，才能有溫暖的熱眼，為世界流下眼淚。

這部小說集少數是連續劇，其餘都是單元劇，但構思奇特。〈把我們掛在單槓上〉寫教導詩詞的司馬教授，意圖把自己掛上單槓，支力點不是肚腹，而是背脊。穿插著毛亮的年少成長，跟一個被流氓學生追打的情節。小說的結尾是毛亮長大了，成為能為身體作主的柔術師，可以把身體拗成自己要的樣態。妙趣的是，毛亮在各種場合都能想到應景的詩詞，殘酷的現實對比古典的浪漫，誰真、誰假？心底的真實跟生活的真實，誰的真、以及更真？

關於辯證，〈平行〉一篇則探討什麼是「老去」。學地理的老人，拜訪學哲學的老同事，對於老去，有生理上跟哲學上的詮釋。後來老人被安置到養老院了，退化的精神讓他畏懼新的居所，難道「恐懼」就是老去的真義嗎？老人決定逃離養老院，不可思議地從城西、回到居家所在的城東。從西邊回到東方、從日落回到日出，所謂的老去雖是肉體的衰疲，但一方面又是童真的歸返，所以孫女要爸爸打電話，報爺爺已經平安返家，老人卻說，「不要，你讓他多找會吧！誰讓他把我扔到那裡的呢？」如果夠幸運的話，老去時會變成一隻候鳥，與大地平行。辯證到了後來，就是生命的澄澈展現。

〈安靜的先生〉主角也是退休老人。他決定每年冬天，到南方旅行。他在江蘇碰到善心的旅棧老闆；到九江捲入一場家庭糾紛，並被誤認是某個人，引來一老年女子的頻頻回顧，弋舟寫了，「她造訪的不是這棟他人的房子，而是安靜的先生蒼茫的老年」，這不僅詩意，還指出了，最安靜的時光也最是喧鬧的時候，官運亨通的安靜的先生，後來想起來，他原來是學中文的。他終於找著他遷徙的原因。

生活是一本大書，作家從中取材，演練自己的關注與風格。生活的現實，有時候成為小說家的作品真實，但多數不成為現實，弋舟則演練為生活隱喻，生活大書可以現實地翻、魔幻地翻、超現實地翻，弋舟讓生活如一汪水流，水不變，改變的是維繫水流的兩岸，弋舟把岸推得遠一些、寬一些，後來索性，就不要被岸拘縛了。

劃分「勤奮」、「天才」以及「自由」等三種寫作者類型是粗魯了，也把寫作看得簡單。但做好簡單的事情，簡單的事情將變得深奧。兩岸作家的文學啟蒙與流域，同異摻半，有志者從沒放棄他們的努力，甚至是掙扎。沒有意外的是，他們都想走出困境，開創新局，而今，正有一艘船，漂行在沒有兩岸的河流上。

……此去珍重，並請注意暗礁。

目錄

平行

自從退休那天起，他就開始思考「老去」的涵義。其實，很久以來，「老去」這個事實已經在他身上悄無聲息卻又無可置疑地發生著——不知道何時，他已經變成了禿頭，性慾減退，眼睛也老花了。但對這一切，他都熟視無睹。他罔顧禿了的頭和老花了的眼睛。在他的意識裡，這些細節只是「老去」的外衣，頂多算是表層的感覺材料，而「老去」應該是某種更具本質性的突變，生命由此會有一個質的翻轉——就像撲克牌經過魔術師的手，變成了鴿子。

這種偏執的思維方式也許來自他的職業。退休前，他在一所大學裡教書，儘管他教授的是地理這樣一門看似刻板的學科，但卻並不妨礙他養成了那種善於抽象性的思維習慣。他習慣於將大千世界進行去粗取精、去偽存真、由此及彼、由表及裡的分析。

退休意味著老年的正式降臨，一種源自生命本身的緊迫感隨之而來。他認為自己必須面對這個重大的問題，想清楚它，從而全面、客觀地把握它。如此一來，就像一個浸泡在水裡的人，自己卻對水溫毫無體察，他已然身陷在老年的歲月裡，卻孜孜以求著老去的涵義。

老去是怎麼回事呢？他絞盡腦汁地想。這成為了他退休後的一門功課，每個夜晚入睡前，每個清晨醒來後，他都會在心裡向自己發問。有時候，內心的詰問不自覺脫口而出，還會令他像一個真正的老人那樣喃喃自語起來。這樣的時候，他不免要梳理一番自己的生活，但生活本身卻並不足以給出他所認可的答案，那無外乎就是由「禿了頭、老花了眼睛」這樣的碎片般的材料構成的淺顯的表象。而他，需要的則是一個本質性的結論。

日復一日，十幾年過去，中風襲擊了他。好在救治的及時，並沒有給他落下格外影響生活的後遺症。在床上癱瘓了一段日子後，他只是變得有些老年性痴呆了。最初他記不清親人的名字，後來乾脆時時需要反覆回憶才能記起自己的名字。十幾年來困擾著他的那個問題卻歷久彌新，始終盤桓在他的腦袋裡，以至有時他會突然口齒不清地向著虛無發問：老去是怎麼回事呢？中風清空了他的腦子，只留下了這個唯一的問題折磨著他。原本堪可承受的冥想變成了備受煎熬的拷問；然而事物卻總是有兩面性，這個問題同時又激發了他幾近告罄的記憶力，讓他以此為基點，有限地恢復了一些腦力。

春天裡的一天，就像醍醐灌頂了一般，他想起了自己的一位老同事。他們都是「困難年代」畢業的大學生，就讀於同一所著名的大學，不同的只是一個學了地理，一個學了哲學。畢業後他們分配到了同一所學府，後來一度又結伴被「下放」到邊遠地區。共同的履歷讓他們成為了心有戚戚的朋友，儘管平時交往不多，但彼此之間卻都懷著一份默契。他不記得已經多久沒有聯繫過這位老同事了。如今，對於具體的生活，他頂多只保留兩天左右的記憶，兩天前的事情對他的記憶來講都是遙不可及的。但他覺得這並不重要。重要的是，現在他終於想起這位教授哲學的老同事了，由此喚醒的記憶接著提示他，這位老同事睿智，深刻，差不多就是那個問題完美的回答者。他決定去向這位老同事請教。他讓兒子送他去這位老同事家。其實他們住得很近，都在學院的家屬區裡。具體方位他當然是記不得了，好在他的兒子對一切都還算熟悉。在兒子的陪同下，他登門拜訪了這位老同事。

老同事鶴髮童顏，腰背挺拔，但精神卻有些萎靡。對於造訪者的到來，老同事並沒有表現出太大的熱情，甚至還流露出了某種令人難堪的冷淡。老同事甚至都沒有給造訪者讓座。

他自己落坐了，一時卻不知從何說起。他的兒子為此顯得有些尷尬，站在父親身邊向主人問好。

「我一點都不好，」老同事居然生硬地回答，「你不要跟我說普通話，你的普通話說得一點都不標準。」

「伯伯您真幽默。」他的兒子只好訕笑著給自己找台階。

老同事不再理睬他的兒子，轉而看向他。「你怎麼變成這副樣子了？你都不知道自己擦口水了嗎？」老同事就這麼刻薄地向他發問。

他下意識地指了一下嘴角，果然有口水抹在了手指上。他感到有些羞愧，同時也生出了一股衝動。「退休這麼久了……」他說，「有個問題我始終沒有搞明白。」他的口氣好像是在為嘴角溢出的口水辯護。

可是，老同事一點也不接受他這樣的辯護。「你從來就沒有搞明白過什麼，」老同事不屑地說，「你只知道經度和緯度這些沒用的知識。世界的本質是什麼，你何時搞明白過呢？」

關於「世界的本質是什麼」，「下放時期」他們有過激烈的爭論。那時他們都很年輕，在繁重的勞動和「觸及心靈的檢討」之餘，私下裡一個以地理學為武器，一個以哲學為武器，各自立論，相互辯難。這是支撐著他們的精神生活。從那時候起，哲學便對地理學充滿了蔑視。但他從未因此惱火過，這不僅僅因為那是一個哲學強勢的年代，還因為，從年輕時候起，他就是一個溫文爾雅的人。他的這種性格，維繫住了兩個人之間的友誼。而且，「下放時期」他們所蒙受的一切困厄，似乎用哲學來分析更能夠給予他們撐下去的理由。「下放時期」的哲學是那麼有效！為此，他在心底是對這位老同事懷有敬意的。

「你說的沒錯。」他像個小學生那樣的態度端正，「但現在我對一切問題都不關心了，我只關心一個問題。」

「什麼問題？」老同事似乎被勾起了一些興趣，「人在四十歲就應該不惑了，你都老成了這樣，差不多活了兩個四十歲了，居然還有問題！」

他看出了老同事的興趣，卻不急著說了，頑皮地指著自己的嘴角。

「我對你的問題毫無興趣！」老同事乾脆任性地說。

「好吧，」他用妥協的口氣說，「我的這個問題就是有關老年的——」

老同事翻著眼睛。

「老去是怎麼回事呢？」他頓了頓，嚴肅地說出了他的問題。

「這會是一個問題嗎？」老同事的這句話他太熟悉不過了，他們曾經無數次在這句話的提領之下開始對話。他想，如果不出所料的話，老同事下面大約又會說起康德或者海德格爾的名字。記憶像沙塵一般湧進他已經萎縮了的大腦，每一個能夠被他記起的瞬間都像一顆顆粗糙的砂礫。但是，老同事接下去的話卻令他感到了意外。「這難道不是一目了然的事嗎？」老同事出其不意地問道：「——你早晨還會勃起嗎？」

「勃起？」他喃喃地重複了一遍這個詞。

「二十歲每月六次，三十歲每月七次，五十歲五次，七十歲兩次。」老同事屈指對他數算道，「明白了嗎？老去就是這麼回事兒！」

「哪裡有這麼簡單！」他激動起來了，覺得這筆帳跟「禿了頭、老花了眼睛」一樣，都是些障人眼目的把戲。

「射精次數二十歲一年一百零四次，其中自慰四十九次，三十歲一百二十一次，自慰十次，五十歲五十二次，自慰兩次，七十歲二十二次，自慰八次。」老同事興致勃勃地繼續著他的計算，劈頭向他問道：「你現在一年自慰幾次？」

「沒有，我已經很久不做這種事情了……」他支支吾吾地回答，開始拼命回憶自己最後一次自慰是在什麼時候。

「那你已經老得不能再老了！」老同事大聲訓斥道，「老去就是這麼回事兒！」說完他扭身離開了客廳，好像已經憤慨到了不能自已。

這組如同方程式一般玄奧的數字令人眩暈，主人已經離去的客廳裡依然迴旋和充斥著數字的風暴。他驚詫莫名，感到匪夷所思。用數字來說明問題，從來就不是這位老同事的風格啊，這更像是他所擅長的強項。他不知道教授哲學的這位老同事從何處得來的這些數據，僅僅這份記憶力就令他自愧弗如；同時，「很久不做這種事情了」的認識，也令他突然感到了隱隱的傷心。這個認識以前他也有過，和「禿了頭、老花了眼睛」這樣的現狀一同出現在他的意識裡。但那時他的心是麻木的，並不會為之所感。他不知道為什麼此刻自己會因為這個事實而傷心，他想，也許這組數據從一個學哲學的人嘴裡說出，才格外地令人惘然吧！老了恐怕就是這麼回事吧？——一個哲學家開始例數勃起和射精的次數，以此來雄辯地說明問題。

「爸爸，我們走吧！」主人一去不回，他的兒子終於忍不住對他說。聆聽了這樣一席話後，他的兒子顯然有些無所適從。

他還陷入在沉思裡，嘴角的口水一直滴到了胸前。這時候老同事再次回到了客廳，臉色依然有些激動之後的潮紅。老同事直接向他走來，把手搭在他的肩上。

「對不起，」老同事說，「我是有些粗魯了。那組數據是以美國人為對象做的統計，可能和我們會有些差異。我也是剛剛在一本畫報上看到的——就在你們進門前。」

他沒有接話，他覺得對方還有什麼話要說。

「好吧，這都不重要。」果然，老同事聲音低下去說道，「我太太上週剛去世，我情緒很不好。」

「哦，」他由衷地說，「真是件讓人難過的事。」

老同事站在他的身邊，搭在他肩上的那隻手在微微顫抖。「太難了，我們在一起生活了快五十年了，我根本沒辦法適應沒有她的生活。」老同事臉頰搐動，忍不住抽泣起來，「沒有她，我連自慰的興趣都不會有了！」

他看到自己的這位老同事哭了。這個桀驁的哲學家，這個從來蔑視經度和緯度的人，在喪妻的悲痛裡哭了。這好像讓他此行得到了一個答案。老了恐怕就是這麼回事吧？但他還不能完全被說服，他只是隱隱約約感到了一絲燭照般的光亮。他無法感同身受地理解老同事的悲傷，他覺得這一切還是和他有些隔膜。因為他在四十歲的時候就和自己的妻子離婚了，他無從以喪妻這樣的處境來參照「老去」的真諦。

當天晚上，他臨睡前的最後一個念頭依然是那個問題；第二天清晨，他同樣依然被那個問題喚醒。甚至，和老同事見過一面後，他想要解答這個問題的願望變得更加強烈了。老去究竟是怎麼回事呢？它居然可以將一個學哲學的傢伙改造得那麼脆弱和失魂落魄！

昨天的拜訪給了他靈感，他自然地想到了自己的前妻。雖然生活在同一座城市裡，他和自己的前妻卻三十多年都沒有見過面了。儘管人海茫茫，儘管世事無常，但身在同一座城市卻彼此經歷這麼漫長的間離，不能不算是一個小小的奇蹟。三十多年，幾乎是將他的歲數對折了一下，前妻如今在他的記憶裡完全算得上前世一般的存在。那麼，他想去造訪自己的前世，以此來觀照垂暮之年的自己。沒準，對於那個問題的回答，就藏在他與昔日妻子的重逢裡呢。這個念頭讓他興奮不已。他十分迫切地想要見到自己的前妻，看一看那個女人老去之後會是什麼樣子。

他的兒子依然和自己的母親保持著聯繫。當他將他的願望講給兒子時，兒子並沒有表現出多大的詫異。他的兒子是位公務員，已經有了一定的級別，身上有著一種他和他前妻都沒有的冷漠氣質。

「好吧，我來安排。」他的兒子說，「你們是該見見面了。」他的兒子為什麼這樣說呢？潛台詞無外乎是——既然你們所剩的時間都不多了。「下週日吧，其他時間我沒空的。」他的兒子說。

其實他恨不得立刻就實現與前妻的這次見面，他認為，這次見面，沒有兒子在場可能效果會更好。但是如今他離了兒子就寸步難行。如今，除了在小保姆的陪同下偶爾出去散散步外，他已經很久不曾出過遠門了。這裡所說的「遠門」，不過是指學校家屬區大門以外的所有地方。中風以後，他不但腿腳遲鈍，連大腦都是遲鈍著的，隻身一人，他會走不動，會記不得路，會迷失在無盡的「遠門」裡。他只有按耐住自己急迫的心情，等待「下週日」的到來。對於自己如今的狀態，之前他從來沒有抱怨過，即使中風康復期癱瘓在床上的那些日子，他也不曾為自己行動的不便而沮喪。他不覺得一張病榻和一個世界有多大的差別。他是教授地理學的，世界的物質形態早已經令他厭倦。但是這一週的等待卻令他生出了絕望感。他終於認識到了，隨著年華的老去，他正在逐漸喪失著獨立自主的人格。他只能仰仗他人，必須仰仗他人，被攙扶，被引領，否則，他壓根無法自由地去回溯他的從前。

兒子將他的這次回溯安排在一家星巴克咖啡店裡。當天他特意換了一身西裝，打了紅色的領帶，還刮了鬍子。興奮的心情讓他彷彿變了一個人，思維和行動都敏捷了不少。他乘著兒子的車來到了約會的地點。前妻卻姍姍來遲。等待的過程中兒子不斷接聽著電話，一副日理萬機的樣子。

「有事的話你就走吧，到時候來接我就行。」他對兒子說。

他的兒子狐疑地看著他。「也好。不過我還是有些不放心，」兒子調侃著說，「萬一你們打起來怎麼辦？」

「怎麼會。」他難為情地笑了。

「現在你可不一定能打過她了，她很健康，天天跳廣場舞呢。」他的兒子說。

「怎麼會。」他再一次溫和地說。的確不會，他一直是一個溫文爾雅的人，即便當年鬧到離婚的地步，他也沒有對自己的前妻動過一根手指頭。

兒子像是得到保證後鬆了口氣，「那好，兩小時後我來接你。兩小時夠嗎？」兒子問。

他矜重地點點頭。

兒子剛剛離開，前妻就出現在了他的面前。她的出現令他眼前一亮。這也許和她的著裝有關，她穿了一件亮度很高的明黃色的風衣。看上去，眼前的這個女人居然還有著一種毫不勉強的風韻。儘管，這種風韻是一種老年女性的風韻，但性別的因素依然在她身上熠熠閃光。她沒有像大多數老人那樣，活成了平庸而中性的人。並且，在他眼裡，前妻的風韻中還有著一種別樣的威儀。這真是一種奇怪的感覺，即使在他腦力豐沛的時候，對於這個女人，也從未有過「威儀」的感觀。前妻的職業是舞蹈演員，年輕的時候，性格就像她的腰身一般柔軟，「威儀」壓根就和她扯不上關係。

直到前妻在他面前落坐後，他才找到了這股「威儀」之感的來源。他的前妻隨手拎著一把雨傘。坐下後，這把雨傘自然地搭靠在她身後的落地玻璃窗上。這是一把老式的雨傘，黑色，緊緊地捲著，收進細長的套子裡，筆直而又飽滿，無端地令人確信當它展開時一定渾圓開闊，足以遮擋所有的風雨。是這把雨傘，賦予了一個老年女性以「威儀」之感，它就像一把隨身攜帶著的、彰顯身分的佩劍，充滿了自尊的意味。前妻和一把雨傘同時款款地呈現在他眼前，背景是咖啡店落地玻璃窗外明媚的街景。在這樣一個晴朗的春日裡，她幹嘛要帶著一把雨傘呢？他想。

時隔三十多年後，曾經的一對夫妻開始對話，而話題，卻是從一把雨傘開始。

「幹嘛要帶著雨傘呢？」他率先說出了自己的疑問。對於眼前的這個女人，他顯得多麼熟稔，彷彿白駒過隙，分離的時光只應該從昨天算起。

「人老了，總會懂得未雨綢繆吧。」他的前妻微笑著說。

話題如此直接了當地進入了他所期許的範疇，讓他感到微微地有些頭暈。「是啊是啊，我們都老了！可是——」他緊張地說。

「可是一切就像發生在昨天。」前妻打斷了他的話，「我剛剛走在街上，心情就像我們離婚的那天一樣。我是說，那種感覺就好像不久前才經歷過。」

「哦……」他只好嚥下已經到了嘴邊的問題，本來他已經決定開門見山地向前妻發問：老去是怎麼回事呢？它當然不是「懂得未雨綢繆」這麼簡單吧？

「那一天，我從家裡離開，外面下著小雨，除了隨身的背包，我什麼也沒拿，是你追出來給了我一把雨傘。」他的前妻意味深長地看了一眼靠在玻璃窗上的雨傘，「這些，你還記得嗎？」

「不記得了。」他誠實地說，「你知道，我中過一次風，記憶力衰退得厲害，許多事情我都不記得了，有時候，連自己的名字都需要想上好半天。」他這麼說並不是想替自己辯解，他只是不願讓前妻太失望。這時候，他才發覺「老去」原來可以成為一個很好的理由，在一切問題上用以給自己開脫。

「沒關係，」他的前妻大度地說，「我們都老了，即使不中風，有些事情記起來都會吃力。要不是那天發生了後來的事情，我可能也不會記得這個細節了。」

「後來的事情？對不起，我還是什麼也不記得了。」他歉疚地說。

「當然，你當然不會記得，這又不是你的錯，那件事情你又沒有經歷。」前妻的語氣裡含有憐憫的嗔怪。「我走到街上後，遇到了一起搶劫事件。」她煞有介事地說。

他驚訝地睜大了眼睛。

「在街角拐彎的地方，那個男人迎面向我走來。我都感覺到了，他像一頭隨時準備咬人的惡犬一樣蓄勢待發。女人是有第六感的，我當時緊張極了。」他的前妻繼續說，昔日的餘悸浮上了她的臉頰。「他肯定也很緊張，始終盯著我，但奇怪的是，就在我們近在咫尺的時候，他卻突然放棄了傷害我的念頭。他和我擦肩而過。潛意識裡的恐懼已經嚇軟了我的腿，我根本走不動路了。當我回頭去看他時，就看到了那恐怖的一幕——他劈手搶去了我身後一位女士的手包，同時伸手在她的臉上抹了一下。然後他就飛快地跑掉了。時間完全靜止了，過了半天，我才驚叫起來。沒錯，不是那位女士驚叫，是我在驚叫。因為我看到那位女士的臉上綻開了一條猩紅的口子，血像噴泉一樣湧了出來！」

「哦！」他呻吟了一聲。

「真的很恐怖，要知道，這一切本該是發生在我身上的！我本來應該更加倒楣，在那一天，離了婚，還要被劫匪割傷臉！」他的前妻吁了口氣，彷彿溺水者從水底探出了頭。「我確信，最初他是準備對我下手的，但一個細節令他轉移了目標。」

「是什麼？」他完全被前妻的敘述攫緊了。

「雨傘，我手中的雨傘，它就像一個護身符一樣地保護了我。那個男人企圖對我的傷害止步在那把雨傘前。可能他心裡做出了權衡，攻擊一個手握雨傘的女人，風險會變大。」他的前妻莞爾一笑，「那天的雨很小，我的心情又很糟糕，所以我並沒有撐開那把雨傘，只是像一柄劍一樣地拎在手裡——而這把雨傘，是你追出來塞給我的。」

他分明從中聽出了某種感激之情，但這種感激之情是他愧於領受的。「我並沒有想到它會幫你這麼大的忙。如果知道你離開家後會遭遇到這麼危險的事情，我一定不會讓你走的！」他動情地說。是的，他動情了，但他自己卻沒有意識到。他只是感到許多回憶被某種深邃的情感所喚醒。他彷彿再一次看到了年輕時候的妻子，看到了她曼妙的舞姿。那時候，她常常在舞台上穿著寬大的束腰長裙……

「我也知道你是無心之下做了件天大的好事。」他的前妻悵然若失地說，「但是老了之後，我卻不這麼想了。我覺得這一切都是天意和宿命，我覺得，這一生，你就是會在嚴峻的時刻挽救我。這麼一想，我們之間所有的恩怨就都冰釋了。從此每次出門我都會帶著一把雨傘，我把這當成一個紀念或者儀式，就像自己每次走上舞台時先要起一個範兒——」她的手腕優雅地揮動了一下，說道：「我不再恨你。」

「我也從來沒有恨過你……」他囁嚅著說。

「人老了，就是這麼回事——會變得寬容，會從自己的經歷中發現神的旨意。」不期然，他的前妻說出了這樣的話。

老去是怎麼回事呢？這是他期望得到的答案嗎？他不知道。此刻，他只是被奔湧而來的情感撞擊得胸口發痛。當他的目光再次落在那把雨傘上的時候，他痛切地覺得要說那是帶鞘的刀劍或者上帝的權杖都完全可以成立。

痛切的感受貫穿了這個週日餘下的時刻。

他的兒子準時來接走了他，驅車將他送了回去。父子倆在樓下的電梯口分了手。

小保姆不在家，不知道又跑到哪裡去了，這種狀況最近時有發生，已經引起了他的兒子強烈的不滿。他昏昏沉沉地躺在了床上，過去的時光依然在胸中縈迴：「困難時期」的愛情，「下放時期」的諾言，「開放時期」的婚變……他被某種懊悔之情所籠罩。他想，同樣是老了，為什麼他就沒有學會寬宥一切？既然他和他的前妻此生是被宿命捆綁在一起的，既然他們共同吃了那麼多苦，度過了那麼多非常的「時期」，那麼為什麼還要分離，為什麼還要各自孤獨地老去……他在這種情緒中睡著了。醒來後已經是黃昏。小保姆依然不見人影，而他卻感到了飢餓。他從冰箱裡翻出了一袋冷凍水餃，開火煮了吃。然後他又回到了床上。再次醒來的時候，他看到的是自己兒子憂心忡忡的臉。

起初他還有些摸不著頭腦，在兒子對小保姆的訓斥聲中，他才逐漸明白過來。原來他煮過餃子後，又一次忘記了關閉煤氣閥門。溢出的水澆滅了火苗，煤氣卻源源不斷地洩漏著。幸好兒子適時而來——分手後兒子總是感到心神不寧，於是決定來看看。這樣的事情以前也發生過一次，那次是小保姆回來的及時。這種事情太危險了，平時他還是汲取了教訓的，甚至趁小保姆不在的時候有意訓練過自己——開了火，然後回客廳轉一圈，趕緊再轉回廚房，看看閥門關上沒有，一看，哦，關上了，可是出了廚房又不放心了，又轉回來看一眼；如是來來回回地看，可心裡就是不踏實，即便在夢裡都覺著能聞到一屋子的煤氣味兒。警惕性他是有的。但是今天他又一次犯下了同樣的錯誤。老去可不就是這麼回事嗎？

盛怒之下，兒子趕走了小保姆——看起來，這個冷漠的公務員似乎有了新的決定。這也怪不得他的兒子，今天兒子若是晚來片刻，悲劇就已經釀成了。門窗洞開著，他的兒子在客廳和人通著電話，具體的內容躺在臥室裡的他無從知曉，他只是能夠隱約感受到兒子發出的官腔。他有些灰心喪氣。空氣中依然彌留著淡淡的煤氣味，甜絲絲的，有種令人至幻的味道。

當天晚上，兒子破天荒地留下來陪他過夜。他卻怎麼也睡不著了，心裡有些擔憂和焦灼，覺得有某件不好的事情即將發生。

第二天一早，兒子為他做好了早餐。他一邊默默地吃著，一邊看兒子將他的兩身換洗衣裳裝進了一只紙袋裡。隨後，兒子驅車將他送到了市郊的那個大院。

他知道這是所養老院，是老人住的地方——他又不瞎，滿院子的老頭老太太，他還想不出這是個什麼地方嗎？他不願意待在這裡，心裡抵觸極了。但是他卻突然變得非常消極，以一種漠然處之的態度看著兒子向一些陌生人移交著自己。他的鼻息裡似乎還殘留著煤氣那甜絲絲的、令人至幻的氣味。他的腦子像一台老朽的發動機，怎麼使勁，也難以發動起來。憤怒和不滿只是一個模模糊糊的輪廓，他已經無力調動和感知那些激烈的心情。這一刻，他很氣餒，脆弱極了，彷佛是一個對著世界無能為力的兒童，面對加害，只能夠坐以待斃。他天真地想，也許兒子只是將他暫時寄存在這兒的，過幾天就會接他回家，就像過去他忙不過來時，也會暫時把年幼的兒子放在鄰居家一樣。

兒子把他安頓好，轉身走的時候，他很想大聲哭出來。可他看上去卻非常平靜。這不是因為自尊的緣故，他只是不敢放聲哭泣。旁邊圍著一堆人，到了一個新的地方，他的膽子一下子變得很小了。

這樣，他就開始了養老院的生活。

老去是怎麼回事呢？這個問題依然困擾著他。儘管現在他滿眼都是有關這個問題的答案。養老院裡集中呈現著老年人的衰敗：痴呆，病態，瘋瘋癲癲和邋裡邋遢，有什麼好說的呢？老去不就是這麼回事！

這裡不好嗎？也不是不好，可他覺得他害怕這地方。裡面的人對他也不錯，見面就衝他笑，伙食也不差，可是他心裡就是害怕。有時候院領導視察，挨間房子看望老人，每次他的心裡都直打哆嗦，也不知道為什麼，反正就是害怕。現在他明白了，為什麼兒童們都排斥幼兒園——不是幼兒園的阿姨不好，是兒童們心裡害怕。那種集體的、整齊劃一的、四列縱隊式的生活方式，天然就有著一種粗暴和殘酷，完全有悖於人的天性。和他同屋的一個老頭，常年臥床。老頭睡在牆根，他的鋪位在門口。這個老頭早糊塗了，每天除了吃就是睡，睡著了說夢話，聲音粗得嚇死人，而且聲色俱厲，看得出是在夢裡和人凶狠地吵架；醒著的時候老頭就瞪著眼睛看天花板，喉嚨裡呼嚕呼嚕地都是痰聲，在他聽來像是一聲一聲的恫嚇。他都不敢看這個老頭，每次偷偷看一眼就趕快把頭扭到一邊兒去。

難道「恐懼」就是老去的真義？可現實又喚醒了他「下放時期」的那些記憶。那時候他多麼年輕啊，可當時的恐懼，又同如今的恐懼何其相似——世界對於一個恐懼者而言，如出一轍，都是一個莫測的迷局。這樣的類比令他生出了逃逸的心。重溫昔日的恐懼實在太令他絕望了。

出逃的前一刻，他收拾了自己的衣服——不過是可以塞進紙袋裡的兩身內衣。養老院還給他發了一身裡面老人都穿的那種衣服，紅顏色的，質量還好。他想了半天，該帶走還是不該帶走？他知道這衣服一定是兒子付了錢的，不是白給他的，那麼他就該帶上走；可他轉念又害怕自己會因此背上偷竊的罪名。為此，他踟躕了半天，最後還是決定不帶走。這個決定有悖於他一貫的節儉作風。他的心裡還是害怕。緊繃的神經喚回了他的生命經驗，他慘痛地記起，這世界總是會不由分說地給人栽贓。

天氣晴朗。他在午休的時候踅到了養老院的大門口。門衛從窗戶探出頭來，問他幹什麼去，他鎮定地撒了個謊，說兒子一會兒要來，他在門口迎一下兒子。說完他並不敢拔腳就走，他害怕對方看出破綻。他在門口站著，儘量不露聲色地一點兒一點兒往外挪著腳跟。他偷眼觀察，直到超出了門衛的視線，這才放開膽子快步疾走起來。

關於他這一天的行動，日後他的兒子百思不得其解。養老院在城西，他的家在城東，之間橫亙著一座龐大的城市，幾十公里的路程呢。他的兒子無法想像，一個隨時會忘記關掉煤氣閥門的老人，是如何穿城而過，回到了自己的老窩。他已經許多年沒有出過「遠門」了，活動半徑基本就在距自家一里地的範圍內；如今城市日新月異地發展，變化之大，有時候連年輕人都找不著北。他的兒子想不通，他是怎麼摸索著走上了歸家的路。要知道，他如今連自己的名字都時常想不起來了，他居住的地方，也早已經換了新的路名；他肯定不會打出租車，這已經超出了他如今的智力水平；從養老院出來，最近的公交車站也在幾里地之外……但他就是憑著兩條腿，憑著幾乎是某種神祕的直覺和突然煥發出的如同年輕人一般的體力，誤差不大地反覆換乘著公交車，用了大半天時間，成功地完成了他的逃離。

那一天，他一路蹣跚著，碰見公交車站就上車。他身無分文，但是沒有一個司機向他索要過車票。他蒼老的面容就是一張通行無阻的證件。一趟車不走了，他就換下一趟車，每次上車後，都會有人熱情地給他讓座。其間有一陣天空飄起了小雨，雨絲飄進車窗，令他不免想到了雨傘和手握雨傘的前妻。小雨很快就停了，陽光穿透雲層，潮濕的路面閃著微光，世界顯得格外明亮。他根本不擔心自己會誤入歧途。他的心裡非常篤定。他好像能聞見自己家裡的氣味——那股甜絲絲的、令人至幻的味兒。這種氣味由遠及近，越來越濃，不過是按圖索驥，他就知道沒錯了。就這樣，他在這一天順暢地奔向了自己的終點。

去養老院的時候，兒子開著車，他被不好的預感籠罩著，沒有顧上看看車外的景致。這一天，深居簡出多年的他，終於有了打量這座城市的機會。在他眼裡，這座城市當然已經完全變樣了，到處是林立的高樓，公交車一會兒就上了橋，在橋上轉個彎，又上了另一座橋。他在這種陌生的、周而復始的運行中猶如滑入了母親的產道，他覺得，一次新的重生似乎就在不遠的地方等著他。這種感覺不禁令他百感交集，眼裡不時地盈滿了熱淚。

他在黃昏的時候回到了自己的家。客廳的窗簾沒有合攏，落日的餘輝鋪在木地板上，防盜窗的柵欄在木地板上灑下柵格狀的影子——多像一只鳥巢啊！他欣慰地想。他就像一隻歸巢的倦鳥一般，跌坐在沙發裡，手捧著頭，感到了從未有過的疲憊。這樣靜靜地枯坐了許久，直到天色完全暗下來後，他才起身進到廚房動手為自己做了一頓晚餐。他的確是餓極了。冰箱裡只有半袋速凍餃子，但他已經記不得這正是自己上次吃剩下的了。

吃餃子的時候，他的心裡浮上了某種強烈的不安，但他無法找到自己這種不安的根源。吃完後，他很認真地在廚房裡沖洗了碗筷。他回到了客廳，打算看一會兒電視，但是他立刻恍悟到了什麼，疾步折回廚房。他看到水龍頭是關緊著的，但他還是伸手仔細地又擰了擰。這時他驚訝地發現，自己不過短短離開了幾天，卻已經有蜘蛛在水槽的邊上織了網。這給他的眼前平添了一種廢墟的氣息，同時也中斷了他內心懸著的那股不安。再一次打量了一番關緊的水龍頭後，他如釋重負地重新回到了客廳，心裡有種對某件事情奇怪的不可避免感。

電視還沒有打開，茶几上的那部電話卻響了起來。

「爺爺，我猜得沒錯，你果然在家！」話筒裡傳來孫女驚喜的聲音。

他的孫女正在讀高中，夏天就要高考了。這孩子很懂事，經常會在晚上給他打來電話，陪他聊幾句。他很看重這樣的通話，但他知道孫女晚上的學習負擔很重，他不能耽誤她太多的時間。此刻，他並不能領會孫女的驚喜。「你吃飯了嗎？」他按部就班地問道。

「哎呀你還顧得上問我吃飯沒有！我爸找你都找瘋了，養老院的人已經報警啦！」孫女快活地嚷嚷著，「可我總覺得你不會跑丟，我猜你一定是回家了！」

「是的是的，我回家了！」他說。

「你是怎麼找回去的啊？爺爺我真佩服你，你這是飛越老人院！」孫女一驚一乍地說，「我這就給我爸打電話，讓他別在街上瞎找了。」

「不要，你讓他再找一會兒吧！」他也被孫女的快樂感染了，「誰讓他把我扔到那裡的呢？」

掛了電話後，他在一種鬆弛的情緒下回味著孫女所說的話——你這是飛越老人院！他注意到，孫女使用了「飛越」這個詞。他覺得孫女說得真好，他可不就是像一隻候鳥一樣，自己「飛越」著回來了嗎？他感到這個想法有著一種說不出的魅力，讓他如同感受到了山窮水複之後的柳暗花明。

此刻他覺得自己正在一點一點變得輕盈，僵硬已久的軀體也開始變得柔和，而頭顱中卻有沉沉的睡意襲來。他仰身躺進了沙發裡，閉上眼睛，好讓自己更加充分地體會此刻——他下意識地覺得，這將是重要的一刻。他恍惚地想，這一生，自己都力圖與大地站成一個標準的直角，如今是時候換一個姿勢了，不如索性躺下去吧，與地面保持平行。他覺得自己的身體像躺在雲端上飄浮著似的，有種「已經沒什麼可再失去」的釋然之情盈滿了胸腔。他在上升，而一個答案在徐徐降臨，在某個恰到好處的維度，兩者完美地對接了。他的鼻息裡瀰漫著一股甜絲絲的、令人至幻的氣息，好像這氣味是從他身體裡釋放出來瀰漫到了空氣裡的。他深深地呼吸著，深深地鬆下了一口氣。多年來，那個一直困擾著他的問題終於迎刃而解，有了一個答案。

他高興地想：原來老去是這麼回事：如果幸運的話，你終將變成一隻候鳥，與大地平行——就像撲克牌經過魔術師的手，變成了鴿子。

二〇一五年三月二十七日　香樹麗

安靜的先生

離職後安靜的先生開始了自己的遷徙生活。他決定每年冬天的時候，就去溫暖的南方旅居。常年生活在北方，他對自己委身的城市已經受夠了。但南方春天梅雨的潮濕，他也覺得受不了。考察了幾次，安靜的先生給自己制定了這樣一個候鳥般的計畫。

深秋的時候，安靜的先生整裝待發，一俟立冬將至，就奔赴南方。待到來年，驚蟄的時候，安靜的先生像從冬眠中甦醒的動物，踏著春天的驚雷，回歸北方。至於南方與北方的界定，很簡單的，在安靜的先生這裡，就是黃河流域與長江流域的分別。他委身的省分，是一塊不折不扣被黃河橫穿而過的土地，而長江流域的面積不小，嚴格說，毗鄰的青海，都是要算在裡面。但顯然，青海不是安靜的先生眼裡的南方。地理學意義上的這些知識，很折磨人的，安靜的先生不耐煩去梳理，只結合著本能與直覺，比附約定俗成的概念，草草在心裡制定了藍圖。可不是嗎，哪隻候鳥會懷揣著一本地理教科書呢？離職後，安靜的先生就甩掉了一貫的嚴謹作風，堅決地讓感性壓倒理性的那一面，將一切都大而化之，刪繁就簡，粗粗弄出個輪廓就行了。

第一年，安靜的先生去了江蘇。他的祖籍在無錫，所以選擇江蘇開始自己離職後的第一次遷徙，就沒什麼可說的了。家鄉已經沒有任何血親了，起碼，安靜的先生無從知曉這裡還有誰流著與自己同宗的血。眼裡的故鄉，儘管陌生，但心理終究是要暗示出一些熟悉的。他不免會傷感，有些鄉關何處的喟嘆。但安靜的先生勉力糾正了自己的情緒。他不允許自己傷懷，認為這不符合如今他對於自己的要求。他對自己有什麼要求呢？那就是，如今，他百無所欲，但求安靜。安靜的先生在每一個內心起伏的時刻，都會提醒自己的心：安靜，請你安靜。按理說，有些鄉愁，並不會過分有礙一個人的安靜，但考慮到剛剛離職這個背景，安靜的先生如此約束自己，就不難理解了。他是怕這些貌似正當的情緒會被借助，不可避免地衍化為戀棧懷祿。

安靜的先生轉身去了蘇州，在同里古鎮住下來，潛心臨摹了一個冬天的王寵，歸來時，本就不凡的一筆小楷，愈發精妙了。就是在這裡，安靜的先生找到了自己旅居的方式。

本來，安靜的先生住在一家私人客棧裡，倒也不是很貴，由於要長住，店家給了他優惠，統共每月收他兩千塊錢。住了不足一月，一位當地的老先生和他熟起來，向他推薦自己的家，說也收他兩千塊，但管飯。

這位老先生日日黃昏要在鎮裡的思本橋上肅立一回，如是肅立了幾十年。就是在這裡，他和同樣在黃昏中前來流連的安靜的先生搭上了訕。當時安靜的先生立於橋頭，正在以指為筆，在自己的肚子上默書。老先生善書，看出了名堂，這就和安靜的先生投緣了。一來二去，兩個老人熟絡起來。老先生的家同樣臨水，還搭建了伸向河面的閣樓。安靜的先生受邀去體驗了一下，立刻就一拍即合，回去收拾了行李，搬進了老先生家。那管著飯的兩千塊，就只是一個象徵，表明安靜的先生不白吃白住而已。但安靜的先生沒有體察到老先生的善待。對於金錢，以及金錢的市值，安靜的先生缺乏實踐性質的體會。他也懂GDP，也懂CPI，只是不懂兩千塊錢在同里包吃住意味什麼。所以安靜的先生安之若素，平靜的心沒有絲毫波瀾。

其實他是有些冒失。三言兩語，就住進了一個陌生人家，難怪他的兒子要在越洋電話裡替他擔心：

「您知道這家人底細嗎？住私人客棧我都不放心，您這可好……」

安靜的先生摁了手機，不願聽兒子的聒噪，保守著內心的寧靜。這家人的底細？有什麼呢？安靜的先生覺得是一目了然的：一個退休多年的老先生，兒女都在蘇州，只一個在鎮裡做導遊的孫女陪在家裡。「國泰民安的！」安靜的先生在心裡向著異國的兒子咕噥了一聲。想一想也是，要說冒失，這家的老主人比他還冒失。平白無故，就領回一個老頭，連吃帶住的只收一個象徵性的兩千塊，連營利的目的都說不過去，何苦來哉？當夜，安靜的先生就聽到祖孫倆在外屋說起來。孫女當然是在埋怨，有一句沒一句的被安靜的先生聽到。大意無外乎是說人心不古，爺爺老糊塗了。

老先生吼了一聲：「哪有那麼多鬼！鬼都是人心裡生出來的！」又壓低了聲音，說：「小小年紀，你不要那麼複雜！」

安靜的先生心如止水，對因自己而起的爭執充耳不聞，蘸著茶杯裡的水，在茶几上寫王寵的句子：水懷麗澤兑，時歌角弓篇。

老先生的確心裡無鬼。對安靜的先生，他根本沒有過多的打探，甚至兩個人互相連姓字名誰都沒有多問，說應該是說了，只是彼此之間幾無稱呼，不過點頭示意，開口講話，就忘了姓字名誰這回事。這一點，很令安靜的先生寬慰。如果遇到的是一個饒舌之人，即使連兩千塊都不收，他也不會跑到別人家裡來。兩個老人的媒介是王寵——這位同里名人，明代的大書法家，穿過五百年的時光，使兩位愛書者在這個冬天惺惺相惜，結伴數月。當安靜的先生在黃昏中流連橋上，以指畫肚時，他們之間便猶如打了暗語，接上了頭。

在這個南方的冬季，安靜的先生獲得了自己迄今最為安靜的一段時光。筆墨是現成的，茶飯是清淡的。在安靜的先生心裡，還額外加了兩般好：無絲竹之亂耳，無案牘之勞形。白天，兩位老人伏案摹寫。老先生的一筆行草不激不厲，頗得王寵神髓。安靜的先生也不簡單，筆隨心走，亦是疏淡秀雅，直追前人。日暮時分，二人並肩立於橋上，拍遍欄杆。安靜的先生覺得，歲月靜好，現世安穩，已經在自己的眼前徐徐呈現。

住到來年驚蟄，安靜的先生與主人作別。二人以書結緣，自然以書為別。安靜的先生臨了王寵的《遊包山集》，老先生臨了王寵的〈自書五憶歌〉，二人互贈，多餘的話依然是沒有。只是在最後的時刻，安靜的先生坐在開往上海的大客車裡，朝著車下的老先生揮手時，不自覺又是一副矜重的派頭了。這個不由他的。車外在下雨，車窗上雨水縱橫。老先生舉著把傘，衝著窗內朦朧不清的安靜的先生聳了聳傘尖。

飛回北方後，安靜的先生在自己的皮包裡發現了一沓鈔票，恍惚了一陣，才覺醒，老先生這是將他的住宿費全還給他了。安靜的先生有些感動，生出給人家寄回去的念頭，但苦於沒有一個確切的地址。這件事，如果安靜的先生堅持去落實，還是不會太費周折，有人會給他辦妥的。但離職後，安靜的先生就給自己立下了規矩：不再因為私事動用以前的任何權力。最後，一個兩全其美的辦法被安靜的先生想了出來。他親自去了一趟紅十字會，將這筆錢捐了出去，名字呢，安靜的先生留下的是：王寵。

第一次南徙堪稱完滿，愈發堅定了安靜的先生去做一隻候鳥的心。

第二年，安靜的先生去了江西。有了上一回的經驗，他打算在當地租間民居住。不是付不起酒店的費用，是同里一行，讓他落實了自己遷移的模式。他覺得，在一個地方棲息這麼久，住在酒店裡就彷彿沒有接上地氣。安靜的先生聯絡了當地的一家中介公司，讓對方提前為自己租下一套住宅。同樣的，在價錢上安靜的先生聽由對方張口，他只是提出了一個要求：住宅的窗口，要看得見長江。這種事情，辦起來不免瑣碎，但就是這樣瑣碎的事情，居然被安靜的先生做成了。在銀行給對方的戶頭打了訂金，安靜的先生不禁對自己頗為滿意。這件事情的辦理，對於安靜的先生有著別樣的意義，說明了在俗世中事必躬親，他依舊有這樣的能力。

由北而南，安靜的先生首先飛到了南昌。當晚住在酒店裡，他便遭到了電話的侵擾。這讓他安靜的心倏忽躁煩。安靜的先生忍不住摔了電話，依然不能平憤，連連掌擊了數下床頭的矮櫃。換在離職前，他是要追究責任的。安靜的先生坐在床上，努力安妥自己紊亂的心，對自己的心說：安靜，請你安靜。剛剛有所平息，房門又被敲響了。門外站著的，當然是一個女人，橫看有十五六，豎看有四十五六。安靜的先生知道這是怎麼一回事，但他不知道該怎麼處理。安靜的先生沒有處理一個失足婦女的經驗。他不知道該怎樣開口，訓斥和規勸都不恰當，只好不怒自威地擋在門前。女人居然試圖擠進來。老實說，安靜的先生在一瞬間有些失措。他什麼時候遇到過這樣的局面呢？

「請你離開！」安靜的先生重重咳了一聲。這也是習慣使然，以前，每逢在會場上要強調什麼時，他都會用重重的咳聲打出預先的招呼。安靜的先生沉聲說：「否則我要報警了。」

女人知趣地離開了。也不知是那聲咳嗽還是安靜的先生聲言要報警嚇退了她。

安靜的先生認為自己受到了侵犯和羞辱。手在微微顫抖。現在，讓他不滿的已經不是那個離去的女人，是這種尷尬的狀況，居然會強加給他。安靜的先生不能忍受這種強加給一個人的干擾，覺得這是不合理的事情。安靜的心被擾亂了，他打電話給前台：

「喊你們經理來。」

經理很快就來了，不過是一個毛頭小夥子，不像一個他心裡的經理。聽完他簡單的陳述，經理不解地看著他：

「怎樣呢？你有什麼要求？」

安靜的先生一愣，難道是自己說得不夠清楚嗎？這個經理怎麼就不能領會他的精神？

「作為酒店的管理者，」安靜的先生嚴肅地說：「你們負有責任！」

經理笑了，一攤手說：「這個責任我們可不好負，我們總不能把女人都擋在外面吧？誰知道她們是做什麼的？而且，真要擋，連有些男人都是要擋的，那樣我們關門好了，不要做生意了。」

「你們不負這個責任？」

「這個責任要你來負的。你不是就負責任地把她擋在外面了嗎？」

安靜的先生一陣眩暈。少頃，他揮手讓對方離開。安靜的先生一再對自己默念：安靜！請你安靜！如是良久，他才打消了進一步打一通電話的念頭。

翌日一大早，安靜的先生就離開了酒店。連南昌他都不願待下去。本來他是可以在這裡逗留幾天的，像一隻途經的候鳥，盤桓幾日。但昨夜的遭遇讓安靜的先生對這座城市厭惡起來。他決定立刻奔赴自己此行的目的地——九江。為什麼會是九江呢？也沒有一個非常令人信服的理由，不過是因為白居易。秋天的時候，安靜的先生捧讀《白氏長慶集》，香山居士被貶江州的史實啓發了他。儘管，安靜的先生是正常離職，但從江州司馬的遭際中，他隱約體味出了某種感同身受的況味。當然，撫今追昔，好像還略顯無病呻吟，這有悖於他對自己的要求。但畢竟留下了印象，所以，計畫南飛的一刻，安靜的先生將目標隨機定在了九江。這也說明了如今的他，還是有些盲目的，隨心所欲，沒有條分縷析、足以說服人的什麼動機。安靜的先生以為，盲目有什麼不好呢？自在而為，恰恰有利於心的寧靜。安靜的先生不願再像從前一樣目標明確地規劃什麼。

南昌到九江有動車。安靜的先生很久沒有坐過火車了。所以，坐在車上，他有一股孩子般的興奮。這一次，安靜的先生任由自己的心波動蕩漾。他想起了當年考上大學時第一次坐火車的情形。安靜的先生宛如看到了那個當年的自己：單純，羞澀，滿懷著憧憬和離家的傷心，一路上提心吊膽地看護著自己的行李——那口皮箱，是父親特意買給他的，當年算得上是一件貴重的家什了，如今丟在哪裡了呢？安靜的先生不禁悵惘。他動情地安撫著自己的心：安靜，請你安靜。車上有九江的宣傳冊，上面印著這樣的內容：九江境內的鄱陽湖水域是現今世界上最大的候鳥越冬棲息地。這句話瞬間感染了安靜的先生，讓他那顆候鳥一般的心彷彿找到了依據。

車到九江，只用了五十分鐘的時間。這樣的速度令安靜的先生感到驚詫。他不是不知道動車的快捷，但親歷一番，畢竟和簡報上讀來的認識不同。安靜的先生想，當年，他離家的時候，是在火車上顛簸了整整三天啊。

按照地址找到那家中介公司，出乎意料的事情發生了。此地依然還是一家中介公司，但說了半天，安靜的先生才明白，此公司已經非彼公司了。換人了。安靜的先生走出店門，抬頭看那招牌，果然不是與自己有合約的那一家。那家叫「百億」，這家叫「百憶」。這兩個店名之間神奇的差別，讓舉頭仰望的安靜的先生一陣目眩神迷。他感到自己一腳踏在了虛空裡。畢竟是安靜的先生，多年的歷練，已經造就了他的臨危不亂。簡單分析了一下局面，他不得不承認，自己是跌在了一個騙局裡。世風壞到了如此的地步，不能不令他義憤。但眼下他無暇追究，當務之急是，他需要先在這座城市安頓下來，住進一棟窗口看得見長江的房子。接待他的公司職員一邊替他的遭遇鳴不平，一邊飛快地從電腦上替他找出一長串的房源。

然後馬不停蹄地去看房子。房子當然有優有劣，一直奔波到了正午。陪同的公司職員買了盒飯給安靜的先生吃。盒飯沒什麼，安靜的先生訪貧問苦時，和群眾吃過更糟糕的飯食。是吃的方式為難了安靜的先生。這家街邊的簡陋排檔，坐落在他們剛剛看過的一棟房子的樓下，說是違章建築也不為過。而且人滿為患。於是，他們只能捧著塑料飯盒蹲在路邊吃。一時間，安靜的先生不得不再一次說服自己的心：安靜，請你安靜。他不想繼續看下去了，吃完盒飯，就決定重新回到樓上去，租下剛剛看過的房子。

房子不好。三十年前的兩居室。唯一符合要求的是：推開北面的窗戶，長江便盡收眼底。入冬的長江已經進入了枯水期，江灘裸露著，江面上漂浮著靜止的船舶。一瞬間，安靜的先生消極到了頂點。進入這座城市，他就不斷妥協著，隨波逐流地被現實拖拽著走。他不願意自己的心被激起不滿和抱怨，一再告誡自己隨遇而安好了。但一再妥協之後，當這幅冬天的江景橫陳在窗外時，他還是深深的失望了。

安靜的先生有些沮喪。草草簽了租住合同，付了全部的租金，他就打發對方走了。一個人枯坐在這棟目前歸自己支配的舊房子裡，安靜的先生恍若禪定。後來他便睡著了。一覺醒來，安靜的先生虛汗淋漓。他一動不動地躺在一張老式的木板床上，怔忪地打量著這個陌生的所在。已經是傍晚了，房間裡幽暗闃寂，彷彿有氤氳的氣流縈動，那股塵封已久的氣味撲面而來。安靜的先生依次在幽暗中看到了五斗櫃、沙發、寫字檯，還有書櫃的輪廓。他突然覺得，時光倒流，這一切都變得熟悉起來。安靜的先生似乎回到了自己的壯年。那時候，他在一所大學教書，住在一棟與此情此景近乎一致的二居室裡。木板床，五斗櫃，沙發，寫字檯，還有書櫃。那種上個世紀的況味，陡然重現。

回到從前——安靜的先生在這個冬季，找到了安撫自己內心的理由。他開始在一棟看得見長江的房子裡，重溫過去的歲月。他租住的這戶人家，據說主人舉家去了國外，把房子全權委託給了中介公司。從房子的陳設來看，應該許久沒有人居住了。好在鋪蓋是收在櫃子裡的，除了一股經久不散的樟腦味，倒也勉強可用，只是被子的棉胎很重，壓在身上，讓人的夢境都沉甸甸的。安靜的先生不緊不慢地搞了一週的衛生，晒被褥，除灰塵。隨著房子一天勝似一天地清潔起來，他漸漸找到了一些主人的感覺。家務活他有幾十年沒有做過了，一旦上手，發現自己居然還很在行，這讓他甚感喜悅。那時候，他在大學教書，常常和妻子吵得天翻地覆，吵過之後，所有家務就甩在了他的頭上。後來，隨著他的升遷，吵架和做家務的日子，就都一去不復返了。妻子三年前離世了，死前他還沒有學會讓自己安靜，等他趕到妻子的病榻前時，妻子已經咽了氣。咽了氣的妻子，眼睛卻依然睜著，彷彿下了決心，要和他最後吵一架，把多年來被冷遇了的憤懣一次性地傾瀉出來。安靜的先生在這個異鄉的冬天，一邊做家務，一邊追憶著自己的亡妻。他當然會安靜地總結自己的人生，那些得失與成敗，都被他安靜地重新界定著。

這些日子安靜的先生都是在樓下那家小排檔就餐的。他已經習慣了那樣的就餐，人多的時候，很自然地蹲在馬路邊。後來房子的廚房也被他收拾停當了，他決定自己做飯，徹底地過過日子。他去超市為自己採購了必備的油鹽醬醋和大米蔬菜，費了番力氣才拖到家。一切就緒後，他卻吃驚地發現，這個家使用的仍是蜂窩煤爐子，廚房最上面的那扇窗戶，還開著以備穿煙囪的圓洞。可是如今，哪裡還有蜂窩煤呢？這個打擊一下子挫傷了安靜的先生，他頹然地靠在廚房的牆壁上，望著那個圓洞，感到了一股無法說明的悲傷。有一瞬間，他幾乎決定立刻返回北方，回到自己衣食無憂的日子裡去。在那裡，儘管已經離職，但無時無刻總有幾個人會圍在他身邊的。祕書，保姆，司機，最不濟，大院裡的警衛員還是隨叫隨到的。但也只是一轉念，安靜的先生很快就平復了自己倉惶的心。請一個保姆吧？他和自己商量道。

在一家勞務市場，安靜的先生替自己找到了一位保姆。之前每一個被雇傭者都嚴格地盤問著安靜的先生。老伯你一個人住嗎？家裡人呢？您身體有什麼毛病？婦女們對於一個孤身的老頭都很警惕，讓安靜的先生覺得自己反而像一個待價而沽的。只有這一位很沉默，連酬勞都沒有自己的主見，於是就被安靜的先生帶了回來。她是位中年婦女，不像是鄉下人，瘦得驚人，走在安靜的先生身邊，像一根嶙峋的拐棍。好在做起事來一點也不含糊。當天，她就置辦齊了一套新的炊具，一個人將新買的煤氣瓶很有氣概地扛上了樓。晚上，安靜的先生吃到了此行的第一頓家裡飯。兩個彼此陌生的人對坐在餐桌旁，就著一盞幾乎吊在了鼻尖的五十瓦的燈泡。

日子就此按部就班了。安靜的先生，這隻越冬的候鳥，可以安心地蝸居在南方等待春天了。也的確是蝸居。對於這方勝蹟如林的土地，安靜的先生並無踏訪的興致。他不是來旅遊的，就像上一次住在古鎮同里，老先生的孫女就是當地的導遊，他都沒有因此遍遊一番。安靜的先生將自己置身異鄉，不過是為了回到日常的安靜，給自己以往虧欠了的歲月做些人間的補償。在這個冬天，安靜的先生沉浸在對於《白氏長慶集》的閱讀裡。

一個夜晚，有人敲響了房門。安靜的先生已經睡下，聽到保姆在外面壓低了聲音和人說話。他沒有在意，以為是收水電費的物業人員。但是旋即保姆叩起他的門來。造訪者是一位老年女士，一頭銀髮像漂亮的絲緞。此人於昏暗的燈光下，看到從內室裡出來的安靜的先生，禁不住嗚咽了一聲，扶牆跌坐在客廳的一張椅子裡。安靜的先生莫名地打量著對方，直到對方站起來，顫抖著向他靠近時，才威嚴地咳了一聲。這個奇怪的造訪者顯然很激動，以至於語無倫次。

「你回來了，你終於是回來了，」她說，「我在樓下看到了你家窗戶上的燈光……」

安靜的先生默默地告慰自己的心：安靜，請你安靜。他對造訪者同樣沉聲說道：

「安靜，請你安靜。」

可是，讓對方安靜卻並不容易。她反而抽泣起來，並且伸出雙手，試圖抓住安靜的先生。安靜的先生臨危不亂，機敏地避開了那雙抓過來的手。他後退一步，冷靜地向對方指出：

「你認錯人了！」

造訪者短促地哽咽了一聲，說：「你好絕情哇！」

這裡面有誤會，這是毫無疑問的，但安靜的先生一時間難以澄清。他看到那個保姆愣愣地站在一邊，瞪大了眼睛狐疑地旁觀著。

「扶她坐下！」安靜的先生命令道。

保姆如夢方醒，從身後拖住了造訪者，幾乎是將她攔腰抱回了那張椅子。

「把所有的燈都打開。」

安靜的先生繼續吩咐。

房子裡所有的燈都被打開了。造訪者凝淚注視著安靜的先生，漸漸地，目光散亂開。當她再一次起身靠近時，安靜的先生沒有迴避，而是挺了挺腰，為得是讓對方驗明正身。造訪者再一次猛烈地哽咽一聲，轉身跌跌撞撞地走了，就像來時一樣地莫名其妙。安靜的先生本來已經做好了詢問與解釋的準備，此刻望著洞開的大門，一下子如在夢中。

其後有一天，安靜的先生不經意間在窗前眺望江面時，又一次看到了這名造訪者。她荏弱地坐在一張水泥凳上，痴痴地凝望著他的窗口。安靜的先生不由大吃一驚，那顆安靜的心突然有些發虛和緊張，促使他迅速地閃回了身子。這一次，他忘記了約束自己的內心，躲在窗簾後，偷窺著樓下的女士。那天夜裡這位造訪者來去飄忽，沒有給安靜的先生留下審視的機會，但此刻，安靜的先生躲在暗處，便有了認真端詳的方便。她一頭的銀髮，即使遙望過去，都能給人傳遞出一種別樣的風度。看得出，年輕的時候，她一定很美。作如是想，安靜的先生感到了一種莫名的快樂。一種塵世中頻仍然而於他卻是久違了的快樂。

此後安靜的先生就常常看到這名老年女士了。她遙望著他的窗口，和身後的長江融為了一幅凝固的畫面。經過幾次試探，安靜的先生認為，她的視力是不濟的，其實，縱然他大大方方地立於窗口，對於她，也大約是看不分明的。她看著的，只是一個方向，一個空洞的方向。就像守望著無盡的歲月。安靜的先生不由要去猜想了。猜想她與這棟房子主人的故事。不用說，這種專屬塵世的故事，許久已經不曾被安靜的先生所關注。多年來，他的眼目都是投注在那些所謂的宏觀事物之上。這人間的煙火，他已經如此隔膜。現在，一種探幽入微的猜測，漸漸喚醒了他內心某種直覺的能力，喚醒了他碰觸世相的微妙警覺。

安靜的先生試圖在這棟房子裡找到一些線索，譬如主人的舊照。但這棟房子就像一棟時下的樣板房，看上去一應俱全，卻唯獨沒有人的氣息。在那架老式書櫃裡，安靜的先生發現了一本黑殼的筆記薄。它一定很有年代了，款式是那種半個世紀以前的款式，殼面上壓印著「為人民服務」，裡面的字跡，多少都有些漫漶了。它的主人用一種奇崛的筆法在上面記錄著自己的日記，第一頁如是寫道：

激情四溢者乘上了西去的列車，前方，新的生活等待著他。他的行囊是一只昂貴的皮箱，這是父親特意為他買來的。一路上他小心翼翼地看護著自己的箱子，眼睛總是不由自主地要盯向行李架，看看它是否還在那裡。每一次落實，他的心裡都會吁一口氣，對自己說：哎呀，它還在！就這樣，他的心裡既歡欣鼓舞，又戰戰兢兢，開始了人生的征途……

安靜的先生被這樣的敘述迷惑了，感到這個「激情四溢者」，就是當年自己的寫照。安靜的先生在這幾天冷落了《白氏長慶集》，將目光貪婪地放在了這本筆記薄上。它記錄了那個「激情四溢者」的大學生活：入學的興奮轉瞬即逝，接踵而來的，是愛情的憂傷，但那種憂傷尚未足夠透徹，突然的飢饉卻降臨了。「激情四溢者」將自己的皮箱換了糧食，後來，居然和同學走進了火車站的候車室行乞……

安靜的先生在閱讀中逐漸喪失了安靜。憂愁如此綿長，細密地裹纏著他的心。接下來這本日記會記錄些什麼呢？如果它寫得下，那麼，捶楚，刑求，一個時代的基本脈絡也不外乎如此吧？安靜的先生一度想走下樓去，和那位女士溝通一番。她也是從那個歲月走過來的人，安靜的先生想和她談一談那個歲月，談一談那位「激情四溢者」。對於這位造訪者的出現，安靜的先生將其視為了某種玄祕的啓示，她造訪的不是這棟他人的房子，而是安靜的先生蒼茫的老年。他們在時光中不期而遇。這個想法令安靜的先生心神不安，他像一個少年般的突然感到了些許的羞澀。安靜的先生克制著自己，對自己的心溫柔地說：安靜，請你安靜。他打算還是先讀完這本日記再說吧。但「讀完」這個念頭，也倏忽令他猶疑。他在想，自己這樣窺伺他人的隱私，是道德的嗎？正在舉棋不定，干擾卻來了。

這天午後，他的房門被人擂得震天響。保姆打開門後，就慘叫了一聲，回頭瘋了一樣地跑進了內室。一條漢子緊隨而至。安靜的先生還沒有反應過來，便看到這兩個人在自己眼前撕扯起來。

「賤貨！看你還躲！」

漢子薅住女人的脖領，就地便將女人悠了一圈。女人的手淩空虛舞著，奮力向漢子的臉上抓撓。幾個回合下來，雙方的臉上都弄出了血。安靜的先生終於回過神來，大喝一聲：

「住手！」

漢子這才注意到他的存在，一把扔了女人，回頭瞪住安靜的先生。

「好哇！」漢子咆哮道，「原來你跟這麼個老東西姘居！」

言罷左右徘徊一下，還是把目標鎖定在了女人身上，再一次撲將過去廝打。

女人嗷嗷叫著，披頭散髮地向外衝，房子裡乒乒乓乓亂作一團。安靜的先生不斷向後退著，以免自己遭到衝撞。終於，女人掙脫了，一溜煙跑出了房子。漢子緊隨其後，也追了出去。安靜的先生猶如遭遇了一場颶風，心臟狂跳著一陣絞痛。他知道，此刻能安撫自己那顆心的，唯有藥物了。他努力讓自己在床上坐下來，動作緩慢地平躺下去，然後抖索著摸出了口袋裡的速效救心丸。

有那麼一刻，安靜的先生想，自己不會把這條命扔在這棟無人問津的房子裡吧？他直挺挺地躺著，很想給異國的兒子打一個電話。房門洞開著，冬天的風迴旋著刮進來，不知道什麼東西被吹得簌簌作響。他恍然發覺，其實這棟南方的房子，並不比他北方的家裡溫暖。那麼，是什麼讓他如此漂泊？安靜的先生閉起了眼睛，少有地憐惜起自己。然而事情並不算完，就在他正要沉沉睡去的時候，卻再度被人吵醒了。一名年輕的警察，帶著兩名不穿警服的中年人，站在他的床前。

他們說了些什麼，安靜的先生根本沒有聽進去。當他們要求安靜的先生跟他們走時，安靜的先生咳了一聲，指責道：

「你們進來應當敲門！」

幾個人面面相覷了一番，年輕的警察皺著眉說：

「我們敲了，你沒聽到。而且，你的房門是開著的。」

他似乎有些權威，身後跟著的兩個人應聲給他幫腔。

安靜的先生其實並不需要一個解釋。他始終是恍惚著的。直到被一輛警車帶進了派出所，他才約略知道了一些因果。那種多年來養成的通觀全域的能力，讓安靜的先生在身心俱疲的時刻，依然抓得住問題的要害。總之，他被人告了，那位保姆的丈夫，說他拐帶婦女。

現在，安靜的先生面臨著複雜的局面。他首先被檢查了身分。身分證他倒是隨身帶著，但身分證後面他那個真實的身分，卻足以引起軒然大波。其次，他需要說明，無親無故，他這把年紀，為什麼要跑到異鄉來獨居。在這一點上，他還有違法的嫌疑，喏，沒有來派出所登記暫住證。盤問者的重點更在於：他是如何拐帶婦女姘居的。

安靜的先生再一次表現出了一個久經風浪者的風度。對於這些荒唐的問題，他氣斂神肅，保持著莊重的沉默。他的身分證已經被拿去在網上比對了。他知道，一切行將結束。那個巨大的存在，將要把他迎接回去，讓他連坐在派出所裡的自由都宣告完結。是的，那位造訪者與江面融為一體的畫面完結了，將永遠凝固在歲月裡，所有塵世的故事，還未及展開，便告終了。此刻，令安靜的先生迷茫的是：他該如何讓他們明白，一隻越冬的候鳥，是不需要辦理暫住證的呢？

問不出什麼名堂，年輕的警察將安靜的先生一個人丟在了辦公室裡。窗戶上焊著鐵條。窗外霧濛濛的，望出去，隱約可以看到一座古典的樓閣。那應當是「琵琶亭」吧？

潯陽江頭夜送客，楓葉荻花秋瑟瑟。主人下馬客在船，舉酒欲飲無管弦……

安靜的先生不由得默背起香山居士的名詩來。但背到「夜深忽夢少年事」時，他卻無論如何也記不起下句了。這個遺忘突然令他痛苦萬分。時隔多年，他在這間派出所的辦公室裡，恍然想起，自己原來是一個學中文的啊！當年，他躊躇滿志地離開了教職，哪裡想得到會有這樣的一天，那些古典的詩句將如此令他眷戀。安靜，請你安靜！安靜的先生輕聲慰藉著自己的心。當遙遠的詩句重新在心裡縈繞而出的一刻，他感到那種從未有過的、巨大的安靜將他托舉了起來。他覺得，像一隻候鳥般的，自己終於長出了自由的羽翼。

夏蜂

一場暴雨後，屋檐上像長蘑菇一般長出了碩大的蜂巢。家中的老人試圖將之捅掉，結果不出所料地沒有得逞。也許只能聽憑黃蜂肆虐，在長日無盡的盛夏裡將屋頂啃光了。在這種令人無力的想像中，母親終於答應帶著男孩去省城。

出門坐了兩個多小時的車，母子倆先到了縣裡。在縣裡的客車站，母親讓兒子等在原地，自己去買開往省城的車票。烈日炎炎，天上一片雲也沒有。男孩侷促地站在停車場明晃晃的空地上，感到兩個腳底板在融化。目送母親離開的背影，男孩發現，這麼熱的天，母親卻穿著一條很厚的深色褲子。沒準是父親的？男孩驚訝地猜測，不明白自己為何此刻才發現了這一點。也許出門時他太興奮了，根本無視母親的穿戴；也許身邊經過的那些女人，她們光著的大腿，讓男孩比照出了母親的古怪。

烈日下的一切都是亮的。母親穿著厚褲子的背影卻是暗的。母親像一條魚湮沒在一片光明中。後來她又破水而出，在浮動的熱氣中裊裊現身。太亮的地方，人的輪廓反而是虛的。男孩覺得母親走來的身影總是離自己遙不可及。她似乎永遠都走不到他眼前了，虛虛地蠕動在光影裡，突然彎下腰不動了。隨後她蹲了下去。男孩知道，母親又嘔吐了。

男孩走過去，無助地站在母親身旁。母親吐出來的不過是一小灘水，微不足道，裡面有幾片芹菜葉。那灘水在熾熱的陽光下迅速消失，似乎還滋滋作響。出門前他們用一只大可樂瓶灌滿了漿水，在來縣裡的長途汽車上，母親不停地大口喝著。漿水是母親自己用芹菜漚的，灌進可樂瓶後，她還加了白糖。現在這只可樂瓶拎在男孩手裡，裡面的漿水泛著氣泡，餘下小半瓶。男孩篤定地認為，自己手裡的漿水，對於正在嘔吐的母親不啻為一劑藥。這些日子以來，母親頻繁嘔吐，嘔吐後，便大口大口地灌漿水。

男孩將可樂瓶遞給母親。母親伸出手，卻一把抓住了兒子的手腕。她因此借了些力，艱難地站起來。但男孩覺得母親就像一個落水的人，不過是抓住了一根稻草，然後自以為得救了。母親向兒子勉強地笑一笑。她的笑凝固在臉上，失去了勉強著收回去的力氣。母親牽著男孩的手，手心冰冷。酷熱的世界在母子倆握著的掌心裡形成了一塊汗津津的水渦。

「你不喝點兒漿水嗎？」男孩提醒母親。

母親恍然大悟地接過可樂瓶，就著瓶口灌下一口漿水。那個笑一直板結在母親臉上，這讓她看起來都不大像她了。她把可樂瓶還給兒子，像是偷喝了別人家的漿水一樣神色忸怩。

母親牽著兒子，兒子拎著可樂瓶，母子倆在停車場裡尋找開往省城的客車。縣城的客車站男孩來過，每次都是下了車就出站離開，從未有過逗留。因此他從未發覺這裡宛如一座迷宮。一排排汽車在烈日下反射著刺眼的光。世界彷彿被鋼化了，而且還電鍍了一遍，卻又被暑氣蒸騰得動蕩不安，人的每一口喘息都能令空氣隨之微微搖顫。男孩原本以為母親會輕車熟路，牽著自己，輕易地找到那輛開往省城的客車。但是母親比兒子更加迷惘，東張西望，猶疑不定。男孩不禁懷疑，母親從前一次次離家去往省城，是否都是真實的經歷呢？

梭巡了一圈後，母親沮喪地停下，鼓起勇氣向人打問。對方是一個油光鋥亮的男人，額頭上的汗光可鑑人。

母親從褲兜裡掏摸出車票，向這個男人問道：「去省城坐哪輛車？」她的口氣不像是一個問路的人，這讓她顯得有些唐突和沒禮貌。好在那個笑依然歪打正著地僵在她臉上。

男人看看母親，看看票，看看男孩，看看男孩手裡的可樂瓶，一擺頭說：「跟我走。」

母子倆跟在男人身後找到了目標。司機站在車下檢票，一行三人令司機側目。這不怪司機，連男孩也覺得將他們三個人視為一家，是件令人難以置信的事。客車裡涼爽至極，爬上去後宛如換了人間，男孩身上的毛孔立刻都張開了。每排座椅可以坐進三個人，男孩和母親落坐後，那個男人，母子倆的引路者，理所當然地和他們並排坐在了一起。

母親靠在窗邊，男人隔著男孩向母親搭訕：「妹子，你們是哪裡人？」

母親側臉望著窗外，置若罔聞。

「我們是陳庄人。」男孩囁嚅著替母親回答。

「陳庄啊，那是出美女的地方！」男人滿意地笑起來，好像果然不出他的所料。「去省城玩嗎？」

母親依然不置一詞。男孩尷尬地看男人一眼，只好垂下頭去。本來這次出行，在他而言的確是一次玩耍，但這一刻，他對自己的目的沒有了把握。

得不到回答，男人並不甘心，再次追問道：「究竟去做什麼嘛！」

男孩有些緊張，認為還是應該給出一個答案，只好向母親求證。

「媽，我們去省城做什麼？」男孩碰了碰母親的胳膊。

母親轉過頭，木訥地看著兒子。那個面具一般的笑頑固地罩在她臉上。母親不知所以的樣子讓男孩覺得丟人。

「我們去省城做什麼？」男孩輕聲嘀咕，頭垂下去不再看母親。

母親居然遲鈍地重複了一遍兒子的問題：「我們去省城做什麼？」

「幹嘛問我？」男孩惱了，向母親低聲埋怨：「你自己不知道嗎？」

「哦，你不是要去玩嗎。」母親喃喃地說。

男孩覺得亂套了，這並不是事實。不是因為他要玩，母子倆便有了這趟行程，而是母親要去省城，男孩才提出了要跟著去玩。玩，並不是此行的目的，起碼不全是，它只是一個順帶著的要求。以前母親去省城，目的都很明確——她是去給城裡人做保姆。一個月前母親回來了，表示再也不會離家打工。爺爺對母親的選擇頗感欣慰。爺爺老了，捅不掉屋檐的蜂窩也養不動孫子了。所以今天早晨男孩央求著要和母親一同上路，得到了爺爺的支持。被黃蜂蟄傷的老人可能覺得，即便母親會一去不返留在省城，只要男孩也隨著去了，他就不會再有「養不動」孫子的煩惱。母親此行，到底要做什麼？這個問題倏忽變得尖銳，變得令男孩坐臥不寧。但男孩可以確定，母親不會是去玩。他認為那不可能。母親吐了半個月，隨時令人猝不及防地弓下腰吐天哇地。她這副樣子，是不會有玩興的。

男孩懷抱著那只可樂瓶，開始在心裡杜撰一個答案。這個答案漸漸成形，後來他幾乎要忍不住大聲對身邊的男人宣布：我們去省城找消滅黃蜂的辦法！

車子啓動後很快駛上了高速公路。世界在搖曳，筆直的路面泛著白灼的光。

男孩從沒見過高速公路——儘管他的父親常年在南方打工，據說就是在修著這樣的路。這樣的路太平坦、單調了，如今親身體驗，讓男孩覺得車子像是懸浮在虛空的水面上那樣不真實。連帶著，男孩覺得父親在遠方所從事的勞務都像是一個謊言了。

母親一直望向窗外。身邊的男人好像睡著了。男孩夾在中間，感到無所適從。他焦灼地等待著某個時刻。那個時刻果然如期而至——母親毫無先兆地劇烈發作起來，雙手徒勞地推著車窗玻璃，像一隻裝在罐頭瓶中盲目振翅的、狂亂的蛾子。然而車窗是密閉的，母親無法打開。於是，她只能將自己的胃液噴射在自己的懷裡。鄰座的人厭惡地掩鼻，身邊的男人也被驚醒。男孩只有把頭埋得更深，默默地將懷裡的可樂瓶塞給母親。

母親大口地灌著那救命的漿水。她在家裡嘔吐時躲躲閃閃，只在兒子面前吐得肆無忌憚。可男孩並沒有覺得這是一件天大的事。此刻，他們滑行在冰面上一樣行駛在高速公路上，他們坐在一輛別有洞天的過分涼爽的汽車裡，母親的嘔吐一下子顯得這麼不合時宜。男孩將頭抵在前排的椅背上，無地自容，覺得冒犯了整個世界，同時也為母親擔憂起來。

「暈車了這是。」身邊的男人咕噥著，站起來，向著車後的空座走去。

母親平靜下來。她胸襟上的黏液散發出漿水餿掉後的酸味兒。

抵達省城已經是午後了。烈日當空，瀰天盈地，正是最囂張的時刻。男孩的雙腳站在了省城的地面上，卻並無格外的欣喜。從涼爽的車廂裡下來，男孩感覺不過是迎面被熱浪劈頭蓋臉地猛揍了一通。腳底板依然像是要被融化掉，他無視眼前林立的高樓，從未有過的興味索然。此刻，那個玩的念頭已經被動搖，男孩也就沒有了天經地義喜悅的理由。

母親拽著男孩去了車站的衛生間。男孩以為母親要解手，不想母親卻脫下了衣服，只穿著貼身的背心，就著衛生間裡的龍頭揉搓起衣襟上的穢物。那個油光鋥亮的男人尾隨著他們。他鑽進了男廁，提著拉鍊出來後湊在水池邊沖手。男人一邊沖手，一邊斜覷著母親。

「陳庄出美女啊！」男人十拿九穩地說，得不到母親的回應，他甩著濕淋淋的手走開。經過男孩身邊時，男人向男孩擠擠眼睛，「我知道了，我想了一下才想通了，」男人得意地宣布，「那個娘們是懷孕了！」

男人的口氣好像男孩跟他是一夥的，而男孩的母親，不過是一個「陌生娘們」。男孩十分憎惡這個男人，意識到自己的這趟省城之行，已經完全被這個傢伙不依不饒的盤問和自以為是的指認給毀掉了。男孩怔忪著，也像是看著一個陌生人一般地看著母親的背影。母親回頭看了一眼，抬胳膊蹭蹭額頭的汗，露出蓬勃的腋毛。她的臉色煞白，依然掛著乖張的笑。從這一刻起，男孩接受了母親的面容可能將要永遠這樣笑下去的事實。

洗淨的衣服被母親拎在手裡。母子倆重新走進赤日下。在車站的廣場前，母親將衣服抖開，像一面旗幟似的迎著太陽招展。男孩出現了幻覺，他覺得自己看到了這件濕衣服在赤日下有聲有色地蒸騰著水氣，水氣四散奔逃，只一瞬間就融化在空氣裡。而懷抱一只可樂瓶的男孩，也只在一瞬間，就隨之被炙烤得蔫頭耷腦。男孩想這下好了，母親不會再嘔吐了，她身體裡的水分肯定也被晒乾了。如果母親還要吐，吐出來的怕只會是她的胃了。

穿回衣服的母親貌似振作了一些。男孩餓了，卻一點兒也沒有食慾。出門前他因為興奮而毫無食慾，現在他因為興奮的煙消雲散而毫無食慾。男孩覺得自己身上隱祕的渴望，一切積極的、貪婪的情緒，都像那件衣服上的水氣一樣，冒著煙，被蒸騰進了省城的酷熱中。

「你要喝水嗎？」母親問兒子。

男孩並不看母親，因為他不想看母親臉上的笑。母親就像一個陌生娘們，不再是男孩所熟悉的那個母親。她不需要兒子的回答，自顧在冷飲攤買了瓶飲料。飲料是冰凍的，喝下一口後，男孩覺得自己緩過了一口氣來。

「你要喝漿水嗎？」男孩問母親。

那只大可樂瓶裡的漿水已經所剩無幾。母親搖搖頭，讓兒子把它扔掉。不知出於怎樣的動機，男孩卻執拗地堅持把它拎在手裡。

母子倆乘上了一輛公交車。車上的人不少，但母親身上的酸味使他們免受擁擠之苦。乘客自覺地錯開母子倆，像避開兩罐氣味濃郁的漿水。乘車現在對於男孩是件費神的事。他覺得他們今天可能就要這樣永無止境地換乘一輛又一輛的汽車，直到日落西山，直到黑夜來臨。這個想法令男孩疲憊。

好在這趟車坐得短暫，母子倆在一條小街下了車。下車後母親走在男孩的前面，街邊的樹蔭剪碎了母親搖搖晃晃的背影。看得出，母親滿腹心事。

「媽，我們要去哪裡？」男孩在身後向母親發問。

他難免要為自己未知的前途而忐忑。出門的時候，這並不是一個問題，因為男孩知道，他們要去省城。而現在，母子倆已經走在省城的一條小街上，於是男孩迫切地想知道，下一步，他們將去向何方。此刻，玩，已經確鑿地不在他的盼望裡了，彷彿他此行的目的，只是為了搞清楚自己要去往哪裡。母親並不回答兒子。即使濃蔭匝地，街道也像是被無形地黏在一起。男孩覺得自己眼前的一切都離地半尺，懸浮著，被熱浪暗自托舉了起來。

一個赤裸著上身的男人騎著摩托車從他們身邊轟然駛過，下墜的肥肉像水囊一樣甩著。這一幕突然讓男孩氣憤不已。

「你懷孕了嗎？」男孩向著遠去的摩托車手喊叫。

母親買給他的那瓶飲料已經喝完，男孩將空瓶狠狠地投擲出去。瓶子劃出輕飄飄的拋物線，似乎在空中遇到了超乎尋常的阻力，它幾乎像是要恆定地懸浮在空氣中了。世界折疊了起來，就像一塊巨大的水面陡立而起。

母親停下步子，回過頭苦惱地看著兒子。可是男孩不想看母親的苦惱擠在一張笑臉裡。他埋頭從母親身邊走過去，手中甩動的可樂瓶撞在母親的大腿上。

母親碎步趕上，「好吧，」她好像下了一個決心，「我告訴你，我們要去丁先生家。」

丁先生男孩知道，那是母親在省城做保姆時的東家。

「去丁先生家做什麼？」男孩問。

「大人的事，你不要問這麼多。」不出所料，母親就是這樣回答的。但母親回答得並不是那麼不由分說，她用商量的口氣跟兒子說：「你會替媽保密的，是不是？」

「可是我都不知道你有什麼祕密，我怎麼為你保密？」

「你不要再問了！總之回去後什麼都不要講出去！」母親焦躁地將兒子甩在了身後。

男孩尾隨著母親，漸漸在心情上假裝不是前面這個女人的兒子，而是一個不相干的別的什麼人。這種假想出的疏離感，讓他覺得有趣了些。

小街的一側出現了大塊的草坪，路邊的圍牆變成了爬滿藤蔓的鐵柵欄。母親始終不再回頭，帶著兒子來到了一座小區前。小區有著噴泉的大門口站著一個穿制服的保安，裡面的車子出來時，此人很有威儀地用手裡捏著的按鈕升起擋在車道上的欄杆。他看到了母親，正正衣冠，在陽光下堆起一臉碎銀般的笑。

「回來啦？我就說你還得回來！城裡的飯吃慣了，就沒有人還吃得進鄉下的飯了！」保安嘴裡說著，不忘舉手向駛過的車子敬禮。

「我一會兒就走，我不會回來了。」母親急切地糾正道，「我不會再回來了！」

「幹嘛非要走？丁先生人很不錯的，丁太太也知書達理的樣子，他們沒有虧待你吧？」

母親不再作答，逕自走了進去。男孩很怕會被攔下來，小跑著湊近了母親，重新回到了一個兒子的角色裡。

母子倆在一棟樓下按響了門鈴。

一個聲音憑空而來：「誰？」

男孩覺得自己的興致被輕微地喚醒了。

丁先生家的門前擺著門墊和幾雙拖鞋，母親指示男孩換下了腳上的鞋子。

開門的是一個中年女人，繫著條圍裙，不太友善地盯著母親瞧個不停。

房子很大。裡面的一切幾乎和男孩在電視上看到的一模一樣。水晶吊燈，地毯，通向躍層的木樓梯。一個肥胖男人坐在客廳的沙發裡，戴著眼鏡，背心下腆起的肚子讓他像是懷抱著一只籃球。男孩想，他一定就是丁先生了。

母親不其然嘔吐起來。但這一次她有所防備，左手飛快地捂住了嘴巴。她的確沒什麼可吐的了，只是肩膀觳觫著乾噦。男孩想，也許母親真的吐出了自己的胃，如果她的手挪開，她的胃沒準就會跌在腳下那塊厚墩墩的地毯上。男孩再次將手裡的可樂瓶塞給母親。母親抓住了，很理智地沒有去就著瓶子喝，那裡面所剩無幾的內容，只會讓任何一個舉著它去喝的人顯得滑稽。她緊緊地捏著瓶子，把瓶子捏得七扭八歪。男孩不安地看著母親，很想貼在母親的身上。他覺得內心慌張，也需要一個像可樂瓶一樣的什麼東西能夠被抓在手裡，成為自己的一個依賴。

丁先生胳膊拄在膝蓋上，支頤著腦袋，神色略微有些好奇，愛莫能助地看著這對母子抖作一團。當母親終於平復下來時，男孩才發現，一個精瘦的女人無聲地站在樓梯上望著他們。

「看來是真的了。」女人發出一聲嘆息。

母親的驚慌顯而易見，她看看丁先生，再看看這位女主人，臉上不恰當地板結著笑意。男孩知道，這並不是母親的表情，母親只是變成了一個笑面人。更加可恥的是，當母親放下捂住嘴巴的手時，她的嘴角黏著一枚腐爛的芹菜葉。

「你不要吃驚，」女人皺著眉說，「你知道，老丁什麼都不會瞞我的。」

母親像個笑臉傻瓜，兩隻無處著落的手一同抓在可樂瓶上，好像扶在了一根想像中的扶手上。

「我就知道沒這麼好打發，看到了吧，」女人對著自己的丈夫說，「這就找上門來了。」

丁先生訕笑著，揪揪自己的耳垂。他圓滾滾的，讓人頗有好感。

「究竟唱的是哪一齣呢？」女人站在樓梯上，居高臨下地看著母子倆。

「我在電話裡都跟丁先生講了，我也沒想到……」母親的聲音低得幾乎聽不清。男孩可以作證，早晨出門時，母親的確在村裡的小賣部打過一個電話，那時母親捂著聽筒，滿臉愁雲。

「你也沒想到？」女人吁口氣，「你沒有做過措施嗎？」

「有的。可是，醫生說也會有意外。」

「你看過醫生了嗎？」

「嗯。」母親畏葸地點頭。

「村裡的醫生？」

「嗯。」

女人再次吁了口氣，拍一下樓梯的扶手：「上來說吧。」

母親將手中的可樂瓶塞還給兒子，順從地走向了樓梯。男孩有些遲疑，很想跟在母親身後，但那個女人淩厲的目光讓他卻步。她們消失在樓梯上。男孩不知所措地站在原地。他覺得有點冷。這棟房子的溫度比他們來時乘坐的空調客車還要低。

「過來。」置身事外的丁先生坐在沙發裡，向男孩招著肥胖的手，「過來過來。」

男孩慢騰騰地走到他眼前。他真的很龐大。有一瞬間男孩不禁猜測這就是那個剛剛在街上裸身與他們擦肩而過的摩托車手。男孩想丁先生要是行動起來，身上的贅肉勢必也會像水囊般的甩動吧。

丁先生彭彭地拍著沙發：「坐下來坐下來。」

男孩坐在了他的身邊。

「多大了？」丁先生在男孩頭頂摩挲了一下。

男孩報出了自己的年紀。其實他並不想回答。

「喔，這麼大了，」丁先生搓著雙手，若有所思了一陣，像電視裡的人說著那種抑揚頓挫的普通話：「你想不想要個小弟弟？」

男孩驚訝地抬頭看他，態度僵窘地用力搖了搖頭。從男孩坐著的角度看去，丁先生一側臉頰的膚色發暗，像是遭人毆打後留下的瘀痕。

「你可能會有一個，」丁先生看了眼樓梯，壓低聲音神祕而嚴肅地說，「不過很快應該就又沒啦。」說完他擺出正襟危坐的樣子，像是終於說出了內心抑制不住的祕密後立刻開始心有餘悸地矯正自己。

「我聽不懂。」男孩如實說。

「聽不懂？」丁先生頗為苦惱地撓撓頭皮，「嗯，其實我也不大搞得懂。」

「我聽不懂。」男孩堅持這麼回答。他認為這是自己目前唯一能說的最保險的話。

「你能幫我個忙嗎？」丁先生權衡了一陣，猶猶豫豫地說。

男孩默不作聲。

「嗯，你替我跟你媽媽說聲對不起，給她道個歉。」丁先生的雙手插在兩腿間，身子前後搖晃，眼睛望向天花板，估量著眼下的形勢，「怎麼樣，可以嗎？」

「我聽不懂。」

「好吧，算了。」丁先生不得要領地胡亂笑起來。他這麼通情達理，好像他完全理解男孩的處境，好像他也在經歷著同樣的困擾。「你想喝點兒什麼？」他問。

男孩像是被什麼力量控制住了，只會用力地搖頭。

「喝杯咖啡吧！」丁先生拍了下巴掌，「加點兒糖吧！」

繫著圍裙的女人應聲端來了他要的東西。男孩想，這個女人所做的一切，以前就是母親做著的吧，如今女人頂替了他的母親。

那杯咖啡冒著熱氣，泛著油亮的泡沫。

「喝吧，」丁先生心不在焉地招呼男孩，「喝吧喝吧。」

男孩將手中的可樂瓶放在地上。不用再和丁生生說話，這讓他如釋重負。咖啡男孩見過，在電視裡。電視裡的人們常說：喝杯咖啡吧；有時候，他們也會加一句：加點兒糖吧。當男孩捧起眼前這杯咖啡的時候，倏忽認為自己今天坐了五個多小時的汽車，就是為了來到這杯咖啡的面前。它就是一條路的終點，就是他們在盛夏裡動身前往省城的一個目標。如今，男孩把它捧到了鼻尖。他扭臉去看丁先生。丁先生也在看他，肥厚的嘴唇濕漉漉地耷拉著，衝他浮出心事重重的笑。

客廳裡只有空調發出的換氣聲。男孩覺得在這杯咖啡的周圍，有一種獨特而私密的氛圍正在生成。咖啡很燙，他只能噘起嘴，小心翼翼地去試著接觸那新鮮的滋味。

——這時候母親下樓來了。

母親的手裡捏著一只牛皮紙的信封袋，神情恍惚，像個夢遊的人。她似乎完全忘記了兒子的存在，徑直走向門口。男孩只有倉惶地放下手裡的咖啡杯，並且沒有忘記拿起自己的可樂瓶。他匆匆跑向母親。尾隨著母親出門的片刻，男孩回頭瞥見丁先生拄著一根不知從哪兒摸來的金屬拐杖吃力地站了起來。

是的，男孩並沒有嚐到咖啡的滋味。他的上嘴皮，第一次和咖啡接觸，不過是剛剛沾到了一絲泡沫。這似是而非的一絲泡沫黏在男孩的嘴皮上，當母子倆走出樓洞，溽熱的空氣迅速將之驅散殆盡。男孩無法甘心，謹慎地伸出舌尖，仔細探尋留存在意識裡的那種感覺。他的嘴唇起皮了，在烈日下像一片片細碎的魚鱗。可是他覺得自己的嘴唇非同往昔，總有依稀的滋味回味不盡。男孩無法形容它，只能憑感覺在心裡臆造它莫須有的醇香。他以自己有限的經驗將之想像為油脂與蜜的混合物。

母親神不守舍。她整個人都是堅硬的，也像是被烈日鋼化了一樣，有股一意孤行的味兒。一輛小車在身後不停地按著喇叭。但母親充耳不聞，也像一輛車子般的當仁不讓。那位保安正靠在小區門前一根有渦旋形花紋的柱子上，他升起欄杆，目送母子倆從行車道走出去，莊重地向他們敬了個禮。

儘管男孩不認路，但還是發現他們並沒有走回來時的方向。母親走在前面，男孩不知道將被引向何方。他有種被劫掠和槌打的感覺，就像被扔進了盛著沸水的洗衣機裡攪拌。他感到被熱得渾身發痛。男孩看到母親後背的汗水已經洇濕了衣服。她也在經受著劫掠和槌打，想必也被熱得渾身發痛。

「媽，我們要去哪裡？」得不到母親的回應，男孩無聊地獨自嘀咕：「他讓我跟你道歉，他說對不起。」

一路上母親又乾嘔了幾次，每次男孩都把那只可樂瓶塞給母親。這只是一個安慰性的動作，並沒有實質性的意義了。烈日晒透了塑料瓶，原本還剩下的一點漿水化為了烏有，幾片芹菜葉貼在瓶壁上，已經變成了黑色。男孩覺得手中的這個瓶子漸漸在膨脹，在變成一只氣球，如果他撒手，它就會飄向空中。

母子倆走進了一條狹窄的小巷。小巷的路面上汙水橫流。在一家小診所門前，母親讓男孩等在外面。她從那只信封袋裡摸出了一張百元鈔票，塞給兒子，讓兒子不要亂跑，但可以就近找地方吃點東西，吃完後回到原地等她。

男孩何曾得到過這麼多的錢呢？這讓他不免有些激動。對於那只信封袋，他也充滿了疑惑，此前他一度猜測，那只信封袋裡，沒準是裝著一份如何剿滅黃蜂的方子。他還沒有回過神，母親已經走進了診所。小巷裡擠滿了攤販。賣菜的，賣肉的，診所正對著的，是一家賣活禽的。雞被塞在鐵籠子裡，遍地褪下的雞毛和腐臭的下水。男孩走開一截，在一家五金店前的台階上坐下。此刻，他破天荒地擁有著一張百元大鈔，但卻絲毫沒有揮霍的欲望。這張鈔票之於男孩，就像喝空了漿水的可樂瓶之於母親，徒具象徵性的意義。

男孩感到累了，抱著可樂瓶儘量坐在路邊的陰影裡。他和這只瓶子之間浮動著一種特殊的感情。身後的五金店飄出金屬特有的甜絲絲的氣味。他想著這已經過去和即將過去的一天，認為如果還有下一次，自己再也不會來省城了。這裡和他想像中的完全不同，比他們村裡熱一萬倍，這條巷子裡的氣味，比他爺爺施過肥的菜地都要複雜一萬倍。在不可一世的驕陽之下，省城真的算不了什麼了。

不遠處的雞下水招惹了很多蒼蠅，四下飛舞，拖曳著綠色、藍色、乃至金色的弧線，像電焊時迸濺的花火。它們讓男孩想到了自家屋檐下那群不祥的黃蜂。總有幾隻蒼蠅在男孩的頭頂揮之不去。趕了幾下後，男孩再也懶得揮動手臂，任由牠們飛矢般的打在臉上。男孩很餓，也很渴。但他不知在跟什麼較勁，心裡憮憮的，同時還有一些沒來由的傷心，執意不用手中的那一百元錢去解決自己的飢渴。男孩讓飢渴都塞在自己的身體裡，似乎那樣他才能保持住必要的分量，不至於如一滴水珠般被這座城市輕易地揮發掉。

來自鄉間的男孩就這樣席地坐在省城的一條小巷裡昏昏欲睡。

起初他還不時留意張望一下那家小診所。其間有個穿著白大褂的護士拎著一只塑料桶出來，將一桶血呼呼的垃圾傾倒在路對面的那堆雞下水裡。蒼蠅四起，像憑空綻放了一朵流光溢彩的金屬花。後來男孩把頭埋在兩個膝蓋之間睡著了。醒來的時候，烈日依舊耀眼。男孩喉嚨乾澀，下意識吞嚥了一口唾沫，只覺得一陣刺痛。他閉起眼睛，伸出舌尖輕舔嘴皮。嘴皮上那個模稜兩可的局部，殘存著某種不可捉摸的魔力，它讓男孩口舌生津，獲得了一種莫可名狀的快感。男孩用舌頭抵著嘴唇，彷彿整個身體的重量都找到了一個可資依靠的支點。

母親在黃昏時搖醒了兒子。當空的太陽終於下落，高溫卻儼然一台滾燙的馬達，憑著慣性兀自繼續空轉。暮色四合，小巷蒙上了一層金燦燦的光芒。男孩張開眼睛，感到有些頭暈和噁心。他睡意惺忪，眼中的母親變得有些陌生，可是究竟哪裡發生了轉變，一時卻難以說清。母親整個人光芒閃耀，披著金色的紗巾，宛如站在未來的世界裡。

男孩站起來，一陣天旋地轉。在他坐過的地方，留下了一塊汗濕的烙印。他忘記了兩腿間夾著的可樂瓶。可樂瓶被男孩在睡夢中夾成了「K」形。它掉在地上，骨碌著滾出去，滾的過程中瓶體復原成圓柱狀，好像不斷被充進了氣流。但它並沒有像男孩所擔心的那樣飄向空中。男孩想去把它追回來，卻被母親阻止住了。

「我們去吃飯吧，你一定餓了。」母親的聲音虛弱不堪。

母親終於想起來兒子會餓了。說起來，男孩內心的失落也是有道理的。從早上到現在，他不過喝了一瓶飲料。男孩忘記了母親曾經闊綽地給過他一張百元鈔票，他只是感到莫名的委屈。今天他並沒有比在村裡時更糟蹋自己，沒有翻牆爬樹，沒有就地打滾，可是現在他覺得自己從沒有過的邋遢。他想自己是被熱壞了，是被熱髒了，是被熱病了。他甚至希望母親繼續忽視他的飢飽，乃至無視他的存在也好，好像現在母親對他冷酷一些，反而會給他起到降溫的效果。

男孩磨磨蹭蹭地跟在母親身後，震驚地發現母親的屁股上洇濕了很大的一塊。男孩猜想，難道她在診所裡尿褲子了嗎？母親走得緩慢而笨拙，是一種古怪的步態——兩腿叉開著，腳步蹣跚。

金黃的天邊浮著一輪銀白的娥眉月，薄薄的，幾近透明，輪廓給人隨時會淡化下去直至無存的脆弱感。男孩不經意間抬頭看到了這日月並存的天象，心裡只覺得一陣空茫。

母子倆走進了路邊的一家小飯館。母親雙手撐在餐桌上，慢慢地偎進椅子裡。這時候，男孩才如夢方醒，原來發生了轉變的，是母親的那張臉。那張母親面具一樣罩著的笑臉不見了。母親從診所出來，就像是被剝去了身上一層隱形的殼。這讓她整個人彷彿都縮小了一圈。同時，她也不再顯得僵硬和呆板。她重新變得柔軟，像一段弱不禁風的柳枝。

母子倆對坐在一張圓型的餐桌前。母親用一種兒子從未見過的目光動情地看著兒子。而男孩，也突然身不由己地感到了傷心。飯館實在不算高級，不比他們村口的那家強多少。母親的兩條胳膊放在油汙的桌面上，一隻手捏著那只牛皮紙的信封袋，一隻手將兒子的手捂在自己的掌心下。母親的嘴角掀動著，她有些不能自持地想說點兒什麼，但是她有些不能自持地什麼也沒說。母親生命的律動從掌心震顫著傳遞給男孩，一切都讓人感到絕望，但似乎又有希望暗自生長，就彷彿那只信封袋中，真的如男孩所想像的那樣，裝著一個一勞永逸的對策。

男孩乾燥的舌頭猛然變厚，抽動著，感覺像是要縮進喉嚨裡。在他身體的深處有一種相反的、無法控制的氣流一個勁兒地向上拱。他預感到有什麼事即將發生。

母親將桌上那張封著塑料皮的菜單推向兒子：「你給咱們點吧，點最好的，點你最愛吃的。」

男孩想給母親一些安慰，他想讓母親高興起來，想給出一個與這一天相匹配的建議。他忍住不適，故作輕鬆地用普通話鄭重其事地說：「喝杯咖啡吧，加點兒糖吧。」

說完男孩勢不可擋地嘔吐起來。隔著小飯館的窗玻璃，男孩看到一只可樂瓶飄浮在空中。天光是琥珀色的，宛如流淌著油脂與蜜。此刻還有什麼在空中飄？下落的夕陽，上升的弦月，雞毛，下水，熠熠生輝的蒼蠅，一個血呼呼的弟弟，以及宿命一般掩殺而來的黃蜂。

原來嘔吐是這麼地令人忍無可忍。

把我們掛在單槓上

司馬教授把自己掛在單槓上。他用兩個膝彎夾著橫桿，身體倒垂著，晃晃悠悠，遠看起來，好像晾在風裡的一塊床單什麼的。這個姿勢並不是他要追求的效果，他說，他力圖達到的水準是——要像一只馬扎似的把自己折疊起來。大家跟著他聯想馬扎的樣子，有人恰好屁股下面就坐著馬扎，於是拿出來示範，「啪」地一聲，攔腰合住。人們驚呼：

是這樣子的啊！

不錯，正是這樣子——攔腰折疊，這就是司馬教授正在孜孜以求的境界，他幻想著以自己的腰部為基點，「咔嚓」一下，將整個身體懸掛在單槓上面。這「咔嚓一下」，也是出自大家的聯想，人們似乎都聽到了有這麼一聲，要響亮地從司馬教授的腰際發出。

單槓其實很低，是生活區裡安裝的那種玩具似的健身器械，並不具備正規單槓的高度，所以老弱病殘都有條件在上面騰挪一番。平時大家在上面施展，最好的動作無外如此：兩臂用力，把自己支撐起來，厲害一些的，能多堅持一會兒。大多時候，是一些小孩手握橫桿，然後雙腿蜷曲，兩腳離地，很無賴地吊在上面晃蕩。兩相比較，司馬教授目前完成的姿勢已經屬高難度動作了，可他居然並不滿足。

這天黃昏，司馬教授倒掛在單槓上，滿頭巍峨的銀髮離開頭皮，像一頂冠冕堂皇的皇冠，直衝衝地指向大地，由於拉力的作用，本來就很乾癟的肚皮現在完全凹了進去，上身的衣服堆到胸口，於是讓胸部顯得很臃腫，很發達，好像女人的體形，又好像蘊藏著結實的胸大肌，如一個大力士一樣。對於司馬教授的別出心裁，人們普遍不看好。大家圍在單槓邊，規勸司馬教授：

下來吧下來吧，這麼大年紀了，有個閃失可怎麼得了？

司馬教授掛得時間不短了，血都湧在頭上，臉色紅彤彤的。他看大家的眼神也不對，向下翻著白眼。如果把他的身子翻轉過來，白眼當然就是向上翻的，但不管向上還是向下，既然是白眼，就都有股目中無人的輕蔑在裡面。然而大家能夠原諒司馬教授，認為他此刻的白眼和態度毫無關係，完全是地心引力使然。目睹一位年近七旬的老人在單槓上一意孤行，人們變得都很客觀了，變得很有科學精神。

司馬教授翻著白眼在圍觀者裡睃尋，睃來睃去，好像上帝在嚴格地遴選他的子民。大家碰到他的目光，都有些害羞，並且不由自主地嚴肅一下。司馬教授的白眼後來落在了林教授的臉上。林教授是數學系退下來的，但身體像個在職的體育系教授一樣健壯有力。所以他被遴選出來了，司馬教授對他說：

老林老林，你過來幫我一把。

人們擠在單槓周圍，本來有一道無形的圈，儘管興致勃勃，但大家都自發地停在那道圈外，和倒置的司馬教授保持三步以上的距離。這三步以上的距離被許多複雜的情緒填充著，有驚訝，有興奮，還有種莫可名狀的恭順在裡面，雷池一樣的，似乎誰邁了進去，誰就妨礙了偉大的事物。林教授得到了召喚，謹小慎微地走進了那道圈裡，現在，他和司馬教授只有一步之遙。

司馬教授說，老林你過來扶我一把。

林教授蹲下去，頭和他的頭一正一反地對上，好像一組雙引號。

林教授說，司馬你是要下來吧？

司馬教授說，我不要下來，我是讓你過來托一下我，好讓我的腰擔在槓頭上。

林教授說，把腰擔在槓頭上？你這個老東西要什麼把戲？

司馬教授腰一挺，兩隻手捉住橫桿了，這樣一來，他的上身就像隻蝦米一樣地躬著。考慮到司馬教授的年紀，這個姿勢就可謂矯健了。他說：

老林你給我點支菸抽抽。

林教授摸出自己的菸，嘴角一邊一支，同時點著了，很周到地塞一支在司馬教授嘴裡。

司馬教授騰不出雙手，只好巴搭著嘴控制抽菸的頻率，煙霧把他的眼睛熏得夠嗆。他嘴上叼著菸，眼睛一隻開一隻闔，好像中風那樣，半邊臉抽搐著。把身體像只馬扎似的折疊在單槓上的這個願望，司馬教授就是用這副表情向大家宣布的。

那個時候我正放學歸來。時值陽春，空氣暖酥酥地讓人很舒暢，我這個小學五年級的男生胸中洋溢著一股詩意，當時我在心裡吟哦著的，是這樣一首詩：

草長鶯飛二月天，
拂堤楊柳醉春煙。
兒童散學歸來早，
忙趁東風放紙鳶。

不是嗎？很貼切的。唯一和事實有出入的是，散學歸來的我，沒有條件去「忙趁東風放紙鳶」。一般情況下，散學歸來後我首先要回家報到，然後趕在晚飯前把作業搞完，晚飯後呢？就要去學習古典詩歌了。當我還是個學齡前兒童的時候，我的母親就把我送到了司馬教授面前，對他說：

司馬先生，我兒子的古典詩歌就交給您啦。

我母親是這所師範大學的物理講師，但她認為，對於一個兒童來講，古典詩歌比物理定律更具備滋養心靈的功效。所以她就把我交給了司馬教授。司馬教授已經退休多年，但名頭依然是響噹噹的，他一生主攻楚辭，尤其對於宋玉的研究，堪稱學界翹楚，於是我的古典詩歌啓蒙就是以此為發端的——悲哉秋之為氣也！蕭瑟兮草木搖落而變衰。學齡前兒童，算得上是「自幼」了吧？那麼，我就是自幼在司馬教授那裡受到了古典詩歌的薰陶。因此，我覺得我對古典詩歌還是有一些心得體會的。被司馬教授帶了幾年，我發現，我們的古典詩歌在總體上，是很憂傷的，見春悲春，遇秋傷秋，好像一年到頭沒有個讓人高興的時候，即使「一枝紅杏出牆」「這樣的句子，也讓人心裡酸酸地提不起精神。我這個小學五年級的男生，灌著一肚子這樣的古典詩歌，整個人都有些心事懆懆的模樣。這讓我和同齡的孩子們形成了差別，他們紅光滿面，我小臉慘白，人說「腹有詩書氣自華」，我想我慘白的小臉，就是一種「腹有詩書」的標誌性容顏。所以我漸漸地有些自命不凡，習慣於獨來獨往。

那天黃昏，我散學歸來時，身邊還跟著個小孩。這個小孩是司馬教授的孫子，名字就叫司馬小孩。我們是同班同學，又毗鄰而居，按理說應當是要好的朋友，但事實恰恰相反，我和這個司馬小孩很合不來。我被母親送到司馬教授面前接受古典詩歌的薰陶，論條件，當然沒有司馬小孩得天獨厚，但這個司馬小孩對他爺爺的那一套根本不放在眼裡，從小都是我在他家搖頭晃腦地背，他卻在一旁變著法地干擾人，我因此非常討厭他，他爺爺呢，也因此討厭他，用我做藍本，時常比照著把他教訓一通。這樣司馬小孩就有理由仇恨我了，他認為我剝奪了他這個「真孫子」的一些權益，在學校裡總罵我——裝孫子！我們這兩個孫子一般是不來往的，即使在他家裡，也像兩個陌生人一樣，散學歸來的路上，更是各行其道，誰也不搭理誰。可是這天散學的時候，他卻湊在我眼前說：

許浩波要揍你。

許浩波是誰？這個人我是知道的，他是我們那所小學的一個霸王，屁大一點的孩子，就會蹲在校門口抽菸了。對於這種人，我是很不屑的，有一次對一個同學說過「少壯不努力，老大徒傷悲」的話，這話的確是針對許浩波說的，我也有些賣弄，不想卻傳到他耳朵裡了。所以他要揍我。對於這個消息，我並不怎麼感到害怕，我一肚子的古典詩歌，這點兒篤定還是有的，我想揍就揍唄，幹什麼先要讓司馬小孩傳話呢？這明擺著就是虛張聲勢。司馬小孩沒有等來我膽戰心驚的模樣，很不甘心，一路尾隨著我，喋喋不休地恫嚇我說：

許浩波要揍你許浩波要揍你許浩波要揍你。

後來我被他說煩了，心裡開始默頌起來，從「夢裡不知身是客」一直背到「飛揚跋扈為誰雄」。這很管用，古典詩歌在我的心中縈繞，就好像讓我做到了心中有數，根本對他的恫嚇嗤之以鼻了。當我背到「草長鶯飛二月天」時，已經走到了生活區裡，眼看要和司馬小孩分道揚鑣。但是我們看到了單槓前聚攏的那群人。

司馬小孩率先擠了進去。我本打算走開，但聽到了人們嘴裡在說司馬教授，於是也跟著擠進去了。這時候林教授已經開始幫司馬教授的忙了，他扎了個馬步，雙手托在司馬教授的腰上，正用力向上舉。人們都在心裡跟著默默使勁，有一種眾志成城的氣氛。司馬教授自己也很努力，身子配合得很好，所以林教授很穩地把他托起來了。現在，司馬教授是這麼一副姿勢：本來勾著的腿伸直了，擔在橫槓上，挺挺的，腰部被林教授托舉著，也挺挺的，他的雙手併在大腿上，整個人懸浮在半空中，有些僵硬，好像魔術節目裡凌空的配角，正等著魔術師用一個圈從身體上套過去。他說：

向前向前，老林你把我的腰送到槓頭上。

讓林教授把他的身子平移過去卻是件比較困難的事，林教授使了把力，像給炮筒上炮彈一樣，也才是把他的屁股送到了目的地，雖然腰和屁股近在咫尺，但林教授卻力不從心了，畢竟，林教授也是快七十歲的人了。林教授說：

不行咯不行咯，你個老東西骨頭裡面灌著鉛，是個壓秤桿的秤砣。

突然一個聲音大叫道：爺爺我來幫你！

司馬小孩一個箭步衝了上去，他抱住了自己爺爺的腿，二話不說就向前猛地一拽。司馬教授的身子向前一滑，腰就落在槓頭上了。

哇呀——

司馬教授尖叫一聲。

幸好林教授並沒撒手，依然托舉著他身子的重心，即便如此，腰間一旦受上力，還是讓司馬教授倒吸了一口涼氣。人們忽然意識到了這裡面的危險性，可謂恍然大悟，有幾個身手敏捷的「呼啦」一下擁過去，七手八腳地把司馬教授的身子撐住，於是，司馬教授平躺在了人們用胳膊交叉起來的擔架上。大家齊心協力，司馬教授發現人們試圖要將他抬下單槓，立刻叫起來：

不要放我下去！你們慢慢鬆手，我的身子就會像馬扎一樣地疊起來。

有人說，司馬先生，人怎麼能像個馬扎一樣呢？這太難了，只有雜技演員能做到吧？雜技演員也不一定做得到啊！

又有人說，只有柔術師才能把自己折成個馬扎——可是，司馬先生你不是個柔術師呀。

司馬教授躺在空中對這兩個人說，我當然不是雜技演員，更不是柔術師，這個還用你們說嗎？

接著，司馬教授揮著拳頭向大家發誓：

可是，就在這根槓頭上，今天早上我千真萬確地把自己像個馬扎一樣地疊起來過！人們「嗡」地一聲，聲音雖然不大，但有些哄堂大笑的效果。

司馬教授說，你們可以不信，那時候天還沒亮，鬼影子都沒有一個，你們都在睡大覺，當然看不到那一幕。

司馬教授的臉上浮出一絲陶醉的微笑，他橫在空中，又毫不費力，當然應該有些這樣飄飄然的表情。他一再要求大家：

試一試，你們試一試，實踐是檢驗真理的唯一標準。

在他的指揮下，人們小心翼翼地實踐起來。先是從司馬小孩開始，司馬小孩叫道：

爺爺我撒手啦！

然後，司馬教授的腳就被自己的孫子丟開了。接著是頭，被人抽去了支撐。那個托頭的人鬆手後，還是很負責任地將手保持著先前的動作，只是略微向下沉了沉，半蹲著，像個守門員，隨時要進行撲救一樣。在他的示範之下，大家都採取了同樣的態度，從頭到腳，如履薄冰地交替著卸掉力氣，漸漸把司馬教授交付給那根橫在當中的鐵槓。起初很順利，司馬教授的身子很鬆弛，每失去一點依託，就軟綿綿地向下垂一些，整個身子居然真的有種柔若無骨的趨勢，那個馬扎般的前景似乎真的就要兑現在人們眼前。但是，這種趨勢很快就戛然而止了，膝蓋，那是道繞不過去的坎，當司馬教授的小腿完全耷拉下來後，良好的趨勢就再也不向前邁進了，他的大腿硬邦邦地戳在半空中。上身的狀況還不如下身，它在脖子那裡就受到了阻擊，司馬教授只能把腦袋無力地向下垂掛著，儘管腰部那裡微微拱向天空，但大家都看出來了，那是司馬教授自己在向天使勁，並不是被槓頭擔彎了骨頭。我也看到了，司馬教授的腰已經離開了單槓，他是借助著大家的托力在搞鯉魚打挺那樣的動作。這樣一來，司馬教授的動作其實就和單槓沒什麼關係了。人們的手均勻地分擔著他的重量，因此他沒有吃到脊椎對槓頭那種針尖對麥芒般的苦頭。縱然如此，當身下的手越來越少時，司馬教授還是禁不住呻吟開了：

啊喲，啊喲喲喲——

最後那幾雙手的主人意識到不妙了，很顯然，隨著自己前面的人撒手之後，他們的負荷會越來越重，這還是其次，嚴峻的是，隨著負荷加重的，就是責任了。這幾個人都感到自己是捧了個燙手的山芋。位置比較靠前的，乾脆迅速抽身，像跑接力賽一樣地，把棒交給下一個選手。支撐力撤得太快，司馬教授就吃不消了，骨頭都發出「嘎嘎」的聲音。站在最中間的，是林教授，他處在最不利的位置，可謂風口浪尖，也可謂中流砥柱。林教授大吼一聲：

停！

這一聲喊住了最後的三雙手。連林教授在內的那三個人，像捧著一具烈士的遺體般地捧著司馬教授。司馬教授還幻想著垂死掙扎，他說：

啊喲喲喲——你們聽我命令，緩一緩緩一緩，然後再繼續！

林教授恢復了一個數學教授應有的理性，他說：

司馬，你這麼拿我們開心，簡直是荒謬啊！

司馬教授分辯說，老林我是怎樣的人你不清楚嗎？我怎麼會拿你們開心呀？這句話好像有些說服力，起碼我可以證明，司馬教授不是個會拿人開心的人，我是他老人家的關門弟子，他的嚴謹我是領會至深的，司馬老人家品行端莊，素有古君子之風。

林教授很有邏輯地說，既然你早上一個人都能折馬扎，現在這麼多人托著你，你倒啊喲喲喲起來，你這不是拿我們開心是什麼呢？

司馬教授無言以對，委屈地說：

你不要問我，我比你更奇怪，怎麼早上能做的事，還不到晚上就做不出來了？我就是不信，人連自己身體的主都做不了。

林教授說，這有什麼好奇怪，七老八十的人了，你還想做身體的主？

司馬教授說，不是這樣子的，明明我早上做出過那個動作，否則我現在也不會這樣不自量力。

司馬小孩繞到他爺爺頭前，嬉皮笑臉地說：

爺爺你是在夢裡折馬扎的吧？

司馬教授勃然大怒，脱口便是一句唐詩：

朱顏今日雖欺我，白髮他日不放君！

司馬小孩哪裡聽得懂這兩句的意思，依然嬉皮笑臉的，他把自己爺爺的頭摟在懷裡，得意洋洋地說：

爺爺你的脖子累啦，你乖，我托托你。

司馬教授的頭搖得像撥浪鼓一樣，他是在表達著自己沮喪的憤怒，他跟別人不好發作，就只好衝著司馬小孩來了，誰讓他是司馬家的小孩呢？司馬教授的身子被頭連帶著一起波動，捧著的那幾雙手猝不及防，一下子險象環生，幾乎被他滾落下來。大家一片驚呼，那些蓄勢待發的手「呼啦」一下全頂上去，重新將司馬教授接在了胳膊交叉的擔架裡。這一回大家不給司馬教授機會了，一二三，步調一致地將他從單槓上抬了下來。落地後的司馬教授尷尬萬分，像一個跌落人間、蒙塵了的老神仙，他站在人群裡東張西顧，一副左右為難的樣子，嘴裡不斷嘀咕，既像是自言自語，又像是對大家申辯：

真是這樣子的，我晨練的時候真的做出那個動作了，我自己都是嚇了一跳的……

我聽到有個老太婆説，司馬先生你一定搞錯咯，你怕是用肚子擔住槓頭折馬扎的，那樣還是很好折的，我們大家都折得起。

一個婦女接住話說，話是這麼講，可是，難道司馬先生連腰和肚子都分不清楚嗎？

林教授的語言比較精煉：是呀，一個是前仰，一個是後合，不同的。

人們開始各抒己見，暢所欲言。不要說司馬教授，連我都覺得這種沒頭沒腦的議論很讓人反感。擠在單槓前的都是些什麼人呢？他們基本上是這所師範大學教職員工的家屬，只有這些家屬，最喜歡來健身器前鍛煉身體了，林教授這樣的人混在裡面算是有辱斯文，我想這也是司馬教授求助於林教授的一個理由，他大概覺得林教授和自己是同類，比較好張口。我的心裡也有一些偏見，我肚子裡的古典詩歌令我將這些家屬們當做自己的「異類」，聽這些「異類」誇誇其談地談論司馬教授，我突然有些義憤填膺。司馬教授一定和我有著相似的心情，但他不好動怒，這些人剛剛熱情洋溢地把他抬上抬下的，他就沒有翻臉的權利了。司馬教授為難死了，他很想讓大家相信他的話，但又只能用比較低的姿態來反覆說明，說來說去，就把自己說出了忍辱負重和自取其辱的模樣，但人們還是不能相信他，家屬們自說自話，好像都比眼前這個楚辭權威要聰明得多。我看出來了，立在人群中的司馬教授有些矛盾，他臉上的表情很明顯，那就是，他正在拿不定主意是否要破釜沉舟地重新回到單槓上。我鼓起勇氣對司馬教授喊道：

司馬先生該回家吃飯啦！

我的聲音讓自己感到陌生，它混在家屬們嘈雜的聲音裡，無端端地就有股做賊心虛的味道，輕飄飄的，像一根稻草浮在水面上。但司馬教授立刻抓住了這根稻草，他的目光一下子就找到了我，他充滿驚喜地對我說：

毛亮，你相信我的吧？

我模稜兩可地「喔」了一聲。

司馬教授顯得有些害羞，他說：

大家都不信我，你說我該怎麼辦？

我說，您不需要讓大家信您啊，您自己信自己就好啦。

我繼續指出：現在已經是吃飯的時候了，您應該先去吃飯，只有肚子吃飽了，您才有力氣把自己折成馬扎。

我們就這樣輕輕地交流著，聲音湮沒在家屬們熱烈的議論之中。雖然我有時候也會懷疑，這番交流是否真的在那個黃昏發生過？然而記憶總是以肯定的面目向我證實——是的，它很有可能發生過。證據是：司馬教授在那個黃昏突然像被人說服了一樣，分開人群，回家吃飯了。

我也回家吃飯了。我的心情有些沉重，可我說不出理由，我已經被古典詩歌陶冶出了某種氣質，就是，時常會神出鬼沒地感傷，所謂「感時花濺淚，恨別鳥驚心」，完全是一些刁鑽詭異的比附影射，根本不需要邏輯嚴密的因果。吃完飯，搞完作業，照例我要去司馬教授家求教。往常出門，我會這樣和母親打招呼——我走啦！或者——我去司馬先生家啦！但是這一天，我跟母親打了個非同尋常的招呼，我對她說：

我去學習古典詩歌啦！

穿過夜色中的生活區時，我在那根單槓前逗留了片刻，我四下望一望，確定沒人後，縱身躍上了槓頭。我採用的是這樣的姿勢：雙手反抓橫桿，然後用力向後一蹴，身子翻轉半周，天旋地轉，兩條腿就勾在上面了。我嘗試了一下，發現要讓腰部湊到槓頭上，完全就是一件不可能的事情，是異想天開和痴人說夢。那時候已經是滿天星斗了，我倒掛著，用腿彎勾住槓頭晃蕩了一陣，我認為從這個角度遙望夜晚的天空，還是很美的，因為它顯得更空曠了。我只是不能確定自己的視角算是仰望還是俯視。

我按時敲響了司馬教授的家門。司馬教授的兒子、司馬小孩的父親，這個男人愁眉苦臉地將我迎了進去。然後我就看到了司馬教授的怪模樣。他橫在那裡，腿拖在地板上，頭扎在沙發裡，腰呢，狠狠地擔在沙發藤質的扶手上。原來他把沙發的扶手當做單槓了。這個模樣實在古怪，不專門擺，恐怕人一輩子也不會弄出這樣的造型來，除非一些命案的現場，一些非正常死亡的屍體才有可能這樣架在沙發上。依然是毫無道理，我的心裡又蹦出一句牛頭不對馬嘴的詩：

君看一葉舟，
出沒風波裡。

司馬教授的兒子、司馬小孩的父親，這個一籌莫展的男人，把我當成救星了，他衝著自己的父親說：

你看你看，毛亮來學習了，你快些起來吧。

從我的角度看，我看不到司馬教授的頭，只能看到他挺起的肚皮。我看到他的手從沙發裡伸了出來，向我擺了一擺。司馬小孩一直不懷好意地貼在我身後，此時用手捅了一下我的屁股，提醒我：

他在叫你！

我不安地走向前，有些戰戰兢兢。這樣我就看到司馬教授的頭了，但他的頭鑽在沙發裡，一片陰影把他的面目蒙住了，讓我不能看得分明。司馬教授埋在陰影裡對我說：

毛亮，以後你不要來了……

司馬教授沉吟了一下，繼續說：

古典詩歌沒用的，如果人連自己的身體都做不了主，學什麼都是可笑的。

如今看，司馬教授話裡的意思是很明白的，但是當時我卻沒有聽懂。當時我細著嗓子問：

您說什麼？

司馬小孩大聲指點我：笨蛋！他是說身體比詩歌厲害，他絕望啦！他要重新做人！

我不相信這些話是司馬小孩自己總結的，我想一定是我來之前司馬教授這樣表達過。司馬教授的兒子、司馬小孩的父親，這個束手無策的男人，開始教訓他的兒子。司馬小孩很張狂，和他老子針鋒相對地幹。我失魂落魄地從他們家出來，心裡有種被拒絕後的淒涼，他們家的門在我身後關住，我覺得被那扇門關閉了的，豈止是三個姓司馬的人，我想從此一些浩渺的事物就和我切斷了關連。當我走出樓洞，走到夜空下時，仰頭望天，儘管有星無月，但我的心裡還是蹦出了不鹹不淡的一句：

人散後，一勾新月天如水。

我接受古典詩歌薰陶的日子就此終結，一切看起來比較荒謬，正本清源，我只能將此歸咎於那根單槓。我胸中的文章失去了補給，這樣一來，我慘白的小臉就完全只是慘白和小臉了，沒有了華彩的理由。壞運氣總是接二連三，當我徹底無精打采的時刻，許浩波殺到了我的眼前。他在春天的時候通過許多人向我傳達過他要揍我一頓的宣言，這樣沸沸揚揚地散布了半年的光景，我都聽得麻木了，所以當他突然要兑現這個宣言時，我真的是驚慌失措。我去上學，正值午後，路面上升起臬臬的熱浪，視野低處的景物都有些蕩漾。許浩波就在此時攔住了我的去路，他的身後跟著一群看熱鬧的阿貓阿狗，裡面當然有司馬小孩的影子。我聽到許浩波大喝一聲：

喂！你罵過我！

我感到自己在發抖，我的篤定在半年前那個「一勾新月天如水」的夜晚開始隨風而散，現在幾乎已經蕩然無存了。我避實就虛地說：

你說什麼？我聽不懂。

許浩波說，你罵過我！

我做沉思狀。

許浩波說，少壯不努力，老大徒傷悲，這個話，是你罵的吧？

我弄出頓悟的樣子，點點頭。

我和他商量：這個，不能算是罵吧？

我承認，我是有些裝瘋賣傻，可是，此刻除了裝瘋賣傻，我還能怎麼辦呢？我眼前的這個霸王，不但比我高出一頭，還比我寬出一截，他在盛夏裡暢胸露懷，那模樣，大馬金刀的，我傷心地想自己今天在劫難逃了。果然如此，我們面面相覷了一會兒，許浩波被我搞煩了，他說：

媽的不跟你囉嗦！

說完他就動手了。實際情況比我料想的更糟糕，這個霸王五大三粗，卻一點也不笨拙，甚至稱得上是靈動，他沒有用我想像中的蠻力來攻擊我，而是非常專業地使出各種花招，把我打得團團轉。我先是被他背了起來，他一聳肩，我便飛了出去，但手腕還被他扣在掌心，他一拽，我就到了他的懷裡，然後我的腳下一絆，不知道什麼原理，又一頭栽了下去。就是這樣，我完全是身不由己，好像被一雙翻雲覆雨的手在肆意撥弄。我寧願像個被動的拳擊手那樣遭人毆打，那樣，還有一些慘烈的體面在裡面，有種「雖死猶榮」的光彩，但是當下發生的一切，只能讓人羞憤，他的這種打法完全是戲弄式的蹂躪，像耍猴一樣地讓我出醜。圍觀的人又是喝彩又是鼓掌，真像是在看戲一樣，他們都是我的同學，他們見證著我的恥辱時刻，我知道了，在他們眼裡，我也是一個「異類」。我的確是被打懵了，這個傢伙真是神奇，能夠把我像個風車似的轉來轉去。我被摔壞了，暈頭轉向的我，腦子裡居然不合時宜地閃出這樣的句子：

粉身碎骨渾不怕，
要留清白在人間。

不倫不類啊！而且還自欺欺人！今天我想起來頭皮依然會一陣陣地發麻，我很為自己的滑稽而傷心。那個午後，我的對頭充分展示了一具身體所能夠達到的完美境界，他的身段行雲流水一般的流暢，電光火石一般的灑脫，連挨打的我，都深深地體會出了一種美感。後來他打累了，我居然有些意猶未盡之感。他們跑散掉了，我「呼哧呼哧」地躺在熱浪裊裊的路面上。那天下午我第一次逃課了，我整個人都披頭散髮、東倒西歪的，這副樣子實在沒臉再去學校了。我奄奄一息地沿街徘徊，有幾個與我年紀相仿的小乞丐對我生出了警惕之心，他們惡狠狠地向我做鬼臉，打下流手勢。我嚇壞了，很怕再次遭到不測，只好寂寞地走向了城外。

當我灰頭土臉地踅回家時，已經是後半夜了。我想不用說，我的父母一定急壞了，我為此有些惡毒的快意，我只是個小學五年級的男生，受了這麼大的傷害，似乎只有父母也跟著我一道痛苦，才能安慰我那幼小的心。我走進黑夜中的生活區，然後就看到了那枚閃閃爍爍的菸頭，它在黑暗中明明滅滅，分外惹眼。我被它吸引著來到了那根單槓前，於是，這樣的一幕在夜色下浮現：有一樣物體，貌似一床棉被，兩頭齊平地掛在單槓上。我把它首先想成棉被是有根據的——天氣好的時候，學校裡的家屬們經常把自家的棉被搭在單槓上晾曬。但是顯然，棉被不會叼著支菸。你一定也猜出來了，不錯，這個兩頭齊平掛在單槓上的，正是司馬教授。我的腦袋依然昏沉，但還是感到一陣激動，我想奇蹟總是發生在黑暗中，他老人家終於把自己折成了一只馬扎啊！我聽到他問我：

是毛亮嗎？

我答應了一聲，貼近了認真地端詳他，他有多麼愜意啊，嘴上叼著菸，身體在夜風中不易覺察地輕輕擺動，他像一床棉被，但是比棉被更柔軟，確切地說，他更像一把拉麵——我母親在家裡拉麵時，總是用一根筷子挑起拉好的麵條，然後下到沸騰的水中。我剛剛經歷了身體上嚴重的挫折，現在目睹這樣一個出神入化的身軀，感到了無比的驚詫，嚮往之情油然而生。司馬教授如願以償地懸掛在單槓上，在這個夜晚，他的喜悅溢於言表，儘管他曾經向我宣告過「古典詩歌是沒用的」，但是，此刻他還是得意地對著夜空吟頌出了如下的詩句：

六十餘歲妄學詩，
功夫深處獨心知。
夜來一笑寒燈下，

始是金丹換骨時。

那天夜裡，受到他的感染，處在挨打後遺症中、腦子像一團糨糊一樣的我，也不由得浮想聯翩，許多毫不搭界的詩句紛至沓來——此曲只應天上有，人間哪得幾回聞；同來玩月人何在，風景依稀似去年；當年不肯嫁春風，無端卻被西風誤……其中最離譜的兩句是：

仗義半是屠狗輩，
負心都是讀書人。

然而我們的古典詩歌多麼莫名其妙啊，似乎哪一句都能對應著此情此景。和古典詩歌同樣莫名其妙的，還有我們的身體。今天我已經是一名出色的柔術師了，我能夠隨隨便便地把自己的身體擰成一根大麻花，至於馬扎什麼的，簡直是輕而易舉，有時候我吃飯都是把頭從胯下鑽出來邊玩邊吃，當我在舞台上旁枝斜逸地表演時，觀眾們一定會覺得非常之莫名其妙。我的職業讓我的母親很失望，我連一個物理講師都沒弄到手，然而我心安理得，因為我的身體可以被我隨心所欲地做主。如果要追溯我職業的發端，我會向你回憶那個夜晚——那時我晃了晃腦袋，裡面喧囂的詩句像頭皮屑一樣地紛紛撒落，然後我默默地走過去，貼著司馬先生，神魂顛倒地把自己掛在了單槓上。

蒂森克虜伯之夜

1

鳳凰城的笙歌之夜。包小強托著不鏽鋼盤子跑前跑後跑。盤子裡站著一支洋酒，芝華士十二年，四十三度。下一趟包小強還得為這支酒端來紅茶和冰塊。空氣中有股酸味，儼然發酵了一般。夜總會裡的一切，都在經受釀造。包小強穿著立領襯衫，打著領結，腳上是一雙和不鏽鋼盤子一樣鋥亮的白色漆皮鞋。漆皮鞋不透氣，如此一來，跑一晚上，鞋子裡就會積出腳汗，每走一步咯吱咯吱作響。一俟客人光臨，包小強便興奮難抑，暗自吆喝一聲：

「少爺，開工啦！」

酒水超市的領班看他將盤子耀武揚威地扛在肩上，不時還花哨地擺弄一下造型，就很替他擔心。

「我的少爺哎，別張狂，你托的是幾千塊錢！」

包小強人來瘋，雜耍一般連盤帶酒虛擲上去，迅速托住，在驚呼聲中，手腕旋轉，將盤子和酒運到背後，另隻手接著了，再運回肩頭。一個喝多了的客人跌跌撞撞地迎面過來，目睹這番表演，惡吼一聲：

「好活兒！」

包小強將酒盤收在腹部，彎腰向客人鞠躬致敬。他負責的包廂在樓上，進到電梯裡，依然聽得到這位醉漢兀自叭叭地在身後鼓掌。觀光電梯轎廂內透明的一側對著夜色，外面閃過一道火球，沉悶的奔雷隱隱滾過。轉瞬，蘭城特有的、泥點般的雨滴稀稀拉拉地摔打在玻璃上。包小強吹了聲口哨，對著電梯按鈕上閃爍著的那幾顆紅字做出鬼臉。

蒂森克虜伯

——這幾個字的音韻，乃至筆畫，每每念及，都讓包小強有種過電的感覺。什麼意思呢？在他心裡，這幾個字囊括了一切與自己家鄉沽北鎮截然相反的事物，是另一個世界的代名詞，具有戲劇性和儀式感，就像他如今的這一身行頭。

夜總會裡的服務生都是些漂亮孩子，誇張得很，女孩子叫公主，男孩子叫少爺。貴賓五號是包小強負責的包廂。這間包廂特別，其他包廂是按照溫柔鄉來裝修的，貴賓五號截然相反，布置得像個戰場，粗獷，冷硬，置身其間，彷彿能夠聽聞鏗鏘之聲。貴賓五號是專門接待女客人的。否則也不會叫一個少爺來伺候。女客人顯然是喝了酒來的，斜倚在沙發裡，半醉半醒，一切都交由少爺來打點的樣子。

此刻包小強的心情是歡暢的，腳步是雀躍的，覺得自己就是在過著一種「蒂森克虜伯」式的生活。女客人是熟客，一貫獨來獨往，他已經伺候過幾次，掌握了規律——酒是價格不菲的芝華士十二年，加冰和紅茶，不唱歌，有時候點了歌，讓包小強用沽北鎮的腔調清唱，她呢，臥在沙發裡啜酒，間或小睡過去。

有過幾次經驗，他已經摸清了路數，服務起來得心應手。自從做了少爺，包小強遇到過不少凶惡的客人，喝多了發飆的，也沒少見識，譬如被人用酒潑了臉。這個女客人倒是難得的好伺候，而且每次都喊包小強來。高麗對包小強說，這個富婆看上你了，她要包你。這話包小強是當玩笑話聽的，但心裡還是有些竊喜，少爺當得愈發來勁兒了。

進到包廂，女客人似乎睡了過去，頭垂在胸前，高跟鞋踢在一邊，兩隻腳踝壓在屁股下面盤坐著。她需要來點兒更加夠勁兒的。包小強持酒而立，居高臨下，又做出了一個隱蔽的鬼臉，像是對著電梯裡那幾顆無知無覺的紅字。作為一個侍者，面對酒意朦朧的客人，他就像是在玩著一個人的表演，在唱一齣自娛自樂的獨角戲。

接下來他又跑了幾個來回，運來了一桶冰，一打軟飲，這個配比是女客人的習慣。她喜歡嚼冰，冰塊常常被她接二連三地塞進嘴裡，咬碎，發出銳利的聲音。最後，他端來了果盤。女客人在果盤擺上的一瞬間，突然伸手過來插了片西瓜。這讓他嚇了一跳，擔心自己剛才的嘴臉被對方察覺到了。他立刻變得畢恭畢敬，倒酒，開機，說：

「姐今晚又喝多啦？」

在夜總會裡，公主把所有的男客人叫哥，少爺把所有的女客人叫姐。

「姨，」她糾正，「叫姨。」

但包小強卻改不了嘴，每次都要從姐開始叫起。

按部就班，她再一次糾正：「姨，叫姨。」

包小強遞上一杯冰塊加到了杯口的酒，把茶几上的兩只骰盅推過去。

「姨，咱還是先吹牛皮？」

「吹牛皮」是骰子的一種玩法，每人五只骰子，搖了之後互相欺瞞，不過是虛張聲勢、爾虞我詐的那一套，就像人生的縮影。這個姨沒有答覆，手伸過去徑自搖動了骰盅。

笙歌之夜就是這麼回事。

2

包小強直鼻細眼，頭髮常年蓬亂，如果每星期能洗上一次澡，模樣說得上是好看。但包小強自己去年才明白這一點。他來自一個叫沽北鎮的地方，從蘭城步行回去，翻山越嶺，大概得走個一年半載。一米八的個頭，愣頭愣腦，在沽北鎮成長的日子，包小強也就是個傻小子。沽北鎮上的少男少女也早戀，藏身無邊麥田，探究男女之事。而今包小強在蘭城做了少爺，卻還是個處男。在包小強眼裡沒有女人。別人藏身麥田，他藏身柿子樹上。沽北鎮到處都是柿子樹，大多枝杈平斜，能讓他橫臥其上，透過密密匝匝的樹葉望天。

這麼一個小鎮少年，具備將來去鳳凰城夜總會做少爺的潛質，卻顢頇懵懂，身陷民風曠達的沽北鎮，不免要讓人擔心。包小強的母親在鎮上賣涼粉，某日看到兒子洗去臉上的蒙塵，真容畢露，不禁憂心大作，對他激動地吼：

「以後賣布的張寡婦跟前你離遠些！」

去年夏天包小強照例躺在柿子樹上，手枕腦後，翹著腿，沐浴穿透樹葉縫隙的夏日烈陽，幻想某種自己不曾觸及、也無從想像的玄妙生活。一輛客車頓了頓，撂下一個孤零零的乘客。

她叫高麗，是鎮上的姑娘。高麗在路邊站了一會兒，好像頗感躊躇，突然對自己生長於斯的家鄉感到有些惘然。誰都知道，高麗初中一畢業就去了蘭城，每年回來那麼幾次，每次回來都變一個樣子，不是眼睛腫著，就是鼻子腫著，等腫消了，就漂亮一截子。一截子一截子這麼漂亮下來，高麗就完全換了個人。

高麗提著一只不大的包，卻顯得有些不堪重負。她夾著胳膊走過來，看一眼樹上的包小強，驚呼：

「哎呀你像陳楚生！」

高麗的眼睛腫過之後變成了雙眼皮，不仔細看，看不出殘留的瑕疵——兩隻眼睛的大小有些不一致了。包小強俯視著她，首先發現她的胸脯異常挺拔，儘管她有些不自覺地含著胸。

「你的胸腫啦？」包小強快樂地說，「鎮上人都說你整形了，每次回來就是等著消腫，眼睛，鼻子，屁股，這回腫到胸上啦？」

「他們說的沒錯！你看我是不是越來越好看了？」高麗不以為意。

包小強探身看她，看來看去，眼睛裡多是挺拔的胸脯。

「我看不出，」他如實說，「但是我還是能認出你，你還是高麗。」

「我當然還是高麗，變成另外一個人我還不幹呢。這就是大醫院的水平，變來變去，但還是原來的你。」高麗很耐心地解釋。
「那你變什麼？」包小強說，「你不用花錢也可以變來變去但還是原來的你。你只要等著變老就是了。」
說著他飛快地回憶了自己母親這些年來容顏的轉變：胸塌了，屁股塌了，下巴圓了，眉毛稀了，但還是本來的母親。
「不跟你說了！屁也不懂。」高麗生氣了，要走。
「陳楚生是誰？」包小強在樹上向她喊。
「你不看電視嗎？」高麗埋頭說，「快男吶！」
包小強的確不看電視，很多夜晚他也是躺在柿子樹上的。晚上他喜歡躺在鎮上郵局前面的那顆柿子樹上。那顆柿子樹在鎮上被譽為樹精，樹下擺著石條供桌，常年香火不斷。夜裡躺在樹上，被薄霧籠罩，被香火餵養，讓包小強有種被托舉而起的滋味，由之換了俯瞰的視角看待黃塵之中的沽北鎮，這一望之下，蒙昧的心便要無端收緊，滋長了他想入非非的習氣。
「快男是甚？」包小強鍥而不捨地追問。
「你把臉洗淨了再來問我，」高麗已經走了，嚴厲地對他撂下一句，「你不洗臉就是丟快男的臉！」

包小強伸手摸把自己的臉，不消說，就是一巴掌的黃土。

在沽北鎮，一條狗跑過去，黃塵都要跟著跑上一陣。當年鎮上那所師範學校的地理老師言之鑿鑿地宣布過：沽北鎮是地球上黃土最厚的地方！

「晚上來找我。」高麗遠遠又丟下一句。

包小強繼續透過樹葉的縫隙望天，漸漸就望出些規律，讓人眼花繚亂的夏日穿透黃塵，光柱被他連綴成一張陳楚生的臉。

黃昏的時候變了天。風像是從地下吹上來的，讓沽北鎮突然變得筆直，樹木、莊稼都怒髮衝冠，幾欲拔地而起的架勢。包小強走在去往高麗家的路上。他覺得自己如果不小跑幾步，就會被腳下的風送上天去。一個同齡人走在他前面。包小強認識他，他應該是高麗的初中同學，叫王翰。兩個少年走在地心鑽出的妖風裡，身上的衣服都鼓脹成斗篷的模樣。他們並不搭話，而且還相互蔑視。一路上既像是逗樂，又像是賭氣，一會兒你搶到我前面，一會兒我搶到你前面。就這樣輪番領跑。

高麗抱著胸跑出來迎門。高麗的父親，那個在鎮上擺掛攤的怪物，灰頭土臉地迎風盤坐在院中，屁股下面是一把沽北鎮少見的塑料凹面椅。這把椅子色彩豔麗，擺在黃灰色調的沽北鎮，讓坐在上面的怪物憑空有了隨時要羽化升天的仙姿。

高麗在有意冷待她的同學王翰，作勢對包小強格外熱情。

「陳楚生，越看越像！」高麗對包小強說，「怎麼樣，跟我去蘭城吧，我介紹你去做少爺。」

「誰家的少爺？」王翰同學搶著問。

這本來是包小強的問題，現在被王翰問了，包小強就有些沒來由的鄙夷，好像答案是顯而易見的，這個傢伙可真是蠢啊。

「鳳凰城的少爺。」高麗強調道：「能在鳳凰城做少爺的男生，個個都像陳楚生。」

「喊，」王翰同學八成是越聽越糊塗了，只能不屑地哼一聲。

蘭城包小強當然是知道的。一般來說，鎮上的人去了蘭城就是見了世面的象徵。但包小強對蘭城沒有多少憧憬，那塊地方太具體，不在他別緻的審美裡。包小強更加熱衷那些飄渺的事物，譬如變幻莫測的浮雲和遙不可及的天空。

「蘭城嘛，」他說，「也就那麼回事。」

高麗不能接受包小強的態度，要駁斥他，證明蘭城絕對不是「那麼回事」。高麗摸出一支手機向他們展示。手機裡存著許多圖片，流光溢彩，或者光怪陸離，那是鳳凰城酒色之夜的寫照。兩個同路而來的少年剛剛還隱含著敵意，在這些圖片的逼迫下，突然就有些患難與共的滋味。他們都是走在風裡的少年，面對另一個妖嬈世界的景致，不由得就有些同聲共氣了。

「就那麼回事，是吧？」王翰同學既是附和，又是探求，眼巴巴地對著包小強問一聲。

「怎麼樣？」高麗的重點放在包小強這裡。她和自己的同學可能有些隱祕的糾結，此時很想喚起包小強的肯定，以此來打擊這個同學。

「不怎麼樣，」王翰同學依然搶答，「沒啥了不起。」

「好啊——」包小強悠長地吁了口氣，終於承認說，「這地方真不錯。」

「你瞧！」高麗滿意了。「這就是鳳凰城，我就在這兒當公主，你不想來這兒當少爺嗎？」

王翰同學料不到包小強轉瞬就變了節，氣憤地說：「屁少爺，不就是伺候人嘛！」

高麗生氣了，吆喝道，「走走走。」

包小強很配合地替王翰同學開了門，躬身做出請便的姿勢。王翰同學跺下腳，發狠離去，一出屋門，便彷彿被風發射了出去。

「哎呦！」高麗對包小強大驚小怪地說，「你真是個做少爺的料子。」

包小強的母親在鎮上賣了十幾年的涼粉。從小，包小強每天至少有一頓飯靠涼粉打發。涼粉不頂飽，放開肚皮吃，也不過像是喝了一肚子的水。結果包小強被涼粉餵養出了與大部分沽北鎮少年迥異的氣質，貌似水做的。母親並不指望包小強有多大出息，她已經有了計畫，準備將賣涼粉的事業做成家傳的。聽明白包小強要去蘭城做少爺，母親就勃然大怒。

「屁話，不准你去。高麗在蘭城做甚？鎮上人哪個不知道！噢，那就叫公主？老娘賣涼粉把你拉扯大，為的就是把你送到蘭城伺候別的女人嗎？叫得好聽，還少爺呢，你要是少爺我不就成太太了？我不是太太，你娘我只是個賣涼粉的。」

「我就是想去鳳凰城，」包小強申辯，「我還沒進過夜總會呢。」

「你沒進過的地方多著呢，」母親很機智地反駁，「監獄你進去過嗎？沒進去過就一定要進一下？」

「說不準，」包小強對母親的應答感到很吃驚，心想這個女人像她的涼粉一樣滑溜嘛，他說，「要是有機會，我就進一回監獄。」

「什麼說不準，準準的，」母親說。「你不聽老娘的話，保準就是要進監獄的。鎮東康家的兩個兒子，不就在蘭城被關起來了嗎？這你都知道的。高麗要不了多久也會被關起來，不信你走著瞧。」

「那我就跟著她去瞧一下，看你說準了沒有。」

包小強本來並不是那麼堅定，但這麼說來說去，倒說出了義無反顧。

「你去，你去，你進監獄了可別指望我去給你送飯。」

「不送不送，涼粉我早吃膩了，你千萬別再給我送。」

「好，我不管了，」母親最後說，「這事你跟包國祥說去。」

包國祥是包小強的父親，在這個家從來沒有什麼地位。

「我問他幹啥，」包小強說。「我不問他，他肯定不是我爹。」

「啥意思？」母親驚得差點坐在地上。這個意思在沽北鎮已經不是什麼新鮮事了，風傳了這麼多年，但今天從兒子嘴裡說出來，還是讓她吃驚非小。她說：「是張寡婦跟你嚼的舌頭吧！」

「還用別人嚼？」包小強雄辯地說，「他包國祥能生下個陳楚生？」

包小強跟著高麗到了蘭城。鳳凰城的領班是個中年女人，包小強覺得她長得像沽北鎮上賣布的張寡婦。領班對高麗領來的這個老鄉很滿意，說著話不禁伸手在包小強臉上擰了一把。連這個動作也像賣布的張寡婦。

原來做一個少爺並不是很難的事，不過需要嘴甜腿快而已，關鍵是只要你長得像一個陳楚生。包小強天性裡有乖巧的一面，涼粉餵大的嘛，一切都沒有問題。只是在高麗看來，他有點兒傻裡傻氣，還得瑟。高麗看著穿上了立領襯衫、打上了領結的包小強，教導他：

「你多長個心眼，別讓客人占了便宜。」

包小強覺得高麗說話的腔調像他母親。他對新環境挺適應的，從漫天黃土的沽北鎮一腳踏進了這番天地，誰都會有些喜不自勝。包小強並不是一個虛榮心很強的少年，他不過是喜歡這種夢幻一般的場所，喜歡立領襯衫和領結，喜歡穿著漆皮鞋跑出一身汗來的那種假模假式的情緒。馬上有人告訴他，新來的少爺往往會碰上好運氣。這話包小強聽得似懂非懂。客人們千奇百怪，而且大多瘋瘋癲癲，有時候對包小強的態度很惡劣。但包小強能適應，他覺得自己置身在一齣戲裡，不過是在扮演一個角色。業務很快他就熟練了，也知道怎麼討好客人，怎麼設法誘導客人消費昂貴的酒水。

第一個月包小強領了三千多塊錢的薪水。多嗎？他沒有什麼概念。包小強來鳳凰城，不是衝著錢的，他只是厭煩了躺在柿子樹上迎風吃土的日子。

高麗下一步計畫收拾一下自己的腿，她嫌自己的小腿粗。包小強和高麗負責的包廂不在一個樓層，兩個人一天見不上幾面，經常是在那部觀光電梯裡碰頭，各自托著一只亮光閃閃的盤子。公主們的工裝是短裙，頭上還扎著兔子耳朵一樣的髮結。有一回兩個人又撞在一起，電梯出了故障，暫時停住不動了。

「正好，可以歇一會，腳都跑疼了，腿都跑粗了——看你幹得這麼歡實！」

「原來你還會說沽北話嘛。」

有人在外面維修電梯，電梯按鈕發出蜂鳴，將他們的目光吸引過去。包小強就看到了那幾個閃爍的紅字：

蒂森克虜伯

「啥意思？」他用沽北話讀了一遍，拗口，好在沒念錯。「蒂—森—克—虜—伯。」

「電梯牌子唄。」

包小強覺得自己有些微微發暈。這幾個字的音韻與造型，有種奇幻的力量，在他腦子裡迴旋一周，就讓他彷彿回到了家鄉的柿子樹上。那時候他攀樹望雲，胸中一股無法說明的情緒，原來居然可以落實在這樣幾個稀奇古怪的字符上。

「這個富婆看上你了，她要包你。」

透過玻璃，高麗看到了包小強的那位常客，她正在樓下泊車。

「她包我幹啥？」

「你回沽北鎮問張寡婦去。」高麗對著電梯的不鏽鋼內壁照自己的腿，心裡想等到把腿也收拾了，自己興許就會被包出去了。「不過你還是機靈點兒，這些城裡女人可說不準。」

「你操心自己好了。〈斯琴高麗的傷心〉你會唱不？」

〈斯琴高麗的傷心〉是一首歌的名字，包小強現在熟悉很多流行歌曲。他覺得這首歌就是唱給高麗的，歌裡唱到：太多太多突然的誘惑總是讓人動心，太多太多未知的結果總是讓人疑問，回想童年天真的時候真是讓人開心，這是斯琴高麗的傷心。

高麗說：「會唱。但我是高麗，我不是斯琴高麗，我的傷心和她的傷心不一樣。」

也真是不一樣，歌裡斯琴高麗的傷心是「每天都有太多電話真是讓人傷神」這些事，而來自沽北鎮的高麗，如今跋涉在從頭到腳重塑自己的征途上，要嚴峻得多。高麗已經摸清了釣到大魚的所有規矩和門道，眼下的當務之急是要讓自己成為一疙瘩合格的誘餌。

電梯門開了。包小強神采奕奕地走出去，自覺是走進了一種「蒂森克虜伯」式的生活裡。

一年來包小強一次家也沒回過。高麗很照顧包小強。包小強打算把自己掙下的錢存到銀行裡去。他們過的是晝伏夜出的日子，夜總會為他們提供了集體食宿，所以這筆錢包小強算是省了下來。高麗陪著他一起去銀行。白天他們很少上街，要麼睡覺，要麼糾集起來一邊玩撲克，一邊鄙夷地議論各自經歷過的一些客人。

蘭城夾在兩座山之間。廢氣與浮塵懸聚在半空，經年不散，比沽北鎮漫天的黃土更多了些黑灰的渾濁，像一張蒙在頭頂的羊皮紙。

「還不如沽北鎮！」高麗如此評價。

「你還變得這麼嬌氣，」包小強不以為然。「那你回沽北鎮好了，要不，有本事你就到蒂森克虜伯去。」

這句話說得有些沒頭沒腦，但邏輯是清楚的，包小強將世界無意中劃分出了三種境界：沽北鎮－蘭城－蒂森克虜伯。這是一個遞進的序列，一步一個台階，最終才是那個他臆造的最高象徵。

「呸，嘴裡胡咕嚕什麼。」

高麗聽不懂包小強的話。連他自己都覺得有些莫名其妙，很驚訝那幾個字會從自己嘴裡冒出來，也很驚訝自己隨口就說出了真理。

到了銀行門口，高麗卻不進去了，指著銀行的招牌對包小強說：

「你唸一下。」

「工商銀行。」

「唸下面的字母。」

「I—C—B—C。」

「懂了沒？」

「啥意思？」

「傻貨，就是『愛存不存』，你拼一下。」

「哎呀，還真是的嘛。」

「你說，把錢存到這種銀行有意思嗎？你說？」

「呃，是沒意思，我就不愛存咋了！」

「就是，你不如放在我這兒，我替你存著。」

包小強就把自己這段日子做少爺攢下的錢全部交給了高麗。

「你要是回沽北就交給我媽，讓她別擺攤子了，開個涼粉店。」包小強說。

高麗只是打量自己的腿。

在街上包小強買了部手機。這時候高麗已經替他掌管支出了，選來選去，為他選了部三百塊錢都不到的。

「你要省著些，」高麗指點他說，「你不要以為你是個消費者，咱們都是被這個世界消費的。公主，少爺，都是消費品，懂不？」

包小強覺得這話也很深奧，和自己說出的「蒂森克虜伯」有一拼。

第一個電話當然是打給家裡。母親在電話裡當然要問他掙了多少錢。包小強卻突然有些賭氣，說自己身無分文，現在連一碗涼粉都吃不起。這下母親可高興了，連連說怎麼樣，怎麼樣，被她說準了吧！好像他這個做兒子的窮困潦倒反而是一件令人欣慰的事。包小強掛了手機，罵道：

「閉上你的鳥嘴。」

高麗笑一陣，突然換了神情，用一副可被稱為溫柔的態度對包小強說：

「換雙鞋吧，給你買雙真皮的，發的鞋都是人造革的，不透氣，能捂出腳氣來。」

包小強在心裡也回了一句「閉上你的鳥嘴」。她剛剛還教導人不要以一個消費者自居，轉臉又來這一套，實在讓人吃不消。

3

包小強「吹牛皮」吹得並不好，不過是因為女客人帶著醉意，所以他反而贏多輸少。芝華士十二年被喝下去大半瓶的時候，女客人突然扔了骰盅，目不轉睛地瞪著包小強。起初包小強還能陪得住笑，但被瞪得久了，就有些害怕。

「你過來，」女客人命令。

包小強蹭過去，垂手站在她面前。她拍拍沙發，包小強坐下去。她塞了塊冰在嘴裡。塞進嘴裡之前，先是將那塊冰捏在眼皮前怒視了片刻。塞進去後卻不咬嚼，含著，將一側的腮幫子頂出一個鈍角。接著她蜷起兩根手指，指關節形成一個鉗子，擰在包小強臉上。包小強的臉隨著她的手指轉動，直到必須和她面面相覷。

「姨，」他叫。

「姐，叫姐。」她含含糊糊地糾正。「姐好看不？」

「好看，姐是美女！」這樣的話包小強已經說得很順溜了。

臉蛋被那支鉗子扯動著，包小強湊在了她的眼皮下。成熟女性的氣味混在酒氣中讓包小強心裡不由得有些蕩漾。她的一條腿搭在了他的腿上，手指使上了勁。包小強被擰疼了，眼睛裡女人的唇角被嘴裡的冰塊頂出很深的褶皺，猶如他媽的老柿子樹皮。這是要演哪一齣？正沒主意，女客人突然洩了氣，向後一揚，貌似昏了過去。

「姨——姐，姐？」

包小強揉著臉蛋試探著叫了幾聲，沒有回應，便站起來，對著癱躺在沙發上的女人，抬腿擺了一個作勢踐踏的動作。屏幕上正在播放舞曲，音量被調得很低，動蕩的光影將她的臉映照出一種合金般的色澤。包小強一瞬間有些空落，這種感覺來勢凶猛，讓他一下子有些木然，不知今夕何夕，身在何方。包廂門開了，領班示意他出去。

走廊裡不時有踉蹌的客人經過，兩個人貼著牆根說話。

「高麗呢？高麗哪兒去了？」領班問。

「不知道啊，」包小強想一想，原來自己有好幾天沒見到高麗了。

「打她手機也不接，你給她打一下。」

包小強摸出手機打給高麗，手機是通著的，果然沒人接聽。

「死哪兒去了！」領班在發脾氣。「騙了好幾個少爺的錢，你也讓她騙了吧？」

包小強有些冒汗。他並不是非常在意自己的錢，是這件事讓他有些接受不了。

「她去收拾腿了！」包小強分辯道，好像是在替自己辯誣。「她收拾好腿就回來了，肯定的！」

「做夢去吧你，」領班說著伸手來擰包小強的臉。

包小強卻惱了，一巴掌搧掉了那隻迎面而來的手，轉身回了包廂。

女客人還睡著，裙子翻上去，兩條裹著黑色絲襪的腿像是塑料的。包小強給自己倒了杯酒，慢慢喝了，然後又倒上一杯，看著冰塊在酒水中開裂時泛出的泡沫。直到剩下的半瓶酒全被喝光。他覺得自己有些暈了，湊過去，不知所以地端詳女人那張睡夢中的臉。在包小強眼裡，女人基本上是沒有美醜之別的，她們看起來都差不多，尤其化了妝後，就更加空洞了。此刻包小強生出探究之心，埋頭貼近，意欲進一步審視。孰料睡夢中的女人揚手便給了他一巴掌，差不多可以算是個辛辣的耳光。

女客人翻身坐了起來，木然掃視一圈，也是不知今夕何夕、身在何方的架勢。她把臉埋在兩隻手裡，搓一搓，聲音飄忽猶如夢囈，對包小強說：

「跟我走。」

夜總會的公主和少爺常有被客人帶走的，包小強卻是頭一遭。他覺得無所謂，也很想見識一下究竟是什麼狀況。女客人結了帳，他要求去換身衣服，卻被阻止了。

「穿這身挺好的，」她說。「像戲服。」她出門時又含了一塊冰，包小強似乎可以聽到她口腔裡冰塊融化時發出的劈剝之聲。

下樓的時候，電梯裡那幾顆紅字再一次打動了包小強。那幾顆字看起來就像它們本身一樣：蒂—森—克—虜—伯，漢字，卻充滿異國派頭，毫無意義，又意味無窮。

已經是後半夜了。包小強平生第一次坐進了一輛轎車。女人命令他繫好安全帶，否則車子會一直報警。他大方地坦白自己不知道怎麼個繫法。女人像瞪一塊冰似的怒視了他一陣，爬過來親自動手。包小強快活地叫了一聲，感覺自己是被捆住了。

街上的路燈間隔一段就會像根悶棍似的掃過車廂。女人車開得很穩，不像是一個剛剛還酣醉不醒的人。她摸出了一副玳瑁眼鏡架在鼻梁上，始終一言不發，僵硬地夾在方向盤和座位之間，彷彿一尊木偶。剛剛下過一場泥雨，擋風玻璃上汙漬斑斑，女人卻並不打開雨刮器，就這麼視野一片骯髒地駕駛著。車廂裡有什麼東西滾落，一路上叮叮噹噹作響，可能是兩只滾來滾去的易拉罐。

包小強有些暗暗的興奮，又有些昏昏欲睡。女人莫衷一是的態度感染了他，讓他也不覺得此行會有一個什麼明確的目標。在他的意識裡，這就是一個「蒂森克虜伯」式的夢態之旅。女人一路無言，嘴裡偶爾發出「嘎巴」一聲。那塊冰似乎可以被她嚼一輩子。車子很快駛離了市區，駛過一座收費站，蛇遊一般穿過一條隧道，開上了高速公路。

即使視野模糊，包小強也感覺得到車子飛馳的速度。他覺得這麼開下去，天亮的時候就能開到沽北鎮了。這種奇思異想讓他鬆弛起來，摸出手機旁若無人地撥打。他先是撥通了家裡的電話，只響了兩聲就掛斷了，猜想著母親被驚醒時披頭散髮的蠢相。接著他開始一遍一遍撥高麗的手機。還是無人接聽。讓他滿意的是，高麗手機的彩鈴正是那首〈斯琴高麗的傷心〉。每次只唱一段，周而復始：太多太多突然的誘惑總是讓人動心，太多太多未知的結果總是讓人疑問，回想童年天真的時候真是讓人開心，這是斯琴高麗的傷心……

包小強想高麗的腿現在一定是腫了，這是高麗的傷心。繼而他又想，自己這樣就算是被女人包了吧？那麼這就是他包小強的傷心。

車子開始顛簸，原來女人已經駛離了高速公路，開到了一段俗稱「搓板路」的鄉村公路上。

「這是去哪兒？」包小強終於忍不住打問。

車子驟然急停。好像是包小強的這句話踩下了剎車，好像女人一直就等著這句話，他如果不說，她就會永無止境地開下去。

「下車，」女人簡短地發出兩個字。

但是包小強動彈不得。半天女人才明白個中原委，伸手解除了他身上勒著的安全帶。包小強側身鑽出車門，站在路邊舒展自己的腰肢。不料車子卻重新啓動了。一把鈔票隨著女人神經質的大笑從車窗裡撒了出來。包小強有些犯傻，怔忪地看著車子甩著泥漿揚長而去。四下裡一片闃寂，就著星光，滿地的鈔票給人造成遍地開花的錯覺。呆立良久，包小強嘴裡胡亂罵著，還是附身去撿拾那些鈔票了。雨後的鄉村公路一片泥濘，那些鈔票像是種在泥漿裡了。他依然不是一個對金錢如何著迷的青年，但滿地的鈔票就是這麼霸道，讓人只有彎下腰來。

一道強光打過來，明晃晃地將包小強罩住。那輛車又回來了，停在百米之外，卻沒有熄火，將大燈打開對著他，像一頭蓄勢待發的怪獸，哼哼著。包小強一隻手捧著錢，一隻手擋著刺眼的光柱。他萬萬不會料到，這輛車會開足馬力向他橫衝而來。強光撲面，和著發動機的轟鳴，車輪下泥漿翻飛，還沒到跟前，包小強便覺得自己已經被提前給撂翻了。他哇哇大叫著滾向一邊，感到車輪幾乎是貼著自己的後背擦身而過。驚魂未定，車子又倒著直撞過來，他連滾打爬地再一次撲倒。如是幾個往復，直到他的左腳被車輪紮紮實實地輾壓過去。得了手的女人這才大笑著放過了他，車子不再回頭地消失在黑夜裡，留下笑聲的餘波良久迴蕩。

包小強深信自己已經死了一回，現在不過是身在另一個世界的黑暗裡。他的左腳帶著上一輩子粉碎性的傷痛，讓他即使隔世，也不免痛徹骨髓。挺奇怪的，此刻他並不怎麼痛恨這個乖僻的女凶手，只覺得是自己的腿太長了，才無法有效地躲開車輪。好像倒是他的腳，墊了人家的車輪一下。他的左腳根本沾不得地。他試圖脫下腳上的那隻白色漆皮鞋，但那隻鞋如今已經和那隻腳渾然一體了，要脫下來，不啻是剝一層皮。他只有單腳跳著走，一邊跳，一邊痛得嗷嗷叫。路面的泥不斷讓他四腳朝天地栽跟頭。好在離高速公路並不遠，沒用多久他就翻過了護欄，倒頭摔在平整的路面上。

這時候他才發現，即便如此，自己手裡依然還攥著一把濕漉漉的髒票子。果然像高麗說的，他想，自己不過是這個世界的消費品，只是今夜被消費的方式讓人有些匪夷所思罷了。

他扶著公路的護欄向前蹣跚。巨大的貨櫃車呼嘯著從身邊駛過。夜晚的高速公路危機四伏，宛如一條殺人的流水線。實在蹦不動了的時候，他坐在路邊，靠著柵欄撥通了家裡的電話。

「誰！」母親一夜之間被吵醒了兩次，不免怒火沖天。

「我問你個事，」他說，「你老實告訴老子，包國祥是不是包小強的爹。」

這個問題的邪惡讓母親竟然沒有聽出他的聲音。沽北鎮上這位賣涼粉的婦女，在這個夜晚猶如聽到了魔鬼的詰問。

「你是誰咯……」

母親顫顫巍巍的聲音讓包小強一陣無端的快活。他在一瞬間理解了那個女客人，理解了她盎然的興味和縱情的歡笑，理解了某種「蒂森克虜伯」式的存在原則，這一切，不過源自一種惡意消費這個世界的快感。小鎮青年就這麼得到了淬煉。他在笑聲中掛了機，把黑暗的驚悚留給母親。繼而他又撥了高麗的手機。出乎意料，又好像是在意料當中，一段歌詞沒有唱完，高麗就接聽了。

「打打打，打什麼打！你煩不煩，不就是幾個破錢！別人的我不還，你的我能不還嗎！」高麗用沽北腔暴躁地發火。

包小強一言不發地聽著。一輛油罐車呼嘯而過，輪胎摩擦出瘆人的聲響。路面跟著震顫，像一根隱隱呼扇的扁擔。腳上的痛加入了刺癢的成分，讓人更加不堪承受。

「你在什麼鬼地方？」電話那頭的高麗聽出了異樣的動靜。

「蒂森克虜伯，」他脫口而出。「老子在蒂森克虜伯！」

這幾個字被他說得強勁飽滿，一如那紮紮實實從他腳面上碾壓而過的車輪。

收起手機，他嗚咽著重新上路。天空綴滿繁星，路面平展，世界是一條坦途。一塊路標用反光漆隱約標明著前方的地名。不管那幾個字是王家窪還是李家溝，縱使它倏生倏滅，在一個不認可世界已然如此的青年眼裡，此刻，就像躺在家鄉沽北鎮的柿子樹上一樣，他既然可以從夏日的光柱中杜撰出一張陳楚生的臉，那麼，他就能將那塊路標上的指示臆造成某個未卜的去處，譬如：蒂森克虜伯。

鴿子

蘭城的中心廣場是在兩年前投放鴿子的。開始，這一舉措進行得不太順利，在最初的幾個月，上千隻廣場鴿銳減了將近一半。報紙說，除了正常死亡，其中三成鴿子是被車輾死的，另外七成，是被人偷走了。這組數據很讓人尷尬，媒體轟轟烈烈地開展了一段時間的大討論，市民們由此接受了一次道德教育的洗禮。後來情況慢慢好轉了，大家的道德水準有所提高，司機們駛過廣場前的馬路時，也會自覺地減慢速度，留心過往的鴿子；管理者的經驗也豐富起來，除了加強宣傳和保護，還比較熟練地掌握了飼養鴿子的技術。這樣一來，鴿子們就在蘭城的中心廣場站穩了腳跟，蓬勃發展，成為蘭城一道美麗的風景。

少年的攤位在兩年前和鴿子們一同擺在了中心廣場。這個攤位來之不易，少年心裡知道，母親為此和廣場管理處的人做過怎樣的交易。因此，少年一改往日的頑劣，精心投入到攤位的經營上了。這個攤位漸漸成了少年一家的主要經濟來源。

今年春天以來，廣場上接連發生了兩件與鴿子有關的事：

先是禽流感。誰會料到這種風生水起的疾病會影響到蘭城這樣的內陸城市呢?可是它居然真的影響到了。少年在春天裡目睹了衛生防疫人員給廣場鴿注射疫苗的盛況。他們如臨大敵,戴著口罩和幾乎要裹到肩膀上的橡膠手套。他們使用的那種注射器,形狀居然像槍一樣,只是有一根長長的管子和藥水瓶連在一起,這反而讓它顯得更具殺傷力。衛生防疫人員捕起鴿子,當胸便是一槍,那架勢,不像是拯救,像是屠殺。剎那間,廣場上動盪起來,鴿子們扇動翅膀的氣流像一陣紛亂的風,風中還飛舞著牠們掙扎時脫落的羽毛。少年看呆了,這樣的場面很讓他激動,他覺得有些壯觀,內心焦灼而又亢奮。

另一件事是避孕藥。廣場管理處認為鴿子們的繁殖速度過於快了,兩年前他們面對了鴿群「銳減」的煩惱,如今鴿子們在良好的環境之下,又給他們帶來了「激增」的煩惱。其他問題先不說,現在鴿子們每天產生的大量糞便,就成為了件棘手的事情。總之,廣場鴿目前的數量已經超過了管理者的負荷,如果不採取措施,牠們必將以令人吃不消的態勢繁殖下去。怎樣才能控制住鴿子的數量?這可讓管理者費盡了心思。起初,他們定期圍捕鴿子,把其中的老弱病殘統統殺掉,但這種辦法收效甚微,因為正本溯源,給他們造成麻煩的其實是那些身強力壯的傢伙;此外,還有些小妙計,譬如在鴿子蛋的外表塗上一層油,這樣裡面的雛鴿會因缺氧而悶死,再譬如,把鴿子蛋搖一搖也可以達到孵不出小鴿子的目的……顯然,這些方法太麻煩了。

於是，最終方案拿出來了——廣場上所有的攤主被集中起來，管理者將搗碎了的避孕藥分發給大家。少年被告之，他必須把這些粉末摻進出售的鴿食裡。少年坐在春天的廣場上，一袋一袋打開自己和母親辛苦包裝好的鴿食，然後用一把小勺將那些粉末添進去。這項工作要在監督下完成，那麼多人圍在一起幹，陽光中飄滿了白色的粉塵，它們瀰漫著一股微酸的氣味，讓每一個工作者的內心都忐忑不安。「這可是避孕藥啊！」有人顫顫地說。比較有自我保護意識的，就用衛生紙塞在了鼻孔上。起初遊客們搞不懂這堆人是在做什麼，等打問明白後，就遠遠地圍觀著，並且不時發出些會心的笑聲。少年心裡慢慢憤慨起來，他開始裝一勺罵一聲：「媽的，避孕藥！」他的口腔裡隨著罵聲也布滿了那種微酸的氣味，後來，都酸出口水了。

這兩件事發生以後，少年對自己的營生突然懈怠起來。他在這個春天變得有些莫名其妙的狂躁。少年覺得在廣場上轉的這些人都很無聊，他們走來走去，不管是拍照，還是餵鴿子，都有股裝模作樣的味道。他不再主動兜售商品了，對顧客態度無理，有股沒來由的衝勁，經常會和人吵架。少年想，我賣的不過是一些飲料香菸之類的小玩意，沒必要對他們畢恭畢敬！他覺得如果自己還像以前那樣熱情，就是助長了這些人的興頭。

那一天的下午，當那個中年人來到少年的攤位前時，就受到了少年的冷待。中年人要買一袋鴿食。少年冷冷地看著他，愛搭不理的。他又重複了一遍自己的要求，少年依然紋絲不動。

中年人摸出了一塊錢，放在少年的攤位上，然後，試探著自己動手拿起了一小袋包裝好的玉米。他將這袋玉米在少年眼前晃了晃，似乎是在徵求少年的意見。少年目中無人地板著臉。中年人自嘲地笑了笑，拿著玉米走了。這樁生意就是這樣完成的。少年看著中年人離開的背影，覺得這個人實在討厭——都什麼歲數了，還穿著一條包緊屁股的牛仔褲！

少年對著空中啐出一口唾沫，憤憤地罵一聲：

「媽的，避孕藥！」

接著，他轉過自己的頭，向不遠處那家時裝店望去。

一

祝況彎腰向那隻壯碩的灰鴿子拋玉米時，頭頂那縷薄紗般的頭髮就垂了下來。它們從祝況右邊的鬢角生長出來，橫向覆蓋著他光禿的頭頂。

一般情況下，祝況會很留意自己的動作，避免讓這縷頭髮飄起來。但是，那隻壯碩的灰鴿子讓他忘記了謹慎。牠似乎很傲慢，總是對祝況拋過來的玉米不屑一顧。這讓祝況有些惱火，覺得牠的姿態很像已經離去的倪裳——胸脯飽滿地挺著，雄赳赳的，一副自視頗高的樣子。一旦把這隻鴿群中的驕傲者和倪裳聯繫在一起，祝況忘記謹慎就是順理成章的了。倪裳是祝況的妻子，剛剛和他辦理了離婚手續，像一隻品種高貴的鴿子，向著幸福和希望飛去了。

所以，祝況拋向那隻灰鴿子的玉米就漸漸地有了砸的架式，他在瞄準，讓玉米子彈般的發射出去。於是，那縷長髮不再安分地貼在腦門上了。

祝況有些狼狽，情緒是在一瞬間紊亂的。他用手把那縷長髮撩上去，抬頭間，就看到了笑不攏嘴的楊如意。

楊如意站在那間時裝店的門前，陽光很好地照耀著她。一旦被陽光照耀，她這類健康的女孩子就煥發出特有的光彩，紅撲撲的，很茁壯，很結實，像一枚毛絨絨的桃子。

祝況看著桃子般的楊如意因為自己暴露出的禿頂而笑不攏嘴，就下意識地向她發出了邀請。也許是為了掩飾尷尬，也許陽光下的楊如意散發出的那種稚氣對祝況沒有什麼妨礙，總之祝況笑了一下，對她招手道：

「來，和我一起餵鴿子。」

倪裳是在半個月前飛走的，飛向溫哥華，飛向一個小她十多歲的男人。

事情祝況多少是知道些的。這個男人和倪裳家是世交，少年時期有一段在倪家生活的經歷，大概也就是在那個時期迷戀上了倪裳。這不奇怪，一個青春期的少年，總是容易迷戀上那些大他們一圈的女人。何況，倪裳又是個容易讓少年們迷戀的女人，她飽滿，卻又小巧，真的是像一隻品種高貴的鴿子。那時候倪裳正在和祝況談戀愛，所以，祝況很容易就成為了這個少年的敵人，每次他去倪家都要留心把自己的自行車存放好，否則出來時，他見到的就有可能是一輛癟了輪胎的車子。當然，一個少年的敵意，充其量也只能對祝況造成諸如此類的一些小麻煩，他怎麼可以威脅到祝況的愛情呢？那個時代的祝況正是蒸蒸日上的時候，著名詩人，文學刊物的主編，這樣的頭銜，會怕沒有愛情？

但是，再次見到這個少年時，他已經是個男人了。他來看望倪裳，從頭到腳都對祝況造成某種溫和的壓迫。令祝況沮喪的不是壓迫，倒是那種溫和，他溫和，是他已經十足的有力了，不需要銳利地去奪取什麼和破壞什麼，那種倉惶的姿態是他已經不屑的了。倪裳受到了他的邀請，和他一同飛往上海，去見識他在那裡的成功。

倪裳在上海的日子裡，祝況獨自在家，無端地就有些蒼老感，突然變得喜歡回憶。他整理出所有的影集，把老照片翻出來一張一張地看，看照片上曾經的自己和曾經的倪裳。後來他發現，「曾經」這個詞只適用於自己，對倪裳而言，卻是不恰當的。倪裳似乎就沒有「曾經」過，她還是她，四十多歲了，依然還是一隻名貴小鴿子的模樣。照片中的倪裳始終如一地飽滿和小巧著。不同的只是，作為照片中的背景，倪裳的身後，從最初的書架逐漸更替為名山大川，更替為酒吧裡花火一般燦爛和曖昧的燈光。

倪裳在婚後一直沒有生育，但這並不是她永保青春的原因。是呢，對於一隻名貴的小鴿子般的女人，時間也是無能為力的，祝況想，即使倪裳給他生下一群小鴿子，也依然不會有多大的變化。有些女人永遠不可敗壞，永遠以一種姿態存在，而倪裳，就是這樣的女人。和這樣的女人生活，祝況覺得自己的蒼老都被加速了。被倪裳對比著，祝況曾經滿頭的烏髮都以令人悲傷的速度消失殆盡，彷彿被下了咒語，只是為了更好地襯托出倪裳的歷久彌新。

倪裳從上海回來，就做下了飛往溫哥華的決定。那個男人已經移民過去了，在度過了將近二十年後，他終於成功地吸引了自己少年時代的女神。

做出離婚的決定，倪裳的態度卻並不因此顯得惡劣。老實講，倪裳從來就不是一個態度惡劣的女人。即使做出傷天害理的事，倪裳的神態也是很無辜的那種樣子，眼神裡有些抱歉，又有些頑皮，一副任憑你發落的光棍勁兒，結果倒令祝況沒有了火氣。這種狀況他們都習慣了，將近二十年的時光就是這麼過來的，儘管生活裡布滿了激盪的暗流，但態度上卻從來都是溫文爾雅的。於是，儘管祝況心裡面百感交集，但是依然很痛快地答應了倪裳的要求。祝況說：

「那就離吧，萬一過得不如意，還可以回來的。」

倪裳聽了他這話，眼圈紅紅的把頭埋進他懷裡。祝況也有一瞬間的感動。處在感動中的兩個人漸漸地都有些激動，開始互相親吻對方，不知覺中，就把身體完全裸露了出來。他們站立著，手拉著手，臉上都浮起酒醉般的酡紅，在傍晚昏暗的光線中看著對方。他們就在客廳的沙發上做了愛。事後，倪裳的一隻手放在祝況已經隆起的肚子上，輕輕抖動，那些肉就跟著晃起來。然後，她又用手去撩撥祝況那一縷欲蓋彌彰的長髮，將它們拉直，纏繞在指頭上。倪裳是在溫柔地檢閱著時光輾過這個男人身上後留下的痕跡。

那一刻，倪裳是一隻憂傷的鴿子。祝況把頭埋進她鴿子一樣飽滿的胸脯裡，沉痛地想，自己已經變得醜陋的身體，只有在倪裳面前，才能毫無羞恥地暴露出來，因為她以愛情的名義見證了這具身體改變的整個過程，但是，從此以後，自己將再也沒有勇氣讓其他女人過目了……

剩下的日子祝況幫著倪裳整理東西，還陪著她和朋友們一一告別。朋友們表現得也很鎮定，彷彿祝況只是把一個女兒送到溫哥華去。走的那天，祝況打算把倪裳送到機場，但是倪裳堅持自己走，她一下子就哭了，說：

「如果過不好，我可真的回來呢！」

祝況站在自家樓下的花壇前，目送著倪裳鑽進出租車裡絕塵而去，有一種養鴿人放飛信鴿後的滋味。那是一種品質高貴的鴿子，牠飛越千山萬水，也會在某個時刻神奇地歸來。

祝況的情緒很低落。這很正常。他們雜誌的刊號已經變相賣給了北京的一家文化公司，目前，他這個名義上的主編沒有任何實質性的工作，所以他也無法借助工作來排遣壞情緒。下午的時候，祝況看了看錶，推測倪裳已經在上海落地了——她和他將在那裡會合，然後一同飛向溫哥華——這個時候，那種混合著痛苦和屈辱的怨懟才清晰起來。

祝況從辦公室走了出來，走出單位的大門，走進陽光裡，來到了中心廣場。

春天裡的廣場如此明媚，鴿子落滿了一地，牠們在春光下幅度不大地起起落落。旁邊有買鴿食的攤子，黃燦燦的玉米裝在小袋子裡面，一塊錢一袋。祝況走到一個少年的攤位前，提出要買一袋鴿食。這個少年非常古怪，他面無表情地盯著祝況。祝況的心思不在這上面，放下一塊錢，自己拿了一小袋玉米，離開了這個古怪的孩子。

祝況走出幾步，開始一粒一粒聚精會神地將玉米拋向鴿子們。

楊如意已經注意祝況好幾天了。時裝店生意清淡，尤其在下午這段時間，更是門可羅雀——的確，此刻那些鴿子們就是神態自若地在門前來來回回地走著。

無聊中的楊如意只有去看店外的那些鴿子。她注意到這個中年男人，因為他餵鴿子餵得與眾不同：一小包玉米，他一粒一粒地拋出去，能夠餵一個下午。楊如意在心裡猜測這個男人的身分。中專畢業後楊如意做的每份工作都是招呼人的事，餐廳迎賓，公司業務員，售貨小姐，每一件都是和人打交道，這培養出了楊如意的眼光，所以她比較準確地判斷出了祝況的身分。他是個搞文化的，楊如意在心裡對自己說。這個判斷的依據是祝況腿上的牛仔褲。因為在楊如意的經驗裡，她接觸過的幾個穿牛仔褲的中年男人，都是搞文化的。這個判斷使得後來他們之間的接觸變得輕而易舉。在楊如意的經驗裡，一個搞文化的中年男人，相對來說，不那麼危險。

所以，當祝況對楊如意發出邀請時，她很輕鬆地就響應了。

祝況笑了一下，對她招手道：「來，和我一起餵鴿子。」

楊如意走過去，祝況分出一小把玉米給她。真的是怪事：那隻顧盼自雄的灰鴿子在一瞬間變得前倨後恭，楊如意拋出的玉米被牠接二連三地啄進嘴裡，牠啄得搖頭擺尾，居然有種巴結的態度。

祝況有些詫異，看看身邊的這個女孩子，不明白她哪來這麼大的面子。

楊如意也很意外。之前她已經充分觀察到了這隻鴿子的傲慢，於是，現在就有些沾沾自喜。然後玉米就拋得有些忐忑，有些猶豫，舉棋不定地彈跳著奔向那隻鴿子。它們落下的不是地方，完全沒有抵達那隻鴿子覓食的範圍，然而那隻鴿子急匆匆地搶過去，依然把它們啄進了嘴裡。

楊如意興奮了，快樂來臨得令人猝不及防。一種混合著自信的奇妙快感支配了楊如意的動作，她的手臂在空中劃出漂亮的弧線，一粒粒玉米從指尖飛出，都有了隨意揮撒的韻味。鴿子，那隻壯碩的灰鴿子，以及其他的鴿子，突然撲稜稜地扇動著翅膀匯聚在他們的身邊，毫無遺漏地捕捉著楊如意饋贈出的食物。

快樂卻是短暫的，手中在一瞬間就變得空空如也。於是，那種充滿著儀式感的快樂，也隨著玉米的消失而消失了。

鴿子們迅速散去。楊如意一下子感到了失落，有些懵懵的，回過神來時，看到身邊的男人向她微笑著，把手中剩下的小半袋玉米遞在她面前，像是賜予她快樂的源泉。楊如意卻不敢再一次實踐那種快樂了。她突然感到了害怕，怕那些鴿子不再會配合她的快樂——牠們都是些被豢養出了脾氣的傢伙，對於食物的興趣早已喪失了迫切。楊如意在心裡肯定地告訴自己：鴿子們一定不會再給她面子了，那種快樂，空前絕後，只能夠有一次。她甚至做出了一個決定：再也不餵鴿子了，以後都再也不餵了。

這一幕在祝況眼裡並沒有更多的意味，他只是有些好奇。把手中剩下的玉米都給出去後，祝況向這個女孩子又笑了笑，拍拍手走了。

楊如意「咦」了一聲就往店裡跑。她想起來自己把店門大開著是一件危險的事。但是危險還是發生了，進到店裡，楊如意發現最前面那排衣架上的衣服不翼而飛。楊如意有些懊惱，其實她是知道的，廣場上很亂，總有一幫小混混在伺機作案，令人防不勝防。

第二天下午祝況來到廣場上就看到了楊如意。她站在一個小攤邊，穿一件粉色的吊帶衫，被春天的陽光很好地照耀著，依然像一枚毛絨絨的桃子。

祝況向她笑著點下頭，然後照例去買鴿食。他發現眼前這個攤位的主人是一個面目生冷的少年。少年正在摘掉自己身上黏著的一根鴿子羽毛，他的目光冷冷的，甚至有股挑釁的味道。祝況愣了愣，隨手放下兩塊錢，自己拿了兩袋玉米，然後回身遞一袋給身邊的那個女孩子，他說：

「一起餵吧。」

楊如意不說話，笑一笑，搖頭拒絕了。

祝況就自顧去餵他的鴿子了。拋出幾粒玉米後，祝況一回頭，看到那個女孩子跟在自己身後。祝況再次笑了笑，問她：

「你不看店嗎，被偷了怎麼辦？」

「已經被偷了。」楊如意若無其事地說。

「哦？」

「昨天和你餵鴿子的時候被偷的，一共丟了五件衣服。」

「怎麼會這樣？」祝況怔住，有些吃驚。

楊如意回一句：「我沒騙你的。」

「當然當然，」祝況眉頭皺起來，「損失大嗎？」

「兩千多塊錢吧。」

祝況又是一驚，他知道兩千多塊錢對這種打工的女孩子不是個小數目。

「那你怎麼辦，要賠嗎？」

「當然要賠的，老闆把我開除了，反正也賠不起。」

祝況向那家時裝店看了一眼，果然，裡面已經換成了另外一個女人。再次回過頭來，祝況才仔細打量身邊的楊如意。她大概二十歲剛剛出頭的樣子，身材勻稱，五官也算秀麗，加上健康的膚色，可以說是個體貌不錯的女孩子了。

「你叫什麼名字？」

「楊如意。」

祝況沉吟了片刻，從懷裡摸出自己的名片遞給她：「要不，我給你再找一家工作的地方？」

楊如意看看祝況的名片，笑起來。

「你笑什麼？」祝況問。

楊如意笑而不答，在心裡面說：果然是個搞文化的。

楊如意把名片捏在手上說：「那現在就找給我吧，讓我早一些擺脫失業的痛苦。」

祝況想一想，說：「也好。」

當他們結伴離開廣場的時候，聽到身後有個聲音罵罵咧咧地唾出了一句奇怪的話：

「媽的，避孕藥！」

楊如意回頭看了一眼，春天的廣場上人來人往，她找不出是誰發出了這樣的一聲。

一路上祝況問了楊如意幾個問題，譬如多大了，兄弟姐妹幾個，出來工作幾年了。楊如意一一回答了，然後她向祝況問道：

「你太太是做什麼的呢？」

祝況愣住，他想不到楊如意會問他這樣的問題，一下子覺得有些難以回答。祝況想，倪裳是做什麼的呢？其實他們結婚兩年後倪裳就什麼也不做了，從學校辭了職，對外就以詩人的名義自居。可是現在對楊如意回答自己的太太是位詩人，祝況又覺得不太妥當，轉念一想，原來倪裳現在也不是自己的太太了，於是就對這個問題保持了沉默。祝況把頭扭向一邊，看著出租車外，彷彿沒有聽到楊如意的問題。

楊如意沒有得到答案，也不再問下去。透過車裡的後視鏡，她看到自己和祝況被同時照在裡面，年齡上的差距，令他們宛如一對父女。楊如意想起自己的一個小姐妹，就嫁給了一個比祝況還要老得多的老頭。當時她還是鄙視這種選擇的，那時她有一個男朋友，是上中專時的同學，曾經愛得一塌糊塗。此刻想起這件事，令楊如意不禁又有些恍惚，彷彿昨天那種短暫的快感又從身體裡一閃而過。實際上那份快感一直就沒有完全彌散，細碎地持續在她的身體裡，以至她在面對失竊和失業這樣嚴峻的狀況時，都沒有太大的緊張。

昨天，當鴿群的翅膀在眼前飛舞的那一瞬間，楊如意就順應了某種偶然性，有種將要發生什麼和獲得什麼的預感。於是，懷著一些隱祕的願望，她今天依然站在了廣場上。

出門時，母親照例對楊如意嘮叨，不過是嫌她打扮得花枝招展，母親說：

「你又丟了工作！你把自己搞成一隻花蝴蝶做什麼？不積極向上，做一隻花蝴蝶也沒用！」

楊如意惱怒地把門摔住，然後，她對著已經關閉了的門說道：

「我今天就積極向上給你看！」

祝況決定把楊如意安排在丁嵐那裡。丁嵐是他手下的女編輯，刊物賣了，編輯部的人都是閒養起來的，除了他這個主編，其他的人都在外面做起了生意。丁嵐開了家藏族風格的酒吧，已經有了些規模，祝況想在她那裡安排一個人應該不是問題。

到了丁嵐那裡，果然是沒有一點問題。丁嵐上上下下打量著楊如意，說：

「你祝老師帶來的人，我能不要嗎？」

現在祝況已經成為了鴿子們的熟人。祝況的胳膊如果舉起來，就會有鴿子盤旋而起，姿態優美地降落在上面；他把玉米在手心裡亮出來，牠們就謙遜地依上來啄食，尖尖的喙啄在掌心上有種沉靜的痛感，剎那間，祝況會因此充滿了憂愁一樣的溫柔。

手機這時候響起來。

「祝老師你又在餵鴿子吧，我猜得到。」

是楊如意，她聽丁嵐叫祝況老師，於是就跟著這麼叫。

「是啊。」祝況承認了，突然有些不好意思。祝況覺得自己這麼日復一日地餵著鴿子，在這個女孩子眼裡一定有些可笑。

「晚上我請你吃飯吧。」楊如意的確笑起來。

「請我？為什麼呢？」

「感謝你替我找到了工作啊，今天領到薪水了，當然要請你。」

祝況就答應了下來，然後回家換了件乾淨的T恤，因為身上的這件已經落滿了鴿爪留下的灰跡。出門時祝況順手帶上了那一大盒的化妝品，是一個外地的朋友送的，人家還不知道倪裳已經飛到了溫哥華，以為送這樣的東西給祝況還能討上好。

楊如意定下的地方居然是一家西餐廳。祝況進去看到她後感覺到有些詫異。她穿了件紫色的裙子，頭髮也綰在了腦後，年齡看上去一下子大了好幾歲，而且餐廳裡的光線也暗，血紅血紅的，這些都讓她看起來，不再像一枚被陽光很好地照耀著的毛絨絨的桃子。

把楊如意安排在丁嵐那裡後，祝況就沒再見過她，只是打過電話去問問她工作得是否順心。倒是楊如意頻繁地有電話打給他，有時候一天會打三四次，說些閒話，很熟稔的樣子。所以看到變了一種形象的楊如意，祝況感到有些茫然，心隨著眼睛恍惚了一下。

楊如意看到他手裡的那一大盒化妝品，臉上露出驚喜的樣子，問：

「送我的？」

「嗯，送你的。」祝況坐下來，看桌上的菜單。

「是別人送給你太太的吧？」

楊如意眼睛閃爍了一下，調皮地笑。

「……嗯，對。」祝況吃了一驚。

其實楊如意已經知道了祝況的婚變。丁嵐的酒吧是圈子裡的朋友常去聚會的地方，許多祝況的朋友聚在一起，免不了總是要談到倪裳和溫哥華的，楊如意帶著留意的耳朵，自然就聽了個徹底。知道了這種情況，楊如意心裡那些隱祕的願望漸漸有了一些輪廓，被勾勒出來了。

楊如意要了紅酒，她和祝況碰杯。這些都令祝況恍惚。其實楊如意的舉止與形象應該是協調的，不協調的只是她現在展示出的老練，與祝況對她最初的印象迥異其趣。眼前的楊如意，是一個女人，不是一枚毛絨絨的桃子。

「我畢業後做過很多工作。」

半杯酒後，楊如意談到了自己的經歷，神態和語氣都蒙上一層勉強的滄桑感。

祝況「哦」了一聲。他有些好笑，想，一個二十多歲的女孩子，會有什麼滄桑呢？

「最離譜的是給一家醫藥公司做營銷，我居然要冒充醫學碩士。」

「那你是學什麼專業的呢？」

「機電一體化。」

祝況笑出了聲，笑得自己都有些莫名其妙，這其實沒那麼有趣。

「你不要笑啊，在這個社會生存真的是好難，我遇到過什麼樣的人，什麼樣的事，你都想像不到的。」

楊如意咬著下嘴唇，補充說：「不要看你是搞文學的。」

祝況點點頭表示認可她的話，突然問出一句：

「你父母是做什麼的呢？」

這句話好像一把野蠻的刀子，一下子就腰斬了楊如意營造出的氣氛。它出自一個長輩的口吻，相當於在問一個孩子：你今天乖不乖？楊如意眼睛裡浮上一層迷濛，那是霎時湧上的眼淚，她有種淩亂的委屈感。

「怎麼了？」祝況體會不到這個女孩子微妙的內心。

「沒什麼，」楊如意把頭轉向一邊，再回過頭來時，臉上已經重新浮上了笑，「——噢，他們是普通工人。」

祝況覺得眼前的這個女孩子的確有些奇怪。他以為楊如意霎時湧起的淚光是由於「普通工人」，不理解這怎麼會成為一種悲傷的理由。同時，她那份控制情緒和恢復表情的能力，也讓祝況刮目相看。

「不說我了，說說你吧，嗯，祝老師？」

楊如意決定讓祝況來傾訴，她認識到，只有讓這個男人說起自己，他們之間才會形成一種平等的關係。

「我？」祝況笑著把雙手在桌子上攤開，「我沒你那麼精彩，到目前為止，基本上只做過一份工作。」

「你——是一個從一而終的人。」

楊如意瞪起眼睛，嘴角也跟著微微翹上去，這就是撒嬌了。也許，這才是一個女孩子最恰當的方式。

下面的狀況就是以這種方式進行了。兩個人都很愉快的樣子，祝況甚至也和楊如意開了幾個溫和的玩笑。

離開餐廳的時候，楊如意很自然地用胳膊挽住了祝況。兩個人的手臂挨在一起，一種緊繃繃的墩實的感覺從祝況的胳膊上蔓延開來。這種感覺不是來自楊如意的體形——實際上她很勻稱，而且皮膚光滑——是來自那種年輕的生命力，類似於一只飽滿的足球，一觸之下，就會彈性十足地飛起來。

祝況把楊如意送進出租車後就匆忙地告別了。有一份驟然升起的對於倪裳的思念，令他不能自抑。

祝況打算一個人走一走。這時候有一個人從黑暗的街邊和他擦肩而過。祝況覺得這個冷冷的少年似乎有些眼熟。

祝況再次見到楊如意是在丁嵐的酒吧裡。幾個朋友輪番打電話過來，讓他務必去聚一聚。朋友們是在關心他，認為他該是從倪裳和溫哥華的陰影裡走出來的時候了。祝況趕過去時，他們已經喝下去了不少啤酒，見到他，就有人嚷嚷道：

「叫卓瑪來！叫卓瑪來！」

那個卓瑪被叫來了，卻是穿著藏族服裝的楊如意。在一派近乎起鬨的笑聲中，楊如意笑盈盈地過來坐在祝況的身邊。酒吧裡全部點著酥油燈，影影綽綽的燈光真的就把楊如意變成了一個卓瑪，在飄忽的燈影下，她有著一種無辜的純潔之美。

祝況也覺得很好玩，他只是不明白為什麼自己一到，朋友們就熱烈地把楊如意招呼過來。開始喝酒。答應了朋友們的邀請，祝況就已經做好了一醉方休的準備。因為這種聚會一定是以這種方式告終，以前祝況為此還和倪裳不愉快過。他很少讓倪裳不愉快，只有喝酒這件事。後來是不斷隆起的肚子糾正了祝況——倪裳總是會在一些時刻恰如其分地提醒他體形的轉變，「難看死了」，她會噘起嘴說，用手指捏起一塊贅肉說。倪裳噘起的嘴，捏起一塊贅肉的手指，最終令祝況斷絕了啤酒，同時也減少了和朋友們聚會的次數。

但是，現在倪裳帶著她的嘴和手指飛向了溫哥華。

想起了倪裳，祝況的酒就喝得慘烈。今天他收到了一張倪裳寄自溫哥華的明信片，倪裳在那張異國風景的背面，寫下了調皮的話：現在我還好，不好了，就會飛回來。

此刻酒的甘醇混合著酥油微微的膻味，成為了祝況清洗憂傷的源泉。楊如意一直坐在他身邊，不知覺中，祝況的身子就斜倚在了她的懷裡。她替他一杯一杯地倒酒，替他用打火機點菸，然後玩起來，讓打火機點燃的火苗總是躲避著他的菸頭，最後祝況用兩隻手捉牢了她的手，菸咬在嘴上湊過去，整個人於是就陷入在了她的懷抱中。朋友們醉眼惺忪地看著他們，很欣慰，有人過來用一條潔白的哈達將他們纏繞起來。

其間祝況起來上衛生間，推門進去看到丁嵐正對著鏡子整理口紅，她喝得不多，自己開酒吧，當然不能失度。祝況想退出去，卻被丁嵐拉住。

「你告訴我，你和這個楊如意只是排遣一下，還是當真的？」丁嵐很嚴肅的樣子。

「怎麼會當真呢？」祝況這個時候還沒有完全醉過去，但是思維和語言都已經有些不跟趟了。其實他想表達的是，即使是排遣一下，他都沒有具體地考慮過。

「不當真會送她那麼貴的禮物？」丁嵐不信他的話。

「……禮物？」

「SK－II啊，很貴的。」

「是……啊？」祝況用一隻手扶在牆上，「是別人送倪裳的，我覺得也沒什麼用了。」

「那就好，不當真就好，你不要小看了這個女孩子，她不簡單的。」

丁嵐鬆口氣，又說：「她把你送她禮物的事給很多人炫耀，搞得朋友們都把她當你的情人看。」

從衛生間出來，祝況有些怔忪，但是很快就被酒的甘醇和酥油微微的膻味重新帶回了昏沉。在最後一點殘存的清醒裡，祝況用盡力氣去抓緊自己心中那些對於愛情對於純潔的最後忠誠。祝況動情地想，愛人已經離去，愛情與純潔，以及一些高尚的約束，也讓它們離去嗎……

後來大家圍著一架龐大的木質轉經筒跳起舞來，手拉著手，腳步蹣跚地轉著圈。又有其他的客人參與進來，於是拉起的圈子越來越大。無數圈後，就有人在遼闊的藏族音樂中紛紛倒下，拉著的手相互分離。但是祝況的一隻手卻始終被牢牢地攥著，因為那隻手一直攥在楊如意的手裡。

祝況就是這樣一隻手被楊如意攥著攙扶進了丁嵐的辦公室。丁嵐的辦公室裡有床——酒吧是晝夜顛倒的地方，她有時候會在這裡休息。丁嵐目送著他們跌跌撞撞地進去，就轉身去安排把其他的朋友們安全送回各自的家了。

楊如意不是第一次。

她曾經有過一個男朋友，是一個長得像金城武的男孩子，戀愛中，這個長相體面的男孩子做出過一些不是很體面的事，給她造成了傷害，年輕的愛情很容易就呈現出狼藉，從而改變了她對世界的一些態度。在一切都沒有改變的時候，楊如意是不會把目光投射在祝況這類男人身上的，不是他們不好，是一個年輕女孩子的愛情，在本質上不會偏向這條路子，她們的愛情一開始總是顢頇的，裹在無知無畏的殼裡，旺盛，鮮潤，充滿挫折。但是轉變卻發生了。現在楊如意祈望能夠和祝況這類男人建立起關係，他們穩固，幾乎已經是雷打不動地站穩了男人的腳跟，有一定的地位，是一種真正的體面。至於年齡，在這個社會，還會是問題嗎？比如祝況的太太，不是就飛向了比自己小許多的溫哥華男人嗎？

祝況醒來時窗外已經露出了晨曦。當他看到身邊的楊如意時，第一個動作就是迅速地將毯子拉好，把自己向兩邊坍塌下去的肚皮蓋嚴，然後，用手去整理自己那縷薄薄的長髮。

楊如意是醒著的。她把身子貼過來，一條圓潤並且沉重的腿，親暱地搭在祝況的胯上。那種緊繃繃的墩實的感覺在祝況的身體裡又一次蔓延開來。祝況感覺自己是如此的渾濁，體溫都是那種不清潔的溫熱。而身邊的這個女孩子，她的肌膚是涼爽的，絲綢一樣的乾淨，在晨曦中閃爍著健康的光澤。

「……對不起。」祝況像是在喃喃自語。這句話當然是可笑的。

楊如意溫柔地俯視著他，用手去輕撫他頭頂的那縷薄髮，撥弄它們，然後去吻祝況的禿頂。這樣的動作有力地加重了祝況的脆弱。他慢慢地去正視眼睛上方的這個女孩子，心中湧起巨大的悲傷。他艱難地克制住自己將頭埋進她胸中的渴望，重新移開了目光。但是那山丘一般的雙乳居高臨下地垂懸在他的頭頂，時刻會覆蓋下來將他徹底地埋葬。

「我……不能給你什麼承諾。」

「……為什麼？」

「我只是喝醉了酒……」

「你……是說你不知道自己在做什麼嗎？」

楊如意錯愕了。她認為這是一個不體面的藉口，是這種情景下千篇一律的一個托詞，以前那個長得像金城武的男孩子就有過類似的表演，卑劣，庸俗，很傷人心的，它不應該從祝老師的嘴裡說出來，祝況即使要擺脫她，也應該說出其他令人耳目一新的理由。沉默了片刻後，楊如意執拗地說：

「可是，你送我禮物，你主動對我說：來，和我一起餵鴿子！」

祝況看著窗外逐漸亮起來的天色，想起倪裳走之前的最後一個夜晚，她也是這樣俯在自己的上方，自己的臉埋在她飽滿的雙乳間，嗚咽著問：

「你走了，我該怎麼辦？」

那時候倪裳仁慈地擁緊他，像逗孩子一樣地逗他開心。

倪裳說：「你可以去廣場餵鴿子啊。」

祝況陷入在回憶裡，他心無所屬的樣子令楊如意憤怒。她畢竟還年輕，在重要的時刻，難以調整自己的情緒。

「我在問你，為什麼？」詰問的同時，楊如意陡然掀開了他們身上的毯子。

祝況溫熱的身體袒露在灰白的晨光中，肚皮像一面癟下去的鼓，鬆弛地攤開著，頭頂的那縷薄髮被掀起的風吹上了眼簾。

透過那縷薄髮，祝況依稀看到窗外有一隻儀態萬方的鴿子，撲稜著翅膀降落在了窗台上。

祝況在一瞬間模糊了雙眼。他頹然地說：

「因為，我在等待那隻放飛的鴿子回家。」

二

在這個春天，時裝店裡的那個女人是少年眼裡唯一的春色。這家時裝店的生意並不怎麼好，少年經常可以看到那個女人無聊地站在店門外。有時候她抓著一把瓜子在嗑，瓜子皮被她吐向空中，超出了正常的範圍，顯然她是在做著一種遊戲了；有時候她什麼也不做，就那麼傻站著，看廣場上形形色色的人，看著看著，會不由自主地咧著嘴笑。少年覺得這個女人是整個廣場最美的風景——她一點也不矯揉造作，不像那些遊客，都像是在表演。她有時候也會來他的小攤買東西，一包口香糖，或者一瓶礦泉水什麼的。這個時候，少年就會一陣慌亂。他垂著頭，不敢正視她那幾乎要塞進他眼睛裡的胸部。直到她已經轉身離去，少年依然無力抬起自己的頭。在少年的眼裡，她太飽滿了，只有拉開一定的距離，自己的眼球才能盛得下。只有在那種合適的距離下，少年才能鬆弛地遙望。時裝店前經常會落滿鴿子，少年遙望過去，覺得這個女人漸漸地也形似一隻矯健的鴿子了——「她們」都是那麼鼓鼓囊囊的！少年對於自己的想像感到滿意的時候，會笑著罵一句：

「媽的，避孕藥！」

這句話是這個春天少年內心一切情感的最高表達，囊括了他所有的憤怒和喜悅之情。

那天，少年親眼目睹了幾個混混溜進時裝店裡，明目張膽地抱起一堆衣服跑掉了。他有一瞬間的衝動，從攤位上抓起了一把刀子——精美鋒利的刀子是蘭城的地方特產，蘭城街上許多小攤都躺著它們華麗的身子——但是，少年在那一天最終沒有衝過去攔截那幾個蟊賊。因為他看到那個女人正在拋灑著金黃的玉米。鴿子在她的身邊起舞。她的動作優美到了誇張的地步，在少年眼裡，宛如舞台上虛假的表演。她是在表演給身邊那個穿牛仔褲的傢伙看的。這真噁心！少年啐了一口：

「媽的，避孕藥！」

然後，他以一種幸災樂禍的態度看著那幾個蟄賊逃之夭夭了。

當那個女人跑回店裡時，少年的心情卻沉重下來。女人對著空空如也的貨架發呆的樣子，讓少年一陣心酸，覺得她受到的懲罰有些太嚴厲了。她又出來了，站在店門外左顧右盼，嘴半張著，似乎想在陽光中看到她失竊的物品從天而降。少年深沉地呼吸著，將手裡的刀子緊緊攥住。他後悔了，因為剛剛沒有拔刀向前而懊惱。後來，時裝店的老闆來了。少年看到他們爭吵一番後，那個女人雄赳赳氣昂昂地闊步離開了。她那副驕傲的樣子，讓少年有些糊塗，開始胡亂猜度她在時裝店裡的角色。

第二天，時裝店裡換上了另外的一個女人。少年這才意識到，廣場上那道最美的風景已經被解雇了。少年感到心如刀割。

但是下午的時候，女人又像隻花蝴蝶一樣地翩然而至。她沒有再走進時裝店，她站在少年的攤位前，要命地壓迫著少年的神經。她似乎在等人，既顯得悠然自得，又顯得焦慮不安。有一刻，她抬手撩自己的頭髮，腋下青青的一片讓身後的少年一陣天旋地轉。

她等的人終於來了。果然是那個被牛仔褲包緊屁股的中年人。他們說了些什麼少年一概沒有聽清楚，儘管近在咫尺，但是少年陷入在一種失聰般的境地裡。他覺得世界彷彿與自己無限隔膜。少年的眼睛裡飛舞著鴿子的羽毛，嘴裡有股酸澀的滋味。直到他們結伴而去時，少年才吞下了一口酸水，脫口而出：

「媽的，避孕藥！」

從此，女人在廣場上消失了，這個春天在少年眼裡於是就變得一無是處了，很荒蕪。

中年人倒是每天依然來到廣場上，按部就班地用一小袋玉米去哄騙鴿子們，並且恬不知恥地一哄就是一個下午。少年覺得這個傢伙悠閒得簡直令人髮指了。少年想，自己這樣一個本應坐在學校裡讀書的人都要辛勞地操持小買賣，他憑什麼可以這樣不務正業？少年對這個傢伙厭惡透了。他甚至將這個中年人與廣場鴿的現實聯繫在了一起。他想，這樣的傢伙，就像那些大腹便便的雄鴿，正是因為了牠們的存在，有多少雛鴿被人為地悶死在了蛋殼裡，牠們擠占了生存的空間，毫無節制地繁殖，只有避孕藥才能夠遏制住牠們骯髒的態勢。

有一次，中年人接了一個電話後匆匆離去了，就是這一次，少年跟蹤了他。少年把自己的攤子委託給別人，死死地盯著這個傢伙。中年人先去了一座小區，可能是他的家吧，出來後，已經換上了一件新的T恤，手裡還拎著一盒精美的禮品。少年覺得他真的是油頭粉面。

最終，跟著這個傢伙，少年如願以償地看到了那個女人。這似乎是在少年的意料之中，同時也正是他此次跟蹤所要達到的目標。起初，少年甚至不太能認出那個女人了。她變了！少年在心裡說，她變了！可是具體變了哪裡，少年卻總結不出來。少年只有在心裡響亮地抱怨：

「媽的，避孕藥！」

他們坐在一家西餐廳裡，透過臨街的茶色玻璃窗，刀叉和器皿都有一層血紅的顏色。他們喝的那種酒，更是紅到發黑的地步了。她時而在笑，時而眼睛裡又蒙上了淚光。其間中年人離開了片刻，也許是去撒尿？少年看到她一個人坐在那裡，手指輕輕地點擊著桌面，臉上是種若有所思的自得表情。後來他們從餐廳裡相挽著出來時，少年更換了自己的跟蹤目標，他緊跟其後，也打了輛車，尾隨那個女人而去。

少年落實了那個女人的住處。令少年高興的是，女人的家和他的家居然那麼相似——它們都坐落在那種工廠家屬區風格的樓群裡，同樣的破敗，同樣的陳舊，甚至，連那種在春天裡發出的上個世紀的氣味都那麼一致。

從這天起，少年基本摸清了那個女人的行蹤。通過幾次有計畫的尾隨，少年知道了女人如今工作的地點，那是一家藏族風格的酒吧，怪模怪樣的門面讓少年非常憎恨。女人的作息規律也被少年掌握了。她工作的時間是在夜裡，這恰好和少年的買賣不相衝突。少年白天依然在廣場上經營自己的小攤，到了夜裡，他便準時地來到那家藏族酒吧的門前。

少年坐在黑夜裡，他通常會買一瓶啤酒，很有耐心地喝著，隔著一條馬路，看著一些人在對面那扇光怪陸離的大門裡進進出出。

少年坐在黑夜裡，直到她下班後，從那扇門裡出來，坐進出租車裡揚長而去。這時候已經是深夜了。少年拍拍屁股站起來，有時候吹著口哨回家，有時候把腳下的空啤酒瓶一腳踢飛，來一句：

「媽的，避孕藥！」

在這個春天，這一切成為了少年的寄託。好像有誰給他布置出了一項任務，那就是，他是在奉命監護著那個女人。既然是監護，少年在每天夜裡都懷揣著一把刀子了。

可是，那天夜裡，女人沒有如期走出酒吧。

少年堅守在自己的崗位上。之前他看到那個中年男人走進了酒吧，意識到今夜可能會有些非同尋常。春天的夜晚還是有些冷，後來少年縮著身子睡了過去。是一陣風把少年刮醒的，他打了個激靈，睜開眼睛就看到有個女人從自己的身邊跑了過去。這時候已經是晨曦初升的時刻了。少年迷惘地呆愣了一會兒。他先是回憶出了自己此刻坐在路邊的原因，接著，他張望那個已經跑出去十多米的背影，發現原來是那個女人。女人的屁股在跑動中搖擺，顯得非常有力，看得少年目瞪口呆。少年依然不是很清醒。他站起來，舒展自己痠痛的筋骨。他一連挺了三下腰。接著，他原地蹦了幾下，並且大口地呼吸著清晨的空氣。當做完這些動作後，少年的目光落在了酒吧那扇洞開的大門上，它在晨曦中大張著嘴，好像也在貪婪地呼吸著清晨的空氣。少年把自己的脖子扭了扭，聽到脖梗發出骨頭粉碎般的「嘎吱」聲。然後，他邁步走向了那扇門。

三

楊如意回家後就蒙頭大睡了。

清晨她從祝況的身邊跑開，其實是一種刻意的姿態，她想讓自己顯得悲傷些，像一個受到傷害後的女孩子那樣淒楚。她慌亂地穿衣服，繫胸罩時努力了半天都無法繫好；裙子的拉鍊也成為了障礙，居然卡住了，不能完全拉到頭。一切都那麼凌亂和悲苦。當她跑出酒吧時，心裡真的被自己弄出了一些絕望的情緒。然而回到家後，她一下子就鬆懈了，好像經歷了一場艱辛的表演，身心都疲憊不堪。

兩個小時後母親將她從夢中吵醒了。她正要發火，卻看到了母親身邊的警察。

楊如意被帶到了公安局。儘管警察覺得已經把事情對她說得很清楚了，但她還是一副懵懂的樣子。本來應該是人家問，她來答，可是現在搞反了，變成警察不斷地向她解釋。後來警察不耐煩了，「啪」地一下摔給她一張照片，使勁指在上面說：

「你自己看！」

楊如意定神看過去，即使沒有立刻領會這張照片的精神，也依然尖叫了一聲。

照片上那個謝頂的中年男人張著嘴，裡面湧出固體一般的深色泡沫。他顯然是死了，因為他的脖子上插著一把刀子。其實，楊如意的注意力並沒有完全放在照片的主題上，恐懼感自發地將她的注意力轉移了。此刻，吸引著她目光的是照片中一個微不足道的細節。她麻木地看到，在這張照片中，有一根灰白色的東西焦距模糊地飄浮在鏡頭裡。當她全神貫注地去凝視時，她發現，那原來是一根鴿子的羽毛。不知道為什麼，當她認出這根羽毛後，心裡比認出一具屍體更加驚心動魄。她想要失聲驚叫，但發出的卻是一聲淒厲的哭泣。

黃金

要麼，高大的黃金砌在風中；
要麼死亡和順從。

——人鄰〈讖語〉

1

毛萍被拘留了十五天。看守所裡衛生條件自然是差一些，回到齒輪廠家屬區時，毛萍的頭髮都板結在了一起，向後攏住，就很一絲不苟，像一只生硬的假髮套。於是，毛萍前額上本來可以被頭髮掩藏住的那塊疤痕就暴露了出來，在陽光下明晃晃的。

開小賣部的宋老頭最先看到了毛萍。老傢伙這些天來就等著這個時刻，他要向毛萍討要自己的損失。毛萍出事的當天，派出所的李警察就帶了幾個聯防隊員突擊了他的小賣部，把那些玩具手槍全部沒收掉了。宋老頭和他們爭辯，說憑啥沒收我的槍？李警察說，知道是槍你還要問？宋老頭嚥口唾沫，改口說憑啥沒收我的玩具槍？李警察從那些玩具槍裡舉起一把，在他跟前比劃一下說，這是玩具嗎？難道不比真的還像真的？流落到壞人手裡，會造成多大的危害？何況，它已經造成危害了！

這個危害就是毛萍製造出來的。她和郭老師在周大生金店裡購買首飾時，突然拔出了這麼一把玩具槍，指在營業員的臉上，陰鬱地盯著人家。人家當然會魂飛魄散，驚叫像被彈弓從嗓子裡發射出來一般。直到一群保安揪頭髮擰胳膊地把毛萍按在櫃檯上，這個營業員仍在慘叫不已。人家完全失去控制了，蹲在地上，兩隻手舉在耳朵邊，運氣般地一下張開一下攥緊，張開時就深吸氣，攥緊時就把肚子裡飽滿的氣流變成一聲比一聲高昂的呼嘯。如臨大敵的警察隨後就趕到了。但是很快他們就覺出了滑稽，哭笑不得地把毛萍和呆若木雞的郭老師帶回去，還不得不專門派出一個人抱著毛萍六歲的兒子毛頭。

這件事情真的是可大可小。好在警察辦案辦得人性化，經過一番審訊，再經過一番負責任的調查，他們得出結論：這個女人完全是瞬間的心理失控，並不具備主觀的故意，她只是在滿眼輝煌的黃金下，遽然譫妄了，用自己兒子的一把玩具手槍無意識地比劃了一下。應該說，是毛頭救了毛萍，否則毛萍絕對不會只被拘留十五天——警察們寬宥地判斷，誰會帶著個六歲的孩子打劫金店呢？

宋老頭卻絕不寬宥毛萍。他一個箭步跳出小賣部，堵在了毛萍的面前，一隻手伸在毛萍眼皮下說，你得賠我，警察把我的槍都沒收了！毛萍看著他不說話，臉上是無辜的樣子。這個樣子把宋老頭激怒了，他想你跟我裝什麼痴呢？你買那把槍的時候可一點也不痴，硬是把價錢殺掉了一半的，現在你倒裝起痴來了呀？這麼想著宋老頭手底下就沒了分寸，居然一把揪在了毛萍的胸上。毛萍依舊一動不動，臉上沒有表情，說，回頭我陪你好了。

2

毛萍前額上的那塊疤是一塊和黃金有關的疤。

毛萍十六歲時就談起了戀愛，對方是她的同學，也是齒輪廠的子弟，叫王努。王努甚至比毛萍還小著一歲，文弱，單薄，皮膚白晰，毛髮柔軟。但是，在毛萍眼裡，正是王努身上這些女性化的特徵，才把他和齒輪廠裡那些臭哄哄的少年區別開了。那些臭哄哄的少年們，粗暴，骯髒，臉上總是油汪汪的，並且過早地憋出了一粒粒紅腫的粉刺，和他們相比，王努就顯得體面了。是的，體面，這就是少女毛萍對王努做出的評價。這個詞在少女毛萍的心目中象徵著一種與現實迥然不同的境界，它是清潔的，優雅的，若隱若現地飄浮在齒輪廠灰濛濛的天空中，成為了一個令人嚮往的東西。追求體面，是毛萍的母親拋棄自己丈夫的理由之一，毛萍的父親毛楠生就是在這個詞的貶斥下重新淪為了光棍，殊料，這個詞又成為了少女毛萍衡量愛情的一個準則。

少女時期的毛萍大膽熱烈，她通過腳向王努發出愛的信號。王努坐在她的前排，毛萍就在上課時伸出腳去勾王努的腳。起初王努受到了驚嚇，一度把兩隻腳懸在空中，坐姿像一隻龜縮的猴子。等到可以比較坦然地接受時，王努就迎合著把腳和毛萍的腳繞在一起，並且逐漸發展出一種語言，纏著繞著，在課桌下面表達出了很多用嘴不能輕易表達的東西。

他們開始約會，放學後默契地會合在一起，手拉著手去一些人跡罕至的地方。這個時候毛萍才發現，王努的手比腳更美妙，完全是一雙體面的手。他的手指修長，皮膚細膩得令毛萍都有點羞愧，毛萍覺得，當他們的手牽在一起時，自己的手反而粗糙得像一個男人的手。所以，當這雙手有一天開始遊走在毛萍的身上時，毛萍有一種欣慰的憂傷。他們靠坐在齒輪廠後面那棟遺棄的車間裡。周圍是報廢的機器，空氣中流動著一股頹廢的鐵鏽味，一些穭生的植物居然從鋼鐵中生長出來，夕陽透過巨大的窗戶奔湧進來覆蓋住他們——這種格調不同於他們的日常體驗，齒輪廠彷彿一口龐大的油渦，生活在裡面，周圍每一個人都像被炸糊了的油條。但是在這棟廢棄的車間裡，卻是一種清潔的荒涼，令他們感受到了一點模糊的淒涼之美。毛萍的頭埋在王努瘦削的膝蓋間，突然就湧現出一種愛惜的情緒，覺得自己像一個姐姐，甚至是媽媽，應該很無私地讓這個男孩子幸福。於是她仰起了身子，鼓勵王努那隻在身後摩挲著她的手更自由地去撫摸。王努的性格和他的外表一樣優柔寡斷。他的手始終是膽怯的，起初幾乎是被毛萍牽著一寸寸地爬行，鬆弛下來後，依然像一個漫無目的的迷路者。直到毛萍突然尖叫了一聲，王努才驚恐地恢復了思維。他倉惶地抽出自己的手，看著毛萍突然呈現出疼痛的表情。王努本能地意識到毛萍的尖叫與自己的手指有關，就去觀察自己舉在半空的手。他發現，自己的指尖上沾著一縷紅色的液體，新鮮的顏色正逐漸暗淡下去。那一天，毛萍是在王努的攙扶下走出那棟舊車間的，她不由得要通過把腿夾緊來緩解疼痛。那種痛既是尖銳的，也是溫和的，像被蜜蜂蟄傷後的灼熱。

少年王努的心裡充滿了不安的忐忑，自我譴責令他即焦慮又無助。他決定做出些表示，讓自己看起來像一個敢擔當並且有豪情的戀人。但他用來表達這些願望的手段的確有限，鬼使神差的，他從自己口袋裡摸出一塊東西塞給毛萍。毛萍向前走一步，嘴裡「嘶」的吸口氣，把疼痛誇張地傳達給王努，同時蹙著眉看手心裡那塊東西。它有乒乓球那麼大，捧在手裡卻似乎有鉛球那麼重。它是不規則的圓形，疙裡疙瘩的，在夕陽下發出黃燦燦的光芒。毛萍問是啥東西呢？於是少年王努給出了一個足以影響毛萍一生的答案。這個答案具有讖語的性質，它都不在王努自己意識控制的範圍內。所以說出這兩個字後，王努自己都有些不可思議，儘管他認為這塊東西在自己心目中的分量幾乎是和那兩個字一致的，他並沒有誇大其詞，但是那兩個字說出後依然讓他虛弱了下去。王努回答說，黃金。

黃金，多麼體面的兩個字。這兩個字在夕陽中熠熠生輝，結合著蟲咬般的疼痛，在少女毛萍的心裡就有了莊嚴的意味，讓十六歲的她陷入了一瞬間的憔悴。

3

這塊被稱為「黃金」的東西，很快卻落在了毛楠生的手裡。

毛楠生是毛萍的父親。他是齒輪廠裡數一數二的車工，這個優秀的工人卻被自己的老婆拋棄了。老婆認為和毛楠生過的是一種沒有尊嚴的生活。這是個令毛楠生無法接受的指責，他說，你可以說我長得醜，說我是窮光蛋，但你不可以說我沒有尊嚴！毛楠生的證據是自己在十幾次技術比武中獲得的獎狀——難道一個多次獲得榮譽的人會是沒有尊嚴的嗎？所以，最終老婆還是跟別人跑掉後，毛楠生的心裡就格外的憤怒。一個中年男人，突然在一夜之間失去了老婆，憤怒的毛楠生當然會頹唐沮喪。於是，憤怒和沮喪這兩種不太協調的情緒，同時作用在毛楠生身上，就令這個本來很光明磊落的優秀工人變得猥瑣起來。

老婆跑後不久，毛楠生吃驚的發現，自己居然對女兒毛萍好奇起來，他開始偷窺女兒的隱私。這裡面幽暗的動機既荒謬又合乎邏輯，毛楠生自己也覺得羞愧和難以啓齒，但是這個優秀的車工已經無力約束自己的行為了，漸漸地，也甘於去做一個沒有尊嚴的人了。

毛楠生在一個清晨發現了毛萍內褲上的那縷血跡。毛萍前腳剛出門，毛楠生就溜進了女兒的房間。內褲塞在被子裡，似乎還帶著毛萍的體溫。雖然晨光恍惚，但是把這條內褲捧在鼻尖的毛楠生還是敏銳地發現了那縷血跡。毛楠生在一瞬間激動起來，他已經比較準確地掌握了女兒的生理周期，所以他立刻判斷出了這縷血跡的可疑。這個判斷帶給毛楠生的激動卻是一個涵義複雜的激動，既震驚，又有股抑制不住的亢奮。

這種亢奮持續了整整一天。晚上毛萍放學回來時，毛楠生臉上的潮紅依然沒有消退。很快，在毛楠生的咆哮下，毛萍就交代出了這縷血跡的來由。同時，那塊被稱為「黃金」的東西也交在了毛楠生的手裡。做為一名優秀的技術工人，毛楠生只用了一眼，就看出這只是塊黃銅。雖然在那個時候，黃銅也算得上是貴重金屬了，這麼一塊黃銅如果賣給廢品收購站，幾乎可以改善一頓伙食。但是，它畢竟只是一疙瘩黃銅。在毛萍毫無防備的情況下，這塊銅疙瘩已經從毛楠生的手裡飛了出來，像一記鐵拳般的砸在毛萍的前額上——他媽的你把這當黃金？

毛萍幾乎被砸得栽倒，血順著臉的一側流下來，有一些就流進了眼睛裡。毛萍看著變得紅紅的毛楠生繼續向自己咆哮：真的是指頭？

毛萍縮起來，說，是指頭。

哪隻手？哪根指頭？

這樣的盤問讓毛萍回到了具體的回憶中。她本來是要去想哪隻手和哪根指頭的，但是被重擊之後的腦袋暈暈的，卻讓她回到了那棟夕陽中的舊車間，回到了那種清潔的荒涼中，那種淒涼之美令少女毛萍居然露出了微笑。這當然最大程度地激怒了毛楠生。他扭頭進了廚房，提上把菜刀就奔了出來，在毛萍眼前揮舞一下說，你不說是吧？我這就去把那小畜牲的手指頭都剁下來！毛萍覺得自己的頭要裂開了，她尖叫起來：你去吧！你去吧！覺得體面你就去把他的手指頭都剁下來吧！

王努的手指頭最終沒有被剁下來。毛萍的尖叫遽然澆滅了毛楠生的激情。「體面」這兩個字具有意想不到的威力，它以前曾經無數次在毛楠生的耳朵邊響起，令他煎熬不已，甚至已經成為了一個咒語，唸出來就能讓他萎靡不振。毛楠生料不到的是，這兩個被自己老婆反覆使用的字，如今居然也被女兒繼承了下來。但是毛楠生依然找到了王努家，只是那把菜刀在進門前被他很體面地掖在了褲襠裡。

回來後毛楠生就已經完全平靜了。他比較成功地做了一筆交易。

第二天王努就從齒輪廠消失了，據說被送到了鄉下的親戚家。毛楠生對這個結果很滿意，也慶幸自己沒有把事情搞大，毛楠生認為這件事情除了給毛萍的額頭上留了塊疤，其他所有可能產生的壞結果都被避免了。

4

毛楠生顯然是錯了。毛楠生在其後的十多年裡日甚一日的後悔，認為當初真的是應該把王努的手指頭都剁下來，自己做的那個交易，放在一輩子這樣的長度去衡量，簡直是吃虧透了。這件事情帶來的麻煩居然是無窮無盡的，最顯著的一個麻煩是，毛萍在三十歲時，依然沒有嫁人。

從十六歲到三十歲，毛萍前額上那個傷口逐漸長成一塊明晃晃的疤痕。她依次讀完了技校，參加工作，進齒輪廠做了一名工人。這些都很正常，同身邊的大部分人一樣。但是不正常的事情卻漸漸浮出了水面，彷彿經過了漫長的化學反應，那件事情終於產生了裂變——在早婚現象比較普遍的齒輪廠，毛萍卻始終沒有嫁人的跡象。毛萍長得不好看麼？當然不是，她長得越來越像自己的母親。毛萍的母親在將近四十歲的時候依然有男人願意把她勾引著跑掉，很大程度上是因為她的容貌。當年齒輪廠裡的人都說毛萍的母親長得像電影演員張瑜。如今，也長得像張瑜一樣的毛萍落在了結婚隊伍的後面，當然就成為了不正常的事情。

這裡面的原因毛楠生當然最清楚。隨著毛萍年齡的增長，毛楠生也越來越心虛，他當年畢竟在那件事情上做過交易，得到過一些當時看起來還算豐厚的好處。所以，當毛萍成為了一個不折不扣的大齡女青年時，毛楠生就在愧疚中苦惱起來。毛楠生決定親自促成女兒的婚姻大事。他選擇了自己的徒弟張紅根。

張紅根是齒輪廠裡有名的好脾氣男人。別人說，張紅根，我看你像個女人。張紅根都不會生氣。把目標鎖定在張紅根身上後，毛楠生在廠裡的浴室洗澡時，專門觀察了一下。他發現張紅根在淋浴篷頭下都不隨便撒尿，而是走到一邊去解決。並且張紅根的那件東西也長得白白淨淨的，一副讓人踏實的模樣。毛楠生想，這樣的青年，是沒有任何危險的，毛萍和他在一起，是不會吃苦頭的。

張紅根那裡沒有什麼問題，他從來都對毛楠生唯命是從。毛楠生認為自己沒有把握的只是毛萍的態度了。之前是有那麼幾個男人追求過毛萍的，在毛楠生看來，條件都還不錯，但是毛萍都不加以理睬。毛楠生自己也不太踏實，當年毛萍內褲上的那縷血跡，足以讓毛楠生對女兒的婚姻充滿擔憂，他不能確定條件好的男人們會忽視這個問題。所以，毛楠生要給自己的女兒找一個好脾氣的男人。

毛楠生去給毛萍說。出乎意料的是，當得知對方是張紅根時，毛萍居然同意了。毛萍這時候已經在齒輪廠工作十多年了，已經是一名熟練的天車司機。她對張紅根是熟悉的，知道那是一個因為性格靦腆而受到普遍鄙視的男人。毛萍沒有任何要求，她只是提出必須讓張紅根給她買足五十克的黃金。這個時候，黃金已經不是什麼很昂貴的東西了，毛萍要求的五十克，是在心裡面衡量過的，那應該是張紅根可以承受的分量。同樣的，張紅根也對這個分量衡量了一下，算一算，居然用不到一萬塊錢。張紅根感覺自己是交到好運氣了，用不到一萬塊錢就可以娶到長得像張瑜的毛萍。

那五十克的黃金是通過一條項鍊和一對手鐲湊足的。毛萍言出必行，收到這些東西後就同張紅根結了婚。

毛楠生舒了口氣，覺得自己這件事情辦得十分漂亮。

5

但是毛楠生又錯了。

結婚的當天晚上，就從張紅根的屋裡傳出了毛萍驚天動地的哭聲。許多人都往他們新房的窗子下跑，想聽出個理由來。但是屋裡的兩個人誰也不說話，傳出來的只是毛萍聲嘶力竭的號啕，還有肉捶在肉上的砰砰聲。

毛萍其實是不願意大聲哭出來的，但是這個張紅根下手實在是太狠毒。

張紅根把毛萍的身子翻過去，問她，血呢？

毛萍一下子沒有反應過來，問他，啥？

張紅根又問一遍，血——呢？

這下毛萍反應過來了，嘴抿得很緊，不自覺就是一個寧死不屈的樣子了。

張紅根又問，血——呢？還是得不到回答，就動起手了。起初只是撥拉毛萍，問一聲撥拉一下，後來就下起毒手來，也不再問了，掀起被子把毛萍裹在裡面，專門找頭部、腹部這些要緊的地方捶。毛萍在被子裡吃不住打，掙扎著探出頭，一眼從床邊的穿衣鏡中看到自己的頭已經被打得腫成了一只皮球，就立刻被變了形的自己嚇哭了。她一哭，張紅根更是惱羞成怒，覺得她是在故意宣揚家醜，手上就愈加不顧死活。後來毛萍的慟哭已經與疼痛無關了。有種無窮的悲傷貫穿了毛萍的胸膛，令她控訴般的號啕不已。

都住在齒輪廠的家屬區裡，毛萍的哭聲當然也驚動了毛楠生。毛楠生的第一個反應就是跳下床提了菜刀向屋外跑。毛楠生想，張紅根這畜牲一定是要把毛萍往死裡打了，否則毛萍不會是這麼個哭法，毛萍從來就不是個愛哭的人，他這個當父親的都沒見毛萍哭過幾次。但是跑過去一看屋外擠滿了人，毛楠生就把菜刀藏進了懷裡。他醒悟過來，此刻自己是不宜出面的，否則同張紅根鬥起來，自己必定會被搞到理虧的狼狽境地——張紅根打毛萍是有道理的啊。

第二天一早，毛楠生沒找過去，張紅根自己倒找上門了。張紅根開門見山地說，我把毛萍打壞了，估計三兩天是下不了床了。毛楠生大吃一驚。令毛楠生吃驚的不是張紅根說出的話，是張紅根說話時那副挑釁的神氣。毛楠生想，這還是那個對自己唯唯諾諾的徒弟嗎，怎麼一夜之間就變成了一隻狼？相形之下，一貫威風凜凜的毛楠生卻低聲下氣起來。毛楠生說，紅根你以後不要那麼打我家毛萍，你不認我是你老丈人，還得認我是你師傅吧？張紅根「哼」一聲，說，師傅——你讓我用五十克金子買了個啥？

6

發現張紅根變了個人的不止是毛楠生，大家都覺得張紅根結婚後就煥然一新了。譬如張紅根會突然跑到毛萍所在的車間裡來，衝著吊在天棚上的天車神氣地一揮手，毛萍於是就乖乖地停了天車，從七八米高的高空上下來，然後在大家吃驚不已的目光中挨一記張紅根的耳光。男人打女人耳光這種事情在齒輪廠是不稀奇的，稀奇的是，張紅根打毛萍耳光時的那種不由分說，而且是打得毫無原由，簡直是想打就打，說打就打。雖然張紅根的這種態度只是針對著自己的老婆，但是大家也在無形中被他震懾了。於是，大家對張紅根的態度也發生了變化，起碼沒人再走到他面前說，張紅根，我看你像個女人。這樣一來，張紅根就得到了慫恿，對待毛萍更加為所欲為了。

所以，毛萍其後發生的轉變，大家也認為是理所當然的。

結婚前的毛萍冷漠得像一個公主，對所有男人都愛搭不理的樣子，似乎天車司機這份工作造就了她的心理優勢，毛萍對齒輪廠的男人們都是俯視著的。但是在張紅根持之以恆的當眾羞辱之下，婚後的毛萍迅速地改變了自己。

毛萍的轉變是風馳電掣般的，根本沒有什麼過渡，她不需要循序漸進，一下子就跳躍到了另一個極端。只要是個男人，並且你能滿足毛萍的一個要求，毛萍就可以讓你做你想做的事情。毛萍的那個要求是恆久不變的——黃金，你必須給她黃金，多少不論，只要是黃金。這迅速成為了齒輪廠一個公開的祕密。大家也不好意思糊弄毛萍，用來和毛萍做交易的至少也會是一副一克多一些的金耳環，最初更有豪爽的男人送了幾十克重的大金戒指給毛萍。毛萍成為了齒輪廠裡男人們共同的話題。時間久了，就有人相互交流起經驗來。不知道是從誰嘴裡說出來的，這個人說毛萍的陰毛都是金黃色的，像外國女人一樣。於是，有一個外號就流傳開了，見識過沒見識過的男人，都把毛萍叫做「金毛」了。

這個外號當然也會傳到張紅根的耳朵裡。但是張紅根沒有一次因此當眾追究過毛萍。其實要捉住毛萍是件很容易的事情，除了對方提供場所，毛萍總是把給他黃金的男人領到齒輪廠後面那棟廢棄的舊車間去。那棟舊車間十幾年如一日的廢棄著，一切都變了，只有它還是老樣子，亙古不變似的，空氣中依然流動著一股頹廢的鐵鏽味，一些穭生的植物依然從鋼鐵中生長出來，夕陽依然透過巨大的窗戶奔湧進來。和毛萍一同進去的男人多了，這棟舊車間便成為了眾所周知的一個去處，名氣大到家長們都會禁止自己的孩子接近那裡。這棟舊車間也成了張紅根的禁地。張紅根也拒絕去那裡，他知道，一旦去了，需要自己打耳光的就不止是毛萍一個人了，理論上，他的主攻方向應該是毛萍身邊的某個男人。

張紅根只把矛頭鎖定在毛萍身上。隨著毛萍擁有的黃金與時俱進，張紅根對待毛萍的手段也無所不用其極了，有一次揪住毛萍的頭髮向門上去撞，直接撞在門後用鋼筋撾的掛衣鈎上，將毛萍的前額撞出一個洞，恰好就在那塊舊傷疤上。毛萍一臉的血，跑回毛楠生那裡，居然笑著說，爸，你給我頭上畫了個靶子嗎，怎麼就這麼準呢？毛萍的所作所為，早已經令毛楠生既憂且憤，看了毛萍血呼呼的一張臉，毛楠生覺得自己一下子蒼老了。毛楠生說，不行就離了吧，這個畜牲早晚會打死你的，你也早晚會惹得人家打死你的。

毛萍卻不和張紅根離婚，非但不離，過了不久還生下個兒子。張紅根本來也是不和毛萍離的，但是這個兒子卻讓他不得不離了。大家都說這個兒子跟張紅根一點都不像。見過的這麼說，沒見過的居然也這麼說。這就把張紅根逼上絕路了。那棟舊車間張紅根可以繞開，可是一個活生生的兒子張紅根無論如何是繞不開了。

只有離了。張紅根要求毛萍把他的那五十克黃金還給他。於是，張紅根見識到了毛萍的財寶。那居然是一只破書包，毛萍從裡面「嘩啦」一聲倒出來一堆金首飾，華麗的光芒立刻晃傷了張紅根的眼睛，令他一瞬間彷彿患上了夜盲症。實在區分不出哪一部分才是屬於張紅根的那五十克，毛萍就隨便湊足了那個分量還給他。

7

離了婚的毛萍依然故我，只是因為要照顧兒子毛頭，在時間上不是那麼充分。

不久後，齒輪廠的效益就開始大幅度滑坡了。大家的手都變得緊起來，用黃金跟毛萍做交易的男人似乎在一夜之間都變成了窮光蛋，即使有心，也無力了。於是，毛萍黃金增長的速度戛然而止。毛萍並不嘗試讓它重新恢復增長。毛萍有一個準則的，和陌生男人，她是不做交易的。這一點也保護了毛萍，讓她沒有遇到過法律上面的麻煩。

接下來，就開始有人下崗了，很快就輪到了毛萍的頭上。毛萍不像其他人那樣淒淒惶惶，下崗就下崗，好像波瀾不興的樣子。大家議論說，毛萍當然不用愁，她有黃金呢，多得可以砌一面牆了。

但是毛楠生不這麼認為。毛楠生已經退休了，他以一個老年人的心態開始為自己女兒的後半輩子擔憂。毛楠生覺得毛萍還是應當有個歸宿，否則即使真的有足夠砌一面牆的黃金，也未必能保證她把這輩子打發過去。毛楠生很後悔，自己當年和王努家做的那個交易，如今看來，非常的不划算，毛萍成了現在這個鬼樣子，根源不就是王努那小畜牲的一根手指頭麼？如果知道毛萍會被禍害成這樣，當初說什麼也該剁下那小畜牲的手指頭。毛楠生這麼想著，就找到了王努家。他當然不會再提著菜刀了，但是依然擺出了一副老光棍的姿態，進門就說，你們得替我家毛萍負責。王努的父親一時沒有明白過來，等想明白了，臉一下子就掉下來，他覺得，時隔多年，在這件事情上，毛楠生早已喪失了糾纏的正當性，何況，當年自己是給了毛楠生一萬塊錢的。王努的父親冷笑一聲，譏諷地說，我們替你家毛萍負啥責呢？再說，你家毛萍哪用人來替她負責，她都有本事開家金店呢。毛楠生料到會有這樣的局面，馬上就換了策略，兩顆渾濁的老淚從眼睛裡滾出來，沉痛地說，我沒別的意思，今天我是來求你的，咱們都是做父親的，王師傅你要理解我。

王努的父親有些詫異了，問他，你求我啥？

毛楠生說，王師傅你認識的人多，麻煩你給我家毛萍介紹個男人，啥要求都沒有，只要能保證不打我家毛萍。

毛楠生渾濁的眼淚和淒慘的語調都讓王努的父親動了惻隱之心。但是毛楠生的這個請求實在是很讓人棘手，毛萍「金毛」的名聲早已在外，給她介紹男人該有多困難？但是斷然拒絕毛楠生，似乎又不是很合適，畢竟，自己的兒子當年闖下了這麼一個禍。

8

幾經周折，郭老師被介紹給了毛萍。

說是老師，其實這個人已經沒資格站在講台上了。據說是因為猥褻女學生，只是證據方面不太充分，所以才沒有被關進監獄裡去。工作倒是保住了，在齒輪廠技校做些後勤方面的事情。

王努的父親向毛楠生保證，這個人絕對不會動毛萍一個手指頭。毛楠生相信這個保證，他想，都是犯過錯誤的人，相互之間應該沒有揪辮子的理由。毛萍也不反對，條件還是那一條——拿黃金來，分量倒是不再限定了，多少都行。

郭老師第一次進到毛萍的家裡，就畢恭畢敬地奉上了一條金項鍊。然後他垂著腦袋坐在沙發裡，把一圈光禿禿的頭頂亮在毛萍面前。在毛萍眼裡，這也不過是一次熟悉的交易，所以看到郭老師垂頭喪氣的樣子就有些好笑。毛萍主動過去坐到他身邊，剛剛準備對他說些什麼，就措手不及地被郭老師撲倒在了沙發裡。毛萍本能地去推他，不料這個一分鐘前還縮手縮腳的男人卻在剎那間變成了一隻豹子，毛萍根本就不是他的對手，兩三下就被他凶猛地進入了。毛萍在詫異中看到自己身上這個奮力動作著的男人居然湧出了大顆的眼淚，一顆一顆落在了自己的臉上。淒涼就是這樣迅速地爬上了毛萍的心頭。毛萍突然就對這個男人湧出了巨大的憐憫，覺得自己美好起來，甚至莊嚴起來，應該給予這個男人安慰。但是，郭老師完成得非常快，毛萍剛剛準備去配合他，他就結束了。毛萍心裡的那份情緒卻依然在蔓延，她去撫摸他，鼓勵他再來一次。

這個態度令郭老師感激涕零。他是生活中被劃分出去的那一類人，既然犯了錯誤，就自覺地一輩子夾著尾巴做人。來之前他對毛萍的名聲也是早有耳聞的，他是來用黃金換取一次滿足的，卻意外的收穫了仁慈。郭老師覺得毛萍真的是好，再一次抽泣著爬到了毛萍的身上。

獲得善待的郭老師決定，馬上再送一件金首飾給毛萍，他要毛萍不要誤會他，他是真心誠意的。毛萍笑著不置可否。郭老師態度堅決，並且要求毛萍和他一起去金店，親自挑選自己滿意的黃金。毛萍就答應了下來，先到毛楠生那裡接了毛頭，然後三個人一同向家屬區的門外走。

快走到門口時，一輛黑色的轎車正駛進來。車窗的玻璃是搖下來的，毛萍一眼就看到了王努。十多年過去了，王努依然文弱單薄，皮膚白晰，毛髮柔軟。他不知是從哪裡回來的，進到齒輪廠的第一刻，就體面地從毛萍的眼前一閃而過。毛萍沒有出聲，但是那聲尖銳的呼喚已經響徹了肺腑。

這時候開小賣部的宋老頭正用一把仿真的玩具手槍逗弄著毛頭。宋老頭最喜歡誘惑毛頭了，大家都知道，毛萍有的是黃金，買東西會毫不吝嗇的。毛頭上了宋老頭的鈎，揪著毛萍的裙角要求把那把槍買下來。毛萍恍惚地抽出張鈔票塞過去。宋老頭說，五塊買不去的，至少要十塊。毛頭就又來討要。不料毛萍凶狠地回一句，就五塊！

9

毛萍從看守所回來的當天就走進了王努的家。大家都知道她在金店裡上演了非常刺激的一幕，所以對她的行蹤都非常感興趣。毛萍進王努家時就被大家注意上了，她顯然經過了精心的裝扮，甚至比跟張紅根結婚那天都更像一個新娘。人們並不知道毛萍當年的遭遇，議論說金毛果然厲害，老王家的兒子才從國外回來，就被她惦記上了，這次不知道要搞到多少黃金？

十多分鐘後毛萍出來了，她的臉色煞白，神情卻很平靜。

宋老頭又是一個箭步跳出了小賣部，堵在了毛萍的面前，一隻手伸在毛萍眼皮下，輕佻地說，你得賠我，警察把我的槍都沒收了。

毛萍看著他不說話，臉上是無辜的樣子。就在宋老頭再次打算揪向她胸脯的時候，她將一隻攥緊的拳頭伸在了宋老頭的手裡，然後徐徐張開，把那塊東西放在了他的掌心。

宋老頭疑惑地把這一疙瘩東西舉在眼皮下分析，問她，啥東西？

毛萍覺得自己依然如同十六歲時的那個黃昏一般的疼痛和莊嚴，她在一瞬間的憔悴中體面地說出了那兩個熠熠生輝的字：黃金。

齲齒

我感到了骨頭的牙
咬住另一些陰天
緊緊地　　不鬆口
從去年咬到今年

——沙戈〈一年〉

除了一雙眼睛，他的臉基本上被白色遮蓋住。無影燈下的白色非常耀眼，有種趾高氣揚的光芒。躺在那張古怪椅子上的她，很難把這個男人和昨夜聯繫在一起，因此，她意識到，這個男人終究還是一個陌生人。他們認識一年了。當時，她恰好剛剛離異一年。同事把這個牙醫介紹給她，他們用了一年的時間，走到了昨夜。她知道自己並不年輕了，但依舊難以做到坦然。昨夜並不順利，起碼，在她是有種隱含的抵禦。牙醫不能理解她的態度，也許還覺得那些額外的磨擦有點多餘。牙醫吮吸她，她突然嘶嘶地吸起涼氣來。她無可遏制，那一瞬間，牙醫的舌頭糾纏而來時，有尖銳的痛，牽扯了她的某根神經。整個過程伴隨著她的吸氣聲。平靜下來後的牙醫發現了她的異樣。她衝進衛生間，拼命地漱口。牙醫免不了產生誤解，赤裸著趴在衛生間的門框上，禁不住責問她：「有必要嗎？」而她，顯然也明白了牙醫的不快，嘴裡含著一口水，用手指盲目地示意。她在艱難地表達，彷彿急於澄清事實。而她要澄清的事實，無非是——她的某顆牙齒痛。可這有必要嗎？當眼前的男人終於露出恍然大悟的樣子時，她覺得有股無以復加的委屈淹沒了自己。看著她的眼眶湧出淚水，牙醫笑了。他果斷地決定：第二天就給她解決這個問題！

所以此刻她躺在了這張古怪的椅子上。

來之前她有些猶豫。那個疼痛的根源，似乎已經模稜兩可了。其實，昨夜的痛是否真的來自於一顆牙齒，她自己都不能完全確定。她指認著某顆牙齒，無非是需要把虛無的疼痛安放在一個合理的位置上。是牙醫，最終敲定了這個位置。昨夜，他打開了衛生間的浴霸，熾熱的光照耀著她大張著的口腔。「張大些，再大些。」牙醫用手卡住她的下頜。暴露的口腔，令她倍感羞辱。她覺得自己的疼痛迅速轉移了，流竄到某個永遠無法確認的部位。頜骨在隱隱作痛，發出細碎的咔嚓咔嚓聲。「就是它了，一顆齲齒。」牙醫卡著她悲傷的臉說。她怒不可遏地掙脫了自己的臉，長髮掩蓋了她瞬間的憤怒。牙醫沒有覺察出她情緒的變化。在這個女人的口腔裡，他發現了一顆齲齒，這讓他蒙生出職業的優越感。這個女人一年來在他心目中所有的矜持於是都瓦解了。因此，牙醫以高高在上的口氣向她指出了一顆齲齒所能造成的危害：牙髓炎，關節炎，心骨膜炎，乃至慢性腎炎以及全身的其他疾病。「這種細菌性疾病……」牙醫用近乎傲慢的口吻說。這種細菌性疾病——這樣的句子令她難堪，彷彿一語中的地定義了她的生活。同時，那最終波及全身的後果，也令她不寒而慄。那時她的心裡幾乎崩潰了，不明白自己為何這樣，赤身裸體，待在一個陌生男人的家裡，被檢測，並且被詆毀，生活中所有糾結著的哀傷，都凝聚在那顆糟糕的齲齒上。

今天早晨，他們在牙醫家門前分手。她鑽進出租車裡，牙醫趴在車窗外，敲打著車窗玻璃，叮嚀她準時來醫院就診。她茫然地點了頭。然後她趕到了學校，她是一名小學教師。在校門口，她遇到了送兒子來上學的前夫。前夫匆匆向她打了聲招呼，一瞬間，那種無以復加的委屈又淹沒了她。這種細菌性疾病——她想起了牙醫的這句術語。目送著前夫躊躇滿志的背影，她怨懟地認為，這個人就是「這種細菌性疾病」的病灶，雖然如今已離她而去，卻給她的生活留下了一顆巨大的齲齒。

兒子由前夫撫養，上三年級，正是頑皮的時候，中午和她一同在學校吃飯，該午睡的時候，卻吵著要出去買雪糕。她神經質地煩躁起來。「雪糕會弄壞你的牙齒！」她惡狠狠地說，並且伸手卡住兒子的胖臉，把兒子的嘴掰開，檢查起兒子的牙齒。兒子粉嫩的口腔令她茫然，她分辨不出那些牙齒的優劣，只是感到失措的慌亂。直到兒子大吼著哭起來，她才落寞地釋放了兒子。

懷著這樣的情緒，她完成了一天的工作。一共是四節課，卻讓她有筋疲力盡之感。放學的時候，前夫並沒有來接兒子，他的母親，她曾經的婆婆，一臉冷漠地從她的手裡接走了孫子。兒子向她告別，走出很遠了，突然回過頭朝她齜牙咧嘴地做了個鬼臉——他在炫耀自己的牙。她也想回敬兒子一下，但嘴角牽動了一下，終究只是露出了一絲苦笑。這時她已經忘記了和牙醫的約定。她獨自走在回家的路上，昨夜的效應此刻顯露出來。她感到了身體的異樣，畢竟，她是個離異了一年的女人。她在路邊的櫥窗裡看到了自己，發現自己的衣服褶皺很多。這讓她一陣不安，彷彿暴露了巨大的破綻。她隱約記起了昨夜那個牙醫凶猛的進攻以及自己本能的抵抗。她覺得自己的呼吸有些短促，並且有些輕微的耳鳴。她凝視櫥窗裡的自己，依稀看到一個熟悉的身影一閃而過。她回頭張望，看到前夫正捧著一束明媚的黃玫瑰站在馬路邊倉惶四顧。恰在這時手機響起來。起初她並沒有聽出對方的聲音，直到那個人理直氣壯地要求她，她才恍然大悟。「來治牙！」牙醫斬釘截鐵地說。

身下的這張椅子令她不安，她很容易就把它和記憶中的損害聯繫在一起。她曾經躺在這樣的椅子上，張開雙腿，根除掉自己的第一個孩子。那時，她剛結婚不久，懷上了第一個孩子，但卻被診斷出了心臟病。醫生說她並不適於生育，那樣很危險。於是只有打掉。她躺在婦科診室，和現在一樣，同樣需要暴露自己隱祕的洞穴，擴張，照射，將身體無望地呈現著。她身下的那張椅子，高大，冰冷，可以升降，唯一不同的是，有兩根支架，用來惡毒地舉起她的雙腿，這唯一的不同並不能把它和眼下的這張椅子區別開，它們的本質是相同的，強硬，不由分說，充滿了機械與醫學的暴力，能夠迅速剝奪人的尊嚴。她覺得自己被這張椅子綁架了，被無形地勒索著。

被白色包裹的牙醫與昨夜判若兩人，甚至他的聲音也在口罩後面發生了改變：「張嘴，別緊張。」——有股椅子的味兒。可是她反而更緊張了，雙手不由自主地攥緊了椅子的扶手。她的手指蒼白、修長，指甲裡殘留著白色的粉筆末，右手中指的關節上還有一團批改作業時遺留下的紅色墨水。牙醫觀察到了她的緊張，有些正中下懷的愉快，隨即做出了令她吃驚的舉動。他捧起了她的手，放在掌心，溫柔地拍了拍。她感到突兀，心臟一陣抽搐。她似乎厭惡牙醫的這個舉動，但卻用力地握住了對方的手。牙醫在口罩後滿意地笑了，發出被遮蔽的咯咯聲。彷彿得到了許可，他終於肆無忌憚地探究起她來。她覺得，牙醫的腦袋幾乎完全扎進了自己的口腔。「很糟糕，嗯，很糟糕……」牙醫的聲音瓮聲瓮氣地迴響在她的口腔裡。他開始使用工具了，口鏡，探針。一陣難以言傳的酸痛被這些工具激活，猖獗地蹦跳在她的神經上，然後直抵心臟。她不禁發出了呻吟般的嗚咽。牙醫卻因此變得興味盎然，饒有興致地越發鼓搗起來。她的口腔裡有一個焦點，彷彿是她神經中樞的神祕按鈕，一經碰觸，就能令她徹底崩塌。牙醫持續地敲打這致命的地方，淺嘗輒止，鍥而不捨。他似乎是在考驗著她能忍受多久，也似乎是在檢驗著自己能堅持多久。

她流淚了，完全是生理性的。每一下敲打都令她痙攣，大張著的嘴嗚嚕出含糊不清的聲音。她突然有了某種不可名狀的興奮，有種惡毒的摒棄一切的亢奮情緒風暴般地席捲了全身。她痛恨，同時也渴望這種施虐般的折磨。她認為生活對於她，就是一個反覆施虐的過程。起初是心臟病，莫名其妙地選中了她，她因此被扔在了婦科診室的椅子上，不得不掏空自己的子宮；她並不甘心，吃了三年的藥，把自己弄成了一個渾身散發著苦澀的女人，然後，冒著生命危險生下了一個健康的兒子。她精心將兒子餵養到小學三年級，卻被前夫帶離了身邊，為此她和前夫經歷了艱苦的訴訟，但最終的判決依然是——剝奪；她並不是一個前衛的女人，除了前夫，她在昨夜之前沒有和任何男人共宿過，她的道德觀排斥婚姻之外的床笫之歡，但是她終究被生活強硬地改造了……一切都彷彿喪失殆盡，活著的態度，與生俱來的榮辱觀，都呈現出一片狼藉。現在又是齲齒！「這種細菌性疾病」再一次將她扔在了毫無尊嚴的境地，被窺視，被玩味，被不由分說地侵犯。

牙醫終於放棄了他遊戲般的診斷。現在，他決定填充那顆牙齒上的齲洞，彷彿是要給她身體的漏洞打上一個補丁。但她卻斷然拒絕了，粗暴地說：「拔掉！」她是脫口而出的，不假思索。「拔掉？」牙醫再一次捉住了她的手。但是她的手揮起來，堅決地說：「拔掉！」「嗯，沒有炎症，可以拔——也好，一勞永逸。」牙醫執著地捕捉著她揚在空中的手，抓住，握緊，迎合著她。不錯，一勞永逸，這正是她此刻的想法。

她被注射了麻藥。注射前，牙醫詢問了她的病史，她隱瞞了自己的心臟病。她並不是有意要隱瞞，她只是感到厭倦，她不願把自己想像得千瘡百孔。麻藥讓她的知覺空曠。她感到口腔沉重，像是塞進了一顆鉛球，彷彿有一個粗魯的大漢，在她的嘴裡伐木。她隱約覺得自己的骨頭被撼動了，身體的一部分被連根拔起。

那顆齲齒終於出現在她眼前，帶著一縷血絲，噹啷一聲，掉在一只金屬托盤裡。看著這顆脫離了自己的牙齒，咬著一團紗布的她，心情在剎那間抑鬱起來。「要嗎？」牙醫的聲音彷彿無限遙遠。她明白他指的是什麼，費力地表示出了她要。於是，拔掉的齲齒連同進入過她口腔的那些器械，被裝進了一次性的盒子裡。「這只盒子你帶走，下次複診時帶上。」牙醫突然變得有些冷漠了，恰如一個男人房事後慣常的那樣不耐煩，也許是拔牙的過程讓他回到了自己的職業角色中。他機械地叮囑了她一些注意事項：不要做激烈的運動，勿高聲談笑，不要用舌頭舐傷口，兩小時後方可進食，等等，總之，一切都需要暫時地改變，一切都亂了。她依舊躺在那張古怪的椅子裡，發現自己已經被汗水浸透，身體像經歷了一場骯髒的戰爭那樣無力自拔，所有的洞穴都麻木並且淩亂。牙醫還說了一些話，但她完全聽不清楚了，耳朵裡一片蜂鳴。她的臉色灰白，表情渙散，眼角的細紋在無影燈下浮現出來，似乎還在蛇遊著蔓延，這令她的臉看起來彷佛正在不可逆轉地龜裂。她可是真的並不年輕啦！牙醫在內心感嘆著。兩人之間特殊的關係，使牙醫忽略了眼前這個女病人的異樣。

後來，她捧著那只一次性盒子離開了診室。牙醫追出來，塞給她一樣東西。那樣東西藏在一只裝藥片的袋子裡，因此她很自然地將它當做了藥片。她很疲憊，有些遲頓，連禮貌性的告別都沒有，就迅速走出了醫院。她是走得有些急了，彷佛要立刻擺脫什麼。但是她全身一點力氣也沒有，一陣快步後，她只得在醫院門前蹲了下來。

此刻已經是黃昏了，天邊有一團烏雲遮住了夕陽。

她蹲在路邊，頭垂在懷裡，覺得自己像一塊被壓縮在罐頭裡的肉。她知道自己的姿勢很不雅觀，平時她非常討厭蹲姿，但現在她身心交瘁，心臟的壓力迫使她放棄掉內心的好惡。她蹲在那裡，很萎頓，很哀傷。稍微緩過些勁兒，她就頑固地站了起來。一陣頭暈目眩，她覺得世界有一瞬間是顛倒著的。此刻她愣了一下，以為自己產生了幻覺，因為她在窒息中又一次看到了前夫的背影。那個熟悉的背影和全世界一同倒立著，在她眼裡旋轉了一圈，才腳踏實地了，但是依然在左右晃動，世界宛如波濤蕩漾的海面。

果然是前夫。她略感驚訝，今天實在是蹊蹺，他們居然第二次不期而遇。正當她恍惚的時候，前夫恰好回頭了，一眼就看到她。他們距離並不遠，也就十來步的樣子，但彼此的眼神卻彷彿是無盡的眺望。很顯然，前夫有些尷尬，他在猶豫，是不是該過來打個招呼。她卻異常平靜，她的注意力完全集中在前夫胸前的那捧玫瑰上了，那一團很大的黃色，完全充斥在她的視覺裡。她想，他就這樣捧著這些花在街上亂轉嗎？他不是這樣的人啊，以前鮮花是會令他害羞的，他是一個恥於把自己和華麗聯繫在一起的男人。她嘴裡緊咬著的那團紗布，已經被唾液浸透了，藥水的氣味混合著血腥，辛辣無比，嗆得她咳嗽起來。前夫終於走了過來，不過搶先到達的還是那捧黃玫瑰。他說：「很巧啊？」她不知道怎麼回答他，拿不定主意是否該告訴他自己剛剛拔了一顆牙齒，她有這樣的願望，甚至還很迫切。但是她欲言又止。

這時一個年輕女人從她身後衝了上來，幾乎是蠻橫地插在了他們之間。於是，前夫胸前的那捧花轉移到了這個女人的懷裡。她立刻就明白了眼前的局面，手捧鮮花的前夫，是在等這個女人。女人對前夫熱烈地說著話，不經意地一回頭，就讓她感到了自卑。她覺得這個女人真年輕啊，完全還是個孩子，你看看，她還穿著那種有卡通圖案的褲子！可是這和自己又有什麼關係呢？但是她卻沒來由地火了，隔著年輕女人，突然厲聲向前夫吼道：「你還有一點責任心沒有？你就是這樣帶兒子的嗎？你把他一個人扔在家裡，你也做得出……」她的情緒不可自控，麻木的口腔讓她發出的每一個字都顯得像石頭一樣渾濁有力，她覺得快要上不來氣了，只能一邊吼一邊用力呼吸，結果，那團浸著血的紗布從嘴裡飛了出來，居然飛過年輕女人的肩頭，跌落在那捧玫瑰花裡。年輕女人驚叫了一聲，這令她無地自容，同時也加劇了她的衝動。她繼續激烈地斥責：「你知道兒子的功課已經有多糟糕了嗎？你現在應當待在他身邊，那才是你正確的地方！你不願為他負責，為什麼當初要搶走他？」前夫的臉憋出了紫色，他不能理解她此刻的態度，他從未見到過她如此暴怒的樣子，即使在他們關係最惡劣的時候，她也沒有這樣威風凜凜過。

手捧鮮花的女人嚇壞了，試圖拉著前夫離開，但剛一抬腳，就被她凶狠地阻擋住。她攔在他們面前，咄咄逼人地迫近年輕女人的臉，當她們近距離對視的一瞬間，她被年輕女人眼裡那種不易覺察的輕蔑給激怒了——她輕蔑什麼？她懂什麼？一個穿著卡通圖案褲子的小孩！她將自己所有的憤恨都歸咎於這個年輕的女人。雖然殘存的理智告訴她，自己並沒有任何權力，但是這又如何？即使對方真的無辜，此刻她也需要將自己的憤怒有所針對地傾瀉出來。有那麼一刻，她似乎平靜了下來。其實她是在醞釀。她醞釀著的，是一口含著血的唾沫。她覺得自己的口腔裡有一個源泉，那是她身體裡的洞，所有的一切都從那裡汩汩流出。當她覺得這口唾沫已足夠充沛的時候，她對準年輕女人的臉吐了出去。但她沒有勇氣去看自己這口唾沫達到的效果。她在一瞬間吐空了自己，明白自己做了不可思議的野蠻的事情。她拔腳欲走，剛剛轉身，卻癱軟在地。她覺得自己的胸腔有種緊縮感，隨即一種壓榨性的疼痛貫穿了她的肺腑。她清醒地意識到，自己的心臟病突發了。雖然她在很久以前就已經被診斷出了這種疾病，但從來都沒有發作過，疾病始終只是張著隱形的翅膀威脅和恐嚇著她，讓她活在陰影裡，時隔多年，今天，它終於降臨了。她甚至有種千迴百轉的感慨，禁不住淚流滿面。

她發現自己的四周迅速聚攏了一群人。最早貼近她的，是一個老年男人，年紀很大，幾乎可以做她的父親了，還穿著那種豎格條紋的病號服，看來是醫院的病人。老頭將她的身體搬成側臥的姿勢，用自己的腿擔在她的脖子上，以與實際年齡不符的洪亮嗓門大聲對圍觀的人宣布：「我要給她急救。」然後，居然伸手去鬆她的腰帶。她的意識正在逐漸喪失，那隻扯在自己腰帶上的手卻令她驟然復甦了。她神奇地坐直了身子，令她欣慰的是，此刻前夫向她伸出了援手。他從身後抱住了她，雙手插在她的腋下，協助她站了起來。那個老頭立刻大聲疾呼道：「你這樣做會要她命的！她必須就地躺著！」老頭是在警告前夫。儘管她知道老頭言之有理，指出的是一個重要的常識，但卻非常反感老頭的態度。因為當前夫的手插在她腋下的一剎那，她感到了洶湧的傷心，可是她多麼渴望這樣的有所依託的傷心。所以她反感老頭的干涉，彷彿對方是要驅散自己的希望。她配合著前夫，努力站穩身子，懷著一種優勝者的近乎炫耀的情緒，向圍觀者表達了自己的立場。她要表達的立場是——他們，她，還有前夫，他們是一個共同體。

一切宛如奇蹟。在前夫的攙扶下，她居然緩步向醫院裡走去。好事者尾隨著他們；那個老頭興奮地大張著嘴，喋喋不休地說：「看著吧看著吧，她就要死了！她走不了幾步啦……」他甚至大聲數著她的步子；還有，那個年輕女人，收拾起所有委屈，臉上掛著殘留的血沫，手捧著黃色的玫瑰，順從地跟在身後——她都有些憐惜起這個年輕女人了。以她為中心，一支隊伍形成了。在她的意識裡，這支隊伍有種隱隱的莊重之感，彷彿浩浩蕩蕩，如同一場肅穆的儀式。她被自己感動了。她覺得自己是用生命為代價進行著一場跋涉，好像童話裡的人魚，每一步，都走在刀刃上。她已經感覺不到心臟的壓力，某種玄祕的力量替代了心臟，支撐著她的肉體。她動情地將頭依靠在前夫的肩上，那一刻，她覺得原諒了生命中的一切，非常甜蜜。

眼前出現了醫生。她有片刻的迷惘，任由醫生們把她放在了一張推車上。但是她很快驚醒，急迫地去尋找前夫，當她終於發覺自己已經無法支配自己的身體時，那種巨大的無可轉寰的殘酷的無能為力，鋪天蓋地而來。

四周都是忙碌的白影，有人在往她的舌下塞藥片。她依稀看到了前夫，很模糊，像是映在櫥窗裡的影子，她看到，有一團朦朧的黃色依偎在前夫的懷裡，前夫在撫慰著那團黃色，她都能想像出前夫的神態了，一定是一臉的小心，低聲下氣。想到這兒，她甚至想笑了，恍惚著在心裡嘀咕：「這下，你可是有了大麻煩了……」

依然是除了一雙眼睛，他的臉基本上被白色遮蓋住。無影燈下的白色非常耀眼，有種趾高氣揚的光芒。

看到她甦醒過來，牙醫如釋重負地捂住自己的臉。

事實是，她連那張古怪的椅子都沒有下來，就直接昏厥了過去。心臟病發作得令人措手不及，幾乎沒有任何先兆，而且，當時牙醫完全沉溺在某種違背醫學原則的興致勃勃中，根本沒有注意到她的變化。當那顆齲齒剛剛脱離她的牙槽，她就不省人事了。

牙醫被嚇壞了，對於自己的輕率追悔莫及，他明白一場置人死亡的事故意味著什麼。她被送進了搶救室。整個搶救過程牙醫都守在旁邊，因此，牙醫在忐忑地祈禱之餘，也目睹了一個最奇怪的昏迷者所表現出的症狀。她面色蒼白，嘴唇發紫，彷彿化了濃豔、奇異的戲妝，而且，喪失了意識的她，居然有著豐富多彩的誇張表情，時而哀傷，時而喜悅，有那麼一刻，她還綻露出和煦的微笑，這一切，都令她宛如一個正在表演的演員，而她頭頂的無影燈，也恰如舞台上孤獨的燈光。其他醫生無暇他顧，只有袖手旁觀的牙醫捕捉到了她的每一個表情。牙醫不能理解她的表現，他的醫學知識不足以為他解釋這其中的奧祕。牙醫把這一切當做自己的幻覺了，他想自己一定是被恐懼搞暈頭了。

她甦醒過來，彷彿穿越了一條無盡的隧道。這是一條環形的隧道，光滑，緊迫，卻又布滿粗礪的阻礙，如同母親的產道，從生到死，周而復始，終點既是起點。她的意識順暢地與昏迷之前的記憶對接起來，她明白自己經歷和臆造了什麼，她的心臟一度停止了跳動，在那條死亡的通道上她洞見了自己內心所有的祕密。她的確是被掏空了，就像在譫妄中奮力吐出那口血水、向整個世界唾棄一樣，此刻，她變得空空如也。

她繼續留在醫院裡治療。第二天，她的同事來看她。這個同事正是她和牙醫的介紹人。她一眼就看出了這裡面的原因，她知道，牙醫把同事叫來，是基於一種怎樣的邏輯——喏，看看你給我介紹的人吧！這也正是牙醫的想法。牙醫很憤懣，他不能原諒，自己結識的這個女人居然有嚴重的心臟病，他本來是很認真的！他覺得自己被欺騙了，有種蒙受損失後的追究心理。

同事帶來了一束花，令她吃驚的是，那居然是一束黃玫瑰。由於受到了牙醫的埋怨，同事的情緒有些低落，只是簡單的慰問了她幾句，就匆匆告辭了。臨走前，同事對她說起了她的兒子：「你兒子今天沒來上學，你通知他們了嗎？」她知道，同事所說的「他們」，是包含著她的前夫的。在這座城市，除了「他們」，她再也沒有其他的親人了，如今她出了事情，在所有人看來，最應當被通知的，就是——他們。一念及此，她本來空空如也的心立刻灌滿了悲傷。她始終一言不發，像一個真正的病人那樣虛弱。

同事走後，牙醫來到了她的身邊。他依然把自己包裹在白色後面，他這樣的裝扮，令她根本想不起他真實的面貌了。他很專業地翻了翻她的眼皮，又將手指搭在她脖子的動脈上測了測，儼然一副主治醫生的派頭，儘管，他只是一名牙醫。接著牙醫又看了看液體瓶上貼著的配方，然後，他將一只藥片袋子塞在她枕邊。那裡面放著的，是一件禮物吧，也許是一枚寶石戒指。牙醫決定用這枚戒指結束他們一年來的交往。結果是，這只袋子和她昏迷中經歷的某個細節重疊了，她不由得一陣心悸，有種夢魘走進現實的驚懼。同時，這也令她想起了一件重要的事情。「它呢？」她說出了甦醒後的第一句話。「什麼？」牙醫疑惑不解，而且，他也沒有足夠的耐心去搞明白。「我的牙，我的——齲齒。」她嚴肅地說。「牙？」牙醫愣了片刻才回過神來，他有些惱火，彷彿聽到的是一個不可理喻的問題，所以他沒好氣地質問道：「你還要它幹什麼？

不過是一顆齲齒！」她深深地吸了口氣，這一刻，她才充分感覺到了自己口腔裡缺失了某樣東西，當她開口的時候，那個豁口彷彿刮過了一陣風。她在這陣風的伴隨下，空空蕩蕩地說：

「它是我的牙，是我身體的一部分，儘管，它是一顆齲齒。」

誰是拉飛馳

少年躺在鐵軌邊。他把那只空啤酒瓶的瓶口貼在自己的一隻眼睛上。他閉上另一隻眼睛。他看到黃昏變成了墨綠色的。一輛火車呼嘯而過。在少年的啤酒瓶裡，火車蛇遊了一周，消失在深沉的墨綠色中。他一直保持著這個姿勢，等待著下一輛火車再鑽進瓶子裡。可是守望了很久，卻再也沒有火車的影子了。他的眼睛都被瓶口硌疼了。他感到了絕望。好像這個世界永遠都不會再有火車的到來。

少年扔掉了啤酒瓶。這時候夕陽已經染透了天邊。他摸出了那張照片。他看到父親在照片中和一頭獅子親密無間地依偎著。母親把這張照片和一疊錢塞給他，讓他去找這個和獅子為伍的父親。「他可能在蘭城，他就是在那裡失蹤的。」母親遲疑著說。母親顯然也不是很有把握。十年前，父親跟隨那個馬戲團去了蘭城，然後就消失得無影無蹤了。父親是動物園裡的訓獸師。他是被領導連同那頭獅子一齊租借給那個馬戲團的。動物園後來派人去蘭城尋找過，但是一無所獲。很快這件事情就不了了之了。動物園損失了一頭獅子。少年損失了一個父親。動物園的損失不是很大，他們有一筆押金在手。少年的損失卻很大，從此父親對於他就成為了一個莫須有的人。在少年眼裡，照片上的這個男人和那頭獅子並沒有本質上的區別。父親離家的時候他只有五歲。他一點也不能把自己和這個男人聯繫起來。他試圖把照片還給母親。他知道，父親留下的照片並不多，也許這是唯一的一張。母親不安地看著他。他看到母親始終在顫抖。於是他把照片裝在兜裡了。他握住母親的手，輕輕地撫摸。他顯得出奇的溫柔。母親突然哭了。他與往日判若兩人的舉止格外地打動母親。母親抽泣著說：「你跑吧，跑得越遠越好。」

少年把照片隨手丟在了一旁。他並不想去蘭城。他並不想去尋找那個父親。現在，他再也不想找什麼了。他感到了厭倦。可是他的目光依然不由自主地看向照片跌落的地方。當看到照片被一陣風吹得翻滾了一下時，少年的眼眶突然濕潤了。

少年把身體縮住。昨天夜裡，他躲在動物園的飼料房時也是這樣縮著的。那間房子在大象館後面，是他的祕密據點。他把自己埋進飼料堆裡，那隻不停抖動的右手，令乾草發出窸窣的聲音。好在他很快就睡著了，醒來後恐懼就成為了一種恍惚的情緒。少年覺得自己的感受就像感冒時那樣——某種和自己身體迥異的東西鑽進了自己的身體，使得自己對自己的身體感到隔膜。他從飼料房走出來，趴在大象館的玻璃窗上向裡張望了一下。他沒有看到大象。他只看到自己的腦袋映在玻璃上，頭髮上盡是茅草。少年照著玻璃清理自己的腦袋。他把一根摘下的茅草放在眼前看了看。於是他看到了自己手上的血跡。血跡已經乾裂，幾乎布滿了整個右手。這讓他的手掌看起來彷彿是戴上了一隻暗紅色的陳舊的手套。手背的血跡卻是從指縫間爬出來的，像幾條蟲子乾癟的屍體，蜿蜒進了他的袖口。少年把這隻手伸在空中。手中的那根茅草立刻就被晨風吹走了。少年看到，在晨曦中，幾隻蒼蠅落在了自己的掌心。少年在公園的湖邊清洗自己的手。一些天鵝遠遠地凝視著他。平時少年最喜歡用石頭投擲湖面上的水禽，為此沒有少挨過母親的責罵。但是今天他只是和那些天鵝呆呆地相互眺望了一陣。他走進不遠處的那間亭子，向那個剛剛換上工裝的女飼養員說：「有香皂嗎？」女飼養員驚恐地看著他。少年衝著她伸出了那隻水淋淋的右手。女飼養員突然壓低了聲音說：「你怎麼還沒跑啊？」少年木然地看了她一眼。他甩甩自己手上的水，轉身走了。女飼養員在身後短促地叫了一聲，彷彿一聲鳥兒的啁啾。她說：「回去看看你媽吧，她恐怕被警察嚇壞啦。」

少年回過頭去，猶豫了一下，對她說：「知道了，謝謝。」

少年在清晨離開動物園時，走了自己最熟悉的那條路：穿過一片楓樹林，越牆而過，來到了那條街上。騎在牆頭時，少年感到了一些非同尋常的異樣。因為什麼呢？少年想，也許是清晨吧，是清晨讓自己覺得新鮮吧？他已經很久沒有見到過清晨了。他的黑夜與白天很早以前就顛倒了。可是清晨多好啊。騎在牆頭的少年深深地吸了口氣。然後他恍然大悟地想：哦，剛才自己居然對那個女人說了聲「謝謝」。

但是少年並沒有立刻回去看望母親。他回到了那條街上。清晨的街道在少年眼中變得陌生。他覺得一切都變得濕潤了，不再像往日那樣乾燥。街道兩邊的商鋪蒙著一層灰白的光，在闃寂中，都被凝固在某種不可捉摸的秩序裡。整條街上只有少年一個人。他來到了那家網吧門前。他看到網吧的捲簾門上貼著封條。門前的地面上依然血跡斑斑，它們呈黑赫色，它們的流向不僅僅是平面的，似乎更多的力量是在向地面下滲透著。這讓它們看起來就像是種在地上的一樣，顯得有根有據，難以抹殺。少年不太確定這些血跡與自己的關係。他拍了拍圈簾門，咣咣的聲音顯得格外空曠。網吧二樓的一扇窗戶打開了，伸出阿昆光光的腦袋。阿昆大張著的嘴看上去更像是在打著一個連綿不絕的哈欠。

阿昆跑了下來。他只穿著一條肥大的短褲。他的嘴依然大張著，喉嚨裡滾出一串夢囈般的疑問：「你怎麼還沒跑？你還敢來這兒？你不想活了？」

少年有些憎惡阿昆的這副樣子。在昨天之前，少年對這個體壯如牛的成年男人還是有些敬畏的。少年皺起了眉頭，不屑地說：「你怕什麼？我都不怕你怕什麼？」

阿昆的嘴張得更大了。他迷惑不解地端詳著眼前的少年。後來阿昆對人說，他在這天清晨發現，少年的臉在一夜之間變得讓他不敢相認了。「他的下巴鐵青，好像一個刮了幾十年鬍子的男人一樣！」阿昆激動地說。

「知道嗎？你捅死的是誰？」阿昆閉上眼睛，艱難地說出了一個名字。

他的聲音太小了，少年並沒有聽清楚。所以他大聲說道：「你大點兒聲！」

阿昆好像都要哭出來了。他大聲說道：「拉飛馳，你把拉飛馳捅死啦！」

「你不用這麼大聲，我聽到了！」少年厭惡地退開了一步，然後他喃喃自語道，「可是，誰是拉飛馳呢？」

阿昆認為少年被昨晚的事件搞傻了。他怎麼會不知道拉飛馳呢？像他這個年紀的街頭少年，誰會不知道拉飛馳呢？阿昆想，他一定是被嚇壞了。「你快跑吧，被警察抓到還好，被拉飛馳的弟兄們抓到那可就慘啦！」阿昆擺著手說。

少年想起昨夜的情形。當那幫傢伙開始砸網吧裡的電腦時，少年本來是想跑掉的。他本來可以置身事外，這幫傢伙找的是阿昆的麻煩。但是阿昆眼睛裡的絕望留下了他。阿昆這個粗壯的男人那一刻的眼神像一個嬰兒一樣。阿昆對他真的是不錯，從來沒有收過他的錢，有時候還讓他睡在網吧裡。少年記得很牢，阿昆一共還給他買過三次盒飯。少年手裡的刀子就捅了出去。他根本沒有看清楚自己的目標。當時太亂了，鬧哄哄的。刀子捅出去後，少年的目光就盯在了自己的右手上。他低下頭，看著自己的右手隨著刀子固定在了某個人的肚子上。少年試著拔了拔刀子。那是把普通的水果刀，刀柄太短，刀刃卻太長。少年覺得自己的掌心裡一片溽熱。他用力拔出自己的刀子，眼前就是噴薄的血。少年想，那麼這些血就是拉飛馳的了？

「可是，」少年依然疑惑，「誰是拉飛馳？」

阿昆已經轉身走了。他不想回答少年的問題。可是少年跟在他身後。阿昆只好在樓洞裡停下。他向少年攤開手說：「你跟著我也沒用哇，我的網吧已經讓警察封掉啦。」阿昆還想說些什麼，但是被少年臉上的表情阻止住了。在阿昆看來，少年的表情很古怪。他好像是被一個問題困擾住了，面色凝重，甚至有些不怒自威。「要不，我給你些錢……」阿昆和他商量道。

少年其實是聽說過拉飛馳的。他只是不能將自己捅出的那一刀和這個傳說中的人物聯繫在一起。他想，自己並沒有看清楚那個人，甚至連他穿著什麼樣的衣服都沒有任何記憶，但這個人卻成為了一個與自己性命攸關的人。少年想，自己的那一刀應該是捅在了一個具體的人身上，而不應該只是一個名字。誰是拉飛馳？

阿昆塞了些錢給少年。當他返回自己的屋子，趴在窗戶向下張望時，他看到少年消瘦的背影在清晨的第一抹霞光中踟躇不前。他多像一隻鶴啊！阿昆想，那個在動物園餵鶴的女人把她的兒子也餵成一隻鶴了。阿昆本來對那個餵鶴的女人充滿了渴望，但在這一刻，他徹底打消了自己的念頭。

少年的確有些茫然。已經有人出現在街上了。那個賣「陽光早餐」的女孩推著她的餐車從少年身邊經過。少年叫住了她，要了一只麵包。「夾一片火腿吧！」少年有些沒來由的興奮。女孩把夾好火腿的麵包遞給他。她始終不去看少年的臉。少年知道，她有些怕自己。自己一定欺負過她吧？搶過她的麵包還是摸過她的臉呢？少年在這個清晨對自己往日的行徑慚愧起來。他付了錢，轉過身時，臉上已經布滿了淚水。其實少年是有些喜歡這個女孩的。他們曾經是同學。女孩的父母也是動物園的職工。有一段時間，兩個人之間還萌發過一些似是而非的情緒。但是自從少年混跡街頭後，他的情感就變得粗糙了。那些柔軟的情緒沒有了。現在，他重新憐惜起這個女孩，好像突然才意識到，她怎麼也不上學了呢？一夜之間，恐懼讓少年又恢復了纖柔。少年抹去了臉上的淚水。他轉身對女孩說：「知道嗎？我殺死了拉飛馳！」他的嘴裡塞著一團麵包，因此說得含混不清。

女孩抬頭看看他。他臉上殘存的淚水讓女孩驚訝了。

說完那句話，少年就飛奔而去了。他沒有聽見女孩的問話：「誰是拉飛馳？」

是啊，誰是拉飛馳？少年一邊跑一邊也在想著這個問題。他要去找到這個答案。他有些迫不及待。他覺得這可是個大問題。他再也不能忍受這個世界的虛無。他再也不能忍受被一些莫須有的事物所決定。他希望讓一切清晰起來，哪怕結果是絕望的，也要讓絕望成為真切的。

少年首先來到了最近的一家醫院。那時朝陽已經噴薄而出。太平間在醫院一個隱蔽的角落裡。當少年看到太平間的銅牌子在朝陽下熠熠發光時，突然為自己驕傲起來。他有些無法說明的感動。看守太平間的是一個老頭。他阻擋住了少年。少年像一個有教養的體面孩子。他彬彬有禮地問：「大爺，昨晚是不是送進來死人了？」

「這還用問？」老頭洋洋得意地說，「哪天不送來死人！」

「怎麼死的呢？」少年問，「是被捅死的嗎？」

「怎麼死的都有，輾死的，摔死的，淹死的，捅死的！」老頭有些興高采烈。

「我能進去看看嗎？」少年請求道。

「不能！你以為這是什麼地方？」老頭瞪了他一眼，自豪地說，「這是太平間！」

少年摸出一張錢遞過去。他沒有料到，老頭的臉一下子變紫了。「滾！到這兒搞腐敗來了！」老頭說著就面目猙獰地撲了過來。少年被嚇壞了，轉身沒命地奔跑。他覺得身後步履雜沓，彷彿有一群橫死者在追逐自己。老頭在他的身後縱聲大笑。少年一口氣跑到了街上。他是懷著一股興沖沖的勁頭來到醫院的，可是他卻碰壁了。

已經是上班的高峰時間了。街上車水馬龍的景象令少年一陣心酸。他漫無目的地在大街上走著。在一個十字路口，少年目睹了一場車禍。他眼睜睜地看著兩輛小車迎頭撞在了一起。交通很快就堵塞了。處理事故的警察趕來了。少年擠在圍觀的人群裡，出其不意地向一個正在拉隔離繩的警察打問道：「您知道拉飛馳嗎？」

警察怔了一下，問另外一個警察：「有姓拉的嗎？」

那個警察很有把握地說：「有，應該有，姓撒的都有。」然後他卻質問起少年來：「誰是拉飛馳？你搗什麼亂？」

少年支吾著擠出了人群。他努力憋著氣，走出很遠了才抑制不住地笑起來。但是笑著笑著，他就抖了起來。那種巨大的恐懼再一次淹沒了他。他從那個警察的語言中，回味出了一種可怕的邏輯。當他意識到自己終將面臨這種邏輯的堵截時，那種巨大的恐懼就撲面而來。少年因此一下子虛弱下去了，那股興致勃勃的勁頭蕩然無存。

消極起來的少年繼續走在街上。快到中午的時候，一根電線桿上張貼著的尋人啓事啓發了他。於是他在一家文具店買了一盒粉筆。他開始用粉筆四處亂畫，走到哪兒畫到哪兒。他在一面牆上畫了個倒下的小人兒，肚子上插著一把刀子。然後他寫下了幾個字：誰是拉飛馳。少年退後幾步欣賞自己的作品，發現那把刀子畫得並不好。它的位置似乎不對，而且也太直了，好像一根翹起的陰莖。這個想像把少年逗笑了。所以接下來他不再畫那個場面了。他只是寫那幾個字。起初寫得還很認真，端端正正的，慢慢地就潦草起來。後來少年感到自己的右手已經寫瘦了。他有些百無聊賴，似乎已經忘記了自己的處境。在一條狹窄的巷子裡，少年被兩個婦女攔住了。他受到了她們的呵斥。進入這條巷子後，少年已經沒有興趣寫字了。他只是倚著牆根走，手中的粉筆隨之在牆上拖出一條曲折的長線。兩個婦女要求他擦掉這條長線。她們甚至動起手來，企圖扭住少年。如果是往日，少年一定會做出凶蠻的舉動。他會用腳惡狠狠地去踢這兩個女人。但是此刻少年卻非常地溫順。他耷拉著腦袋，靠在牆上，用自己的袖子去抹那條粉筆留下的痕跡。他只是在抹到一半的時候拔腿跑掉了而已。

這時候已經是正午了。在一家電影院門前，少年再次向幾個蹲在路邊的同齡人打聽了起來。但是他們聽到拉飛馳這個名字後，居然四散而逃了。其中有一個還發出古怪的叫喊。少年覺得那聲音宛如鶴唳。他熟悉這樣的聲音，尖銳，淒厲。他母親告訴過他，那是鶴在哭泣。可是他也明白，母親那是在敷衍自己。他早就知道了，那是鶴在發情。少年因此想到了自己的母親。他決定回家看看。

少年在午後重新回到了那條街上。街上此刻當然已經是熱鬧非凡了。這條街毗鄰著動物園，少年從記事起，就覺得它常年都洋溢著一種節日般的氣氛。少年站在街邊。他看到攤販把花花綠綠的氣球掛在長長的竹竿上，看到尋找車位的車輛正在焦頭爛額地蠕動。他彷彿能夠看到一個單薄的傢伙在這條街上呼嘯而過——身後響起一片咒罵之聲。少年想，這個傢伙就是我啊，瞧，他多野！這個想法讓少年有些羞愧，也有一些哀傷。他想，他是多麼熟悉這條街呢，如今卻感到了隔膜。少年想到了「緬懷」這個詞。沒有輟學前，每個清明節，學校總會組織他們去「緬懷」的。少年想，自己現在內心的感受，就是「緬懷」吧。這個想法讓少年的眼眶盈滿了淚水。他覺得自己在一瞬間變得蒼老。

少年穿街而過。他感覺到了身邊那些異樣的眼光。他眼睛的餘光看到了人們在交頭接耳。他一直垂著頭，有一種發自內心的順從在支配著他。經過網吧門前時，他看到有無數的蒼蠅在那塊黑褐色的地面上盤旋。少年來到了自己家的樓前。上樓時，他被自己家堆在樓道裡的蜂窩煤打動了。他在一瞬間傷心不已。他想也許自己再也不能幫母親把蜂窩煤搬到樓道裡來了。他想起了自己往日的許多劣跡。他有一次甚至在爭吵中動手打了母親一拳，那一拳打在母親懷裡，發出空洞的聲音。

母親果然在家。她一直在焦急地等待著。少年想，母親負責飼養的那群鶴今天吃什麼呢？母親顯然是有所準備的，這一點從那疊錢可以看出來。她一定是去銀行了，否則家裡不可能會有這麼多的現金。母親儘管已經被恐懼折磨得形容憔悴，但是依然保持著她的鎮定。她一直就是個不凡的女人，像她飼養的那些鶴一樣，有種凜然的風度。十年前丈夫失蹤都沒有損害她的這種風度。她告訴自己的兒子，警察昨夜已經來過了。她為兒子準備了一些錢，還有那張他父親與獅子的合影。她讓兒子去蘭城找他的父親。母親只是在兒子企圖還回那張照片時才露出了崩潰的跡象。

少年看到母親不可遏制地顫抖起來。其實母親始終在顫抖，只不過她一直在竭力掩飾著。現在她已經控制不住自己的恐懼了。少年握住了母親的手。他動情地將母親的手捧在懷裡，忍不住放聲大哭起來。母親在他的哭聲中恢復了鎮定。她只是顯得有些心神不寧。但是她也哭了。母親深深地被兒子突然而來的溫柔打動了。她催促自己的兒子：「你跑吧，跑得越遠越好。」

少年揣著一疊錢和一張照片離開了家。起初他的確是去了火車站。但是他並沒有在那裡逗留。他並不想去蘭城尋找一個傳說中的父親。他們已經分別十年了。他曾經想像過會在某一天見到自己的父親。但是現在，他已經無法想像。他一直走出很遠，終於看到了鐵軌。他買了一瓶啤酒，一邊喝，一邊沿著鐵軌走下去。黃昏的時候，他躺在了鐵軌邊的草叢中。

少年在晚霞中極目遠望。鐵軌緩慢地向天邊延伸出去，它更像是流淌出去了一樣。和地面連接在一起的天空，信號燈，樹，房舍，世界彷彿井然有序。但在少年眼裡一切卻宛如一個裝腔作勢的傳說。他看到有幾個人向自己走來。夕陽下，他們狹長的影子筆直地指向自己。他們用了甚至是漫長的時間才吹著口哨來到了少年的身邊。他們的影子提前將草叢中的少年覆蓋住了。少年側過頭去看。他看到有一雙腳踩在了自己丟棄的那張照片上。那個莫須有的父親和一頭獅子被踩在了腳下。少年坐了起來。他的動作有些大，褲兜裡的那疊錢撒了出來。那幾個人立刻被這些錢吸引了。於是搏鬥發生了。少年對於拳頭並不陌生。當拳頭打在臉上的時候，他甚至有種無端的甜蜜。他們在夕陽下追逐跳躍著。少年無論如何也不會讓對方得逞。他知道這些錢可能是母親全部的積蓄。他懷著一種無與倫比的正義感與對方毆打。但是他並不憤怒。他興奮了，生機勃勃。直到那把刀子捅進他的胸膛，然後又驟然拔出時，他才覺得有某種東西奔湧而去，離開了自己。少年踉蹌了幾步。他感到有些茫然與困惑。他想起了自己的那把刀子。它在哪兒呢？他想，自己的刀子一定是遺失在動物園的飼料房裡了。

少年沿著鐵軌跌跌撞撞地向前走。這時候一輛火車呼嘯而來，挾著強勁的風，與少年擦肩而過。地面彷彿都在震動中傾斜了。火車的不期而至引動了少年的憂傷。他想找到那只空啤酒瓶，再一次把火車裝進酒瓶裡。當火車完全消失的時候，少年癱倒在了鐵軌邊。他感到自己被人翻了過來，感到自己的錢被人拿走了。他聽到那個動手搶劫自己的傢伙不無得意地說：「媽的，知道嗎，老子是拉飛馳！」少年努力睜開自己的眼睛。他覺得自己還有機會看清楚眼前的世界。但是他始終難以達到自己的願望，一切似乎永無止境。少年在這冗長的時刻，覺得這一切宛如一樁奇蹟。

空調上的嬰兒

退休後女人常常起得很晚。她不是一個懶惰的女人，實際上，多年來她總是起早貪黑的。那時候，她是動物園的飼養員，負責飼養一群鶴。丹頂鶴。黑頸鶴。白枕鶴。灰冠鶴。這些鶴，不是國家的一類、就是二類保護動物。她習慣了為這些國家的珍惜動物而操勞。不是覺悟高，是養出了感情，成為了習慣。它們吃窩頭，玉米，蔬菜，泥鰍，鯽魚，膳食不比她家的伙食差。為保證牠們的發情和交配，在繁殖前期，還要加些牛肉末，熟雞蛋，魚粉，多種維生素和礦物質添加劑。這讓女人在某種程度上，接近於一個營養專家了。她用這樣的經驗來餵養自己的兒子，將兒子也餵得瘦瘦長長，像一隻鶴。

這個工作女人從十八歲做起。過去的二十七年她日復一日地如此飼養著鶴群：將窩頭掰成小塊。將肉末、熟雞蛋、青綠飼料洗淨切碎。每天餵兩次，上午、下午各一次。加添加劑。玉米粒隨時投飼。淡水鯽魚一天餵一次。籠內要常備飲水，每天換兩次。冬季增加一些花生。中間間隔著她自己的婚姻和生育。

她本來可以再幹若干年，幹足應該退休的年齡。但是她提前退休了。因為她的丈夫失蹤了多年。那個動物園裡的馴獸師，被領導連同一頭獅子一齊租借給了私人的馬戲團。人和獅子去了蘭城。然後就消失得無影無蹤。動物園後來派人去蘭城尋找過，但是一無所獲。丟了。還有，她的兒子也死了。這是壓垮駱駝的最後一根稻草。女人倒下了。倒下的表現就是，她提前退休了，離開了那群朝夕相伴，已經和她的生命連在一起的鶴。丹頂鶴。黑頸鶴。白枕鶴。灰冠鶴。丈夫。兒子。她真的是一無所有了。

今天女人依然醒得很早。醒來後習慣性地躺在灰白的晨曦裡。她醒得早，卻起得晚。女人一動不動地躺在床上，眼睛盯著某個並無深意的角落。這是她退休後養成的習慣。她已經習慣於活在習慣當中了。所以，當她離開了自己的鶴群，從一個習慣進入到下一個習慣中，就沒有太多的不適。不過是習慣。

那些熟悉的鶴唳隨著晨風傳來。春天裡，發情的成鶴性情凶猛，不但攻擊同類，而且也攻擊飼養員。最初的時候，女人沒有為此少受傷。至今她的額頭上還留著一塊明顯的啄痕。女人聽得懂這些叫聲。耳畔的鶴唳尖銳凶狠。女人知道，這種單音節的叫聲，意味著警示和威脅。

在這個早晨，女人從退休後的習慣中爬起來，沒有在床上多逗留。起身後，女人首先打開了窗戶。屋內有那個男人留下的氣味。她早早打發走了那個男人。那時候天還沒亮。男人很順從，一聲不響地起來穿衣，然後蹲在沙發上吸了根菸，就離開了。他總是喜歡蹲著。他有些怕她。

丈夫失蹤後，女人身邊有很長一段時間沒有男人。她把精力投入到鶴群的交配上了。鶴們興致盎然，生氣勃勃。她很了不起，靠著眼睛和鼻子，就能分析出雄鶴精液的質量。當然，她掌握著給鶴群人工受精的辦法。助手捉住雄鶴，將鶴的尾部朝著她。她撥開羽毛，用食指輕輕按摩雄鶴的尾腺，泡沫狀的腺體從那裡排出來。雄鶴的器官被壓出了體外。她堵住排糞口，防止採出的精液被糞便汙染。接著，她慢慢向上擠壓。助手隨時用吸管提取精液。整個過程不超過兩分鐘。但，畢竟也是一場完整的性事。雄鶴在她擠壓下的每一個顫動，都波及在她的身上。這些，對於一個中年女人，也夠了。也夠了。

男人以前在街上開著一家網吧。他怕她，覺得她像她養的那些鶴，有種凜然的風度。男人粗粗壯壯，蹲著，像五十斤的大米裝在了四十斤容量的口袋裡。女人看慣了鶴的纖瘦，漸漸就厭惡一切粗壯的物種了。但男人對她好。尤其在兒子剛死的那些日子，她需要一個男人搭把手。即使是一個粗粗壯壯的男人。男人陪她處理了兒子的後事。認屍。火化。在陵園裡買一塊地。埋起來。

男人昨天夜裡對她提出了一個建議：

「咱們在鄉下租塊地，養鶴吧！」

女人不吭聲，敦促他先把該穿的衣服穿好。她不習慣完事後還面對著一個裸身的粗壯男人。女人常常有這樣的隱憂：自己失蹤的丈夫突然回來了。打開門，是衣衫襤褸的丈夫。丈夫的身後，是那頭顛沛流離的獅子。這一對兒，都毛髮脱落，骨瘦嶙峋。丈夫會向她要兒子的。

男人得不到響應，兀自喋喋不休。他說：

「我打聽過了，我的個媽呀，這玩意兒掙錢。你本身就是做這個的，你是專家，你要發揮餘熱！」

發揮餘熱？這話刺耳。女人想，如今自己和這個男人睡在一起，就是發揮餘熱。至於「專家」，首先令女人想起了自己給雄鶴人工採精的手段。她想，是的，我是這方面的專家。這樣就聯繫到了身邊的男人。這讓她有些忍俊不禁，也有些灰心喪氣。男人一晚上都在說著自己的計畫。女人顧自睡了。養鶴？哪有這麼容易？動物園裡那塊人工濕地，前前後後，是用幾百萬搞成的。何況，她已經對於養鶴沒有了興趣。她想，那些鶴，都是國家的珍惜動物，而她自己，是連一個兒子都沒養好的。她給動物園的領導都是這麼講的，作為申請提前退休的理由。領導無話可說。他們弄丟了她的丈夫，把她的丈夫和一頭獅子租給了走江湖的。何況，早些騰出一個崗位，他們也求之不得。手下有一個丟了丈夫、死了兒子的職工，是一件很棘手的事。

初春的晨風料峭，從打開的窗戶刮進來，發出微弱的呼哨聲。風聲鶴唳。

女人在風中打掃房間。屋子稱不上整潔。一個丟了丈夫、死了兒子的女人，不能再苛求她了。多年來，她的家不如她操持的鶴舍。這個家經年充斥著動物的味道。丈夫在家的時候尤甚。馴獸師常年和他的那頭獅子廝混。兒子活著的時候對此時常抱怨。他說他的同學們都不願意靠近他，嫌他身上有一股「屎味」。最後，這種抱怨成為了藉口。當兒子長成一個少年的時候，他棄學了，混跡街頭。最終，傷人，被殺。兒子死了，這個家就更沒有必要被打掃得窗明几淨了。

這個清晨，女人動手打掃起自己的家。在過去的半年多時間，女人和兩個曾經的同事走動多起來。她們邀請女人去家裡做客。都是平凡的家庭，但比她的家乾淨一些。而且彼此住得很近，都在公園旁的家屬區，抬抬腳，就到了。兩個曾經的同事依然在上班，一個賣門票，一個飼養大象，打算堅持到法定的退休年齡，這樣在工資上可以避免不必要的損失。她們都比她理智些。還上班的時候，大家並不是十分的親近。但受到邀請後，女人並沒有感到格外的意外。

賣門票的女人離異了，女兒得了白血病，醫治多年，終於死了。餵象的女人有一個兒子，但是似乎從來沒有過丈夫。這個兒子去南方打工。一家很有名氣的國際企業，卻突然像是被施了魔咒，在一個時期，員工紛紛跳樓自殺。這個兒子步人後塵，也跳樓了，死了。所以，她們的邀請也並不顯得格外的唐突。畢竟，她們和她一樣，沒有丈夫，身為母親。這樣的聚會，不過就是喪子母親們的聚會。

女人們聚在一起，說說沒有主旨的閒話。然後一起動手，做飯，像一家人圍坐在餐桌邊進餐。飯是家常便飯，頂多變些微不足道的花樣，添幾道涼菜，喝一杯酒什麼的。肉不缺。魚也不缺。在動物園工作，這些東西從來不缺。而且是新鮮的魚和肉。她們習慣了，用飼養動物的魚肉，來飼養自己。所以不要對她們相對來說還算是豐盛的飯桌感到驚訝。那不過是嗆豆芽，拌黃瓜，花生米，油炸小鯽魚，紅燒雞塊，水煮肉片，孤身女人的悲傷。

今天她們約好來她家。這是頭一次。之前都是女人受到邀請，去造訪她們。被邀的次數多了，女人感到不好意思，鄭重地決定自己也召集一次聚會。她們依然在職，時間沒有她的空餘。以往的聚會多是根據她們的方便來計畫。所以女人倡議的這一次，便一直拖著，不是這個沒法換休，就是那個離不了崗。好像這個世界依然離不開中年女人。為此，女人有些慶幸，感到自己如今可以醒著躺在灰白的晨曦裡，是一件很好的事。

這次終於約齊了。昨晚那個男人來敲她的門，她本身是不想留他過夜的。這個男人菸癮不小，有味，儘管不會大過她家裡的「屎味」，但是一種不同的味。她不想讓兩個女伴嗅出不一樣的味。她們比她大方。有幾次聚會，她們都喊上了自己的男人。餵大象的女人找了個比自己要小十多歲的男人。當然不是很正經的男人。可能是下崗了，在動物園裡租了攤位，賣啤酒。

人倒是很乖巧。有他在，餵大象的女人不下廚的，也命令她們不要去搭手，讓這男人操持出一桌的嗆豆芽，拌黃瓜，花生米，油炸小鯽魚，紅燒雞塊，水煮肉片，悲傷。賣門票的女人找了本單位的人，後勤科的，副科長。副科長有家室，但也不避諱，和她們一起說說沒有主旨的閒話。女人有時候突發奇想，想問問餵象的那個，大象是怎麼交配的？那種事情，像大象一樣做得轟轟烈烈，令人難以想像。她比她們小氣。因為她是一個養鶴的。她像她飼養的那些鶴一樣，有種凜然的風度。

昨夜女人原本讓那個男人走的。但完事後男人說起了他的計畫。男人的網吧自從發生了那次鬥毆後，就被警察封掉了。那次鬥毆和女人的兒子有關。男人對女人惦記了很久。誰都知道女人的丈夫和一頭獅子一去不回了。但女人鶴一樣的風度讓人對她敬而遠之。男人只好旁敲側擊，很迂迴的，收買起她的兒子。她的兒子，那個混跡街頭的少年，迷戀網吧。這讓男人找到了示好的機會，常常收留夜不歸宿的少年，讓少年免費在自己的店裡盡興。有些時候，男人在背後看著在電腦上酣戰的少年，心裡會對這個長手長腳的孩子生出一種父親般的感覺。這些時候，他會混淆了自己的身分，父親般的，給少年送上一瓶果汁或者可樂。女人知道兒子的行蹤，反而踏實下來。畢竟，那是一個確切的去處，總比讓人無跡可尋的好。女人已經從失蹤的馴獸師那裡，飽受了「無跡可尋」的苦。對這個網吧老闆，女人卻依然排斥。她覺得她不需要男人。她可以投入在鶴群的交配中。結果，兒子卻在男人的網吧裡刺傷了人。對方其實是來找網吧老闆麻煩的。兒子應當不是一個膽大的少年。這一點女人相信自己的認識。從小到大，一個兒子暴露在母親眼裡的膽小，沒有比她這個做母親的領會得更多。馴獸師走失的時候，兒子才十歲。他曾經對她說，他自己最大的願望，就是去蘭城，找回他的父親。但是，他害怕。最大的願望被害怕阻攔，害怕也就會被放大成最大的害怕，讓他成為了一個內心怯懦的少年。這個內心怯懦的少年，卻在網吧裡挺身而出了。網吧老闆，這個居心曲折的男人，打動了她的兒子。少年想起了他買給自己的盒飯，想起了他送上的果汁和可樂。事發後，男人的網吧被警察封了。從此再也沒有被允許開業。

因此，男人現在是個無業的男人。這種狀況聯繫著那次事件，也聯繫著她的兒子。所以，昨天夜裡，當男人說起他的就業計畫時，女人就忘記了讓他離開。她想著自己的兒子，顧自睡了。

拂曉的時候女人醒來，立即想起了今天的聚會。她捅醒身邊的男人，讓他快些走。男人被她從夢中捅醒，不是頭一回了。她的手指像匕首一樣，硬生生戳他的肋骨。

「起來，快走，起來。」

女人一邊戳著，一邊低聲斷喝。

男人乖乖地爬起來，努力平復著自己受到驚嚇的心。對於這個女人，他始終唯命是從。自從他上了她的床，他就要求自己習慣這個養鶴女人的風格。在男人眼中，她是不同凡響的女人。她丟了丈夫，死了兒子，還養鶴。這些，都是她不同凡響的資本。對於這樣的一個女人，有什麼好講呢？服從就是硬道理。而且，儘管沒有受到追究，但在男人的心裡，對於那個少年的死，一直懷有餘悸。畢竟，少年是在他的網吧裡捅了人，畢竟，少年是在替他出頭。事發後少年找過他，他塞給少年了一把錢，讓少年快些跑。孰料，這一跑，少年就跑成了一把灰。少年的骨灰是他陪著女人捧回來的。放在她家的老式半截櫃上。少年的遺像立在骨灰盒上。唯一的一次，他自作主張了，去陵園買了塊地，勸說女人把兒子埋起來。

「把兒子埋了吧。」男人說。

這塊地真不便宜。男人不是殷實的人。下崗多年，他的網吧沒給他掙下多少錢，否則他的老婆也不會跟人跑了。但這次他少有的慷慨。五千塊錢，幾乎是他無業後全年的最低保障金。事情出人意料的順利。女人沒有反對，讓他陪著，將兒子的骨灰下葬了。女人只是在他說「把兒子埋了吧」的時候，矯正他：

「這是把灰，這不是我兒子。」

墓前立了塊碑。上面刻著兒子、母親、父親的名字。無業男人在一旁寥落地站著，無所事事，彷彿旁觀著別人的一家三口。從陵園回來，他就上了女人的床。完全是女人主動的。她沉默地侍弄著他。手指嫻熟。男人少有地細膩了一回。他想，女人是在通過這件事情，來發洩她的傷心。一定是這樣的。女人的肢體，像鶴一樣瘦長，腿就差長到露著青筋的脖子上了。男人覺得床上的女人隨時會從窗戶飛出去。

地上扔著的衛生紙團令女人不快。她在晨風裡首先將它們掃進了簸箕。其後，她順手將掃帚探到了床下。她的胳膊頎長，加上掃帚柄，就是一個能夠抵達黑暗深處的長度。床下積滿了絮狀的灰塵。女人忍不住咳嗽起來。一枚硬幣在她的咳嗽聲中滾了出來。好像是被咳嗽聲叫了出來，不是被掃帚掃出來的一樣。女人俯身撿起，放在眼前打量。

這是一枚遊戲幣。比五角錢的硬幣大，比一塊錢的硬幣小，上面刻著圓鼻子的小丑。女人想起來了。有一次，她帶著兒子去公園的遊戲廳玩。一塊錢一枚的遊戲幣，她給兒子買了十枚。那時候兒子還小，個頭在她的胸部。兒子用七枚遊戲幣開了虛擬的賽車。剩下三枚，他打算以少博多，賭一把，盼望從那種叫「搖錢樹」的機器裡滾出源源不斷的遊戲幣。沒有成功。三枚遊戲幣投入後，機器裡的財富搖搖欲墜，就是不見落下，讓人欲罷不能。兒子不甘心。他認為自己只要再投入一次，就會大獲成功了。但她拒絕了兒子。她不是一個大方的女人，能省就省，兒子的頭髮都是她動手來剪的。如果不是因為丈夫剛剛失蹤，她是不會把兒子帶到遊戲廳裡來的。她這是在補償兒子。但補償的額度，她限定在十塊錢之內。兒子還是懂事的。他沒有糾纏，被她牽著離開了。走出幾步，兒子卻掙脫了她的手，飛快地跑回去，使勁踢那台惱人的機器。震盪之下，機器裡的遊戲幣再次搖搖欲墜，甚至更加搖搖欲墜了，卻依然不見落下。兒子很失望，他斷定自己再踢兩腳就會得逞。但工作人員上來阻止他了。是一個不大的姑娘，態度粗暴地揪住兒子的衣領，將他拎出去。女人一瞬間憤怒了。她是這公園裡的正式職工，而這個姑娘，不過是雇來的臨時工吧，卻這樣對待她的兒子。女人衝過去，拔腳怒踢那台機器。她簡直是像在搞破壞，完全是要把機器踢爛的架勢。周圍的人嚇呆了，眼看著她發威。兒子也嚇呆了，居然往那個拎著他衣領的姑娘懷裡縮。那一刻，女人真孤獨。她穿著工作時的長雨靴，甩起自己的長腿奮力地踢著，腳趾踢得肚子都跟著一陣陣絞痛。但眼前的機器巋然不動，裡面誘人的財富像坐在搖椅裡的老人，怡然自得地前後搖擺。像一個恬不知恥的騙局。她就這樣一直徒勞地踢下去。漸漸地，她忘記了自己的目的。她唯一的願望就是，踢出一枚遊戲幣來。那樣，世界才不會顯得如此的令人絕望。就這樣踢了無數腳後，一枚遊戲幣終於姍姍落下。噹啷一聲，好像世界打了個響指。它落在鐵皮槽裡，彈起來，跌在地上，旋轉著滾動，一直滾出好幾米。這是世界給予她的一個施捨。她有些呆愣，茫然地收住腳。兒子過來牽她的手。鶴一般的母子倆在眾人鴉雀無聲地注視下離去。他們經過那枚上帝賜予的鋼鏰。她莊重地昂著頭，卻心動神移。當兒子彎腰撿起那枚鋼鏰的時候，她覺得，自己的心，都要碎了。女人覺得很羞恥。她覺得這個世界令人羞恥。

就是這枚鋼鏰。現在被她從床下掃了出來。舉著它，女人沒來由地一陣心酸。她的兒子，小名叫鋼鏰。

可他一點都不像是一枚鋼鏰。即使當他長成了一個少年，一天天頑劣起來，也不像一枚鋼鏰。又一次，他們母子爭吵的時候，他當胸打了她一拳。那一拳令女人傷心不已。不是因為被兒子打了。是因為，她以一個母親的胸懷，感受到了兒子這一拳的軟弱和無力。這一拳如此空洞，虛張聲勢，居然沒有打痛她。她為這個感到傷心。兒子在網吧裡捅了人，警察追到了家裡。第二天兒子潛回來，失魂落魄。女人也心亂如麻。但在兒子面前，她努力保持著鎮定。她一大早就去銀行取了錢。她在家裡等著兒子。她把那疊錢交在兒子的手裡。她還為兒子提供了一張照片，那是馴獸師與獅子的合影。她讓兒子去蘭城找他的父親。

「跑吧，兒子！」

她對兒子說。

兒子收下了錢。但他卻企圖還回那張照片。一瞬間女人幾近崩潰。她不可遏制地顫抖起來。兒子握住了她的手。他動情地將她的手捧在懷裡，忍不住放聲大哭起來。女人在兒子的哭聲中恢復了鎮定。但是她也哭了。她給兒子取了鋼鏰的小名，是希望這孩子挺括剛硬一些的，但此刻，女人深深地被兒子突然而來的溫柔打動了。她催促自己的兒子：

「你跑吧，跑得越遠越好。」

女人對於馴獸師的行蹤毫無把握，她實在難以確定，兒子此去，就會找到他的父親。但那時女人想，上帝會給他們母子留下一絲微弱的餘地，在她絕望的時刻，賜下一枚安慰性質的鋼鏰。她想，自己那個與獅子為伍的丈夫，離散多年，就是為了給她的兒子留下一個投奔的希望。

房間裡的灰塵彷彿越掃越多。太乾燥了，即使毗鄰著一個有著湖泊與濕地的動物園。女人打了盆水，潑灑在地上。水跡很快就揮發了。她似乎可以看得到那些水氣從自己的窗戶擁擠著奔逃的樣子。

女人對著半截櫃上的遺像發起愁來。她不知道是不是要把這張照片收起來。這樣的照片，在兩個女伴的家裡都有。幾乎是一摸一樣。都裝在本色的木頭相框裡。都是黑白照。這讓照片上的三個孩子，彷彿是同一個人了。女人不想讓自己的家和那兩家如出一轍。不知道為什麼，對於那種相同的致哀，她一樣感到了羞恥。是的，她感到羞恥。悲傷是那麼羞恥。哀慟是那麼羞恥。這樣的羞恥大到一個地步，令她在埋葬了兒子的當天，不得不和一個男人去上床。她必須做些相反的事情。否則，她會被羞恥扯碎了。活著，真丟人。

猶豫再三，女人還是將兒子的照片收掉了，放在半截櫃的抽屜裡。這個抽屜裡塞著許多照片。半年前，女人收起了家中所有可見的照片。那些影像，她看不得了。不是悲傷，是恍惚。她不能相信，這些鏡頭裡記錄下來的，真的就是她一段接一段的荏苒的光陰。她連兒子的遺容都難以辨認。那個黃昏，警察再次找到了她，將她帶到了太平間。冷櫃裡的那個少年，是她的兒子嗎？與她何干？在警察的說明下，女人似乎是聽懂了。兒子在逃亡途中，還沒有出城，就遇到了一夥打劫的少年。他們殺了他，搶走了他的錢。是一場突發的案件。沒有預謀。即興殺人。可是，為什麼會有這麼多的少年浪跡街頭，拔出刀子，即興殺人呢？她不懂，情緒裹挾在這樣的疑問裡，放棄了對於噩耗的感知。在太平間的院子裡，一個看門的老頭堵住他們，言之鑿鑿地說：

「我見過那死孩子！他一大早就跑來向我問東問西，問我夜裡有沒有送進來個被捅死的！」

隨行的警察警覺了，上去盤問他。

「是這死孩子！沒錯！我見人見得多了，活著的死了的，加起來見得多了！」老頭興高采烈地說，「這死孩子，他還想跟我搞歪門邪道，想賄賂我，要進去看看。」

他要進太平間看什麼？陪在身邊的網吧老闆聽懂了。後來對女人講：她的兒子在網吧裡捅了人，害怕了，躲了一夜後就去太平間打聽是不是有被捅死的人送了進來。其實那個人並沒有死，不過是被送到了醫院裡搶救。但行凶的兒子，卻就此走上了逃亡的路。結果，自己也挨了即興的一刀，躺進了太平間。

看門的老頭也這麼說：「哈哈！這下他不用搞歪門邪道了！這死孩子自己躺裡面了，沒誰能攔得住他，再大的官說了都不算！」

他一口一個「死孩子」，令警察都覺得不妥了，匆匆結束了盤問，示意女人離開。但女人木然著。她不覺得老頭嘴裡的「死孩子」與她有關係。那個「死孩子」順溜地躺在冷櫃裡，恬靜，安適，已經不是一個具體的孩子了。他是這個世界所有的「死孩子」。他們出了院子，還要去公安局辦理相關的手續。坐進那輛警車裡，女人聽到那個老頭追著他們嚷嚷：

「這死孩子問我這兒的人都是怎麼死的，知道我是怎麼回答的嗎？——怎麼死的都有！病死的，軋死的，摔死的，淹死的，捅死的！」

女人把自己的臉貼在警車的玻璃上，看外面。太平間的銅牌子在夕陽下熠熠發光。這讓女人突然有些無法說明的激動。她的懷裡，抱著一只紙袋，裡面裝著兒子的遺物。一件染了血的舊襯衫。一條被醫院用剪刀剪開的牛仔褲。襪子，只有一隻。

現在，當女人把兒子的遺像塞進了半截櫃的抽屜裡，關上抽屜時，她再一次感到了那種無法說明的激動。女人感到自己的呼吸有些困難，彷彿是一種哽咽的感覺。但她確信自己沒有哽咽。她很久沒有哭過了，自從兒子成了「死孩子」後。

今天的客人來了。她們拎著袋子，袋子摩擦著她們的腿，悉悉索索地被女人迎進了屋。她們帶著自家的餐具。女人家裡的餐具不足以提供一次聚會的需要。賣門票的女人從自己家裡帶來了碟子。碟子裝在塑料袋裡，每一只都用報紙分開包著。這些女人，什麼時候把自己這樣好的保護過？

女人詫異地認為她們來早了。但是隨後她就明白是自己的時間感錯亂了。時候的確不早了。太陽從洞開的窗戶湧進來，讓這件屋子都變得陌生。這好像不是她的家一樣。

沒有過多的寒暄。三個女人著手準備她們的午餐。作為主人，昨天她已經買好了菜。蓮藕。豆腐。豆皮。茼蒿。平菇。年糕。木耳。大家都愛吃的寬粉。當然，還有悲傷。沒有葷菜。葷菜由餵象的女人負責。雖然大象不吃葷，但她可以去向別的飼養員要。餵象的女人帶來了切成片的新鮮牛肉，還有一隻剁成塊的、血淋淋的雞。她們打算吃火鍋。底料女人也已經買好。現在，她只需要動手將菜洗淨切好。

女人在廚房裡忙碌。客人在房間裡四處打量。作為多年的同事，她們來過她的家嗎？女人不記得了。她們不免會有些好奇，四處打量一下，也在情理之中。但女人突然忐忑起來。這個家，對外界，已經關閉多年。那時候，警察兩度敲開了她的家門。第一次，是來抓她行凶的兒子。第二次，是來讓她跟著去認屍。警察挺和氣的，態度並不嚴厲。可能他們也覺得，不需要態度嚴厲了。對於一個母親，還有什麼，會比這兩個來意更加嚴厲的呢？第二次，跟著警察一起來敲門的，還有那個網吧老闆。警察先找到了他。此前女人和網吧老闆只說過不多的幾句話，多是關於兒子的，問一下兒子的去向，還有就是在街上遇到，打個招呼。他跟在警察的後面，雙手插在穿著大褲衩的雙腿間，像一個尿急的女人。他們連門都沒有進。這讓女人吁了口氣。前一次警察闖進來的時候，除去那個驚人的來意，僅憑幾條大漢進入到她家的這個事實，就足以令她心悸。

自從丈夫和那頭獅子一同失蹤後，她家的門，就對外界關閉了。這個家，宛如一個塵封的床底，裡面全是絮狀的羞恥。丈夫失蹤了，輿論普遍的說辭是，馴獸師賣掉了屬於動物園的那頭獅子，帶著不多的幾個錢，跑到南方去了。他為什麼拋棄妻子？輿論說因為女人乖僻。做丈夫的不堪承受這樣的一個女人了。她乖僻在哪裡呢？這也有部分屬實。譬如，對於自己的家，她疏於照料，令自己的兒子身上有一股「屎味」。但是，每個星期她都會用來蘇水給鶴舍消毒。輿論說，她像一隻鶴。至於像一隻鶴又如何，輿論就不管了。嘿嘿。大家自己去想吧。像一隻鶴。公園的領導也被輿論左右了。她去向他們索要自己的丈夫，在他們眼裡，似乎都沒有太多的正當性。最後，輿論就成了結論：她乖僻。丈夫藉機離家出走了。還拐帶了動物園裡的一頭獅子。

現在，兩個女人在她的家裡梭巡。女人感到空氣都紊亂了。怎麼會忽略了這一點呢？怎麼就沒有想到，她已經不堪這樣的窺伺。女人站在水池前洗菜，心思張惶。她想到了早起時床下丟棄的那幾團衛生紙。踩下腳邊的翻蓋垃圾桶，幸好，它們在裡面。和它們在一起的，有蓮藕皮，菜根，包裝袋，絮狀的灰塵和悲傷。

廚房的門被推開了。兩個女人站在門外。

「照片呢？」

她們一個開口問，一個用臉上的表情問。

女人不知所以，木訥地望著自己的客人。

「兒子的照片呢？」

餵象的女人似乎還頓了頓足。

女人立在水池邊，兩隻手和菜一同浸泡在水裡，一瞬間慌張不已。是啊，照片呢？兒子的照片呢？為什麼要把它塞進抽屜裡？為什麼不將它隆重地擺放在醒目的位置上，像一張治病的藥方或者營業的執照？為什麼她不能像她們一樣，正當地做一個被規定了的鬱鬱寡歡的母親？她為什麼羞恥？為什麼因為羞恥而羞恥？她無法回答。好在，她們交換了一下心領神會的眼神，沒有追問下去。

屋子是老式的屋子。沒有餐廳。三個女人合力把餐桌搬在窗口，圍坐在春天的陽光裡。餐桌上擺著電磁爐。電磁爐？她怎麼會有這樣的設備呢？記不得了。可能是動物園發的福利。爐子上的鍋在加熱。三個喪子的母親，在等著沸騰。動物園一牆之隔。樓下的街道常年洋溢著一種節日般的氣氛。從窗口望出去，可以看到攤販把花花綠綠的氣球掛在長長的竹竿上，看到尋找車位的車輛在焦頭爛額地蠕動。以前，女人經常在窗口喊自己的兒子。現在，她彷彿能夠看到一個單薄的少年在這條街上呼嘯而過。

兩個女人一直在交談。一個說死去的女兒。一個說死去的兒子。沒有主旨的閒話。讓各自的「死孩子」短暫地復活。賣門票的女人似乎說起了她女兒初潮的那些事。說得風生水起，讓屋子裡都有了一股少女經期的氣味。

「你說呢？」

餵象的女人徵求她的意見。

女人彷佛從夢中被叫醒。她已經從窗外收回了目光，也一直看著她們，貌似在安靜地聆聽。可是她沒有聽清她們在說些什麼。好像是在追悔。一個說，早知道這樣，就該在女兒生前滿足她的一切願望。一個說，早知道這樣，就不該讓兒子跑到南方去打工，養在家裡，比什麼都好。聽著聽著，女人就走神了。早知道這樣，就不該生下他們。

「是不是，你說是不是？」

餵象的女人突如其來地催促她。

「噢，是。」

「就不應該放他們走，留在自己身邊，總歸是不會有太大的閃失。」

——不該放他們走嗎？這一點她拿手的。每到秋天，女人都會及時剪短幼鶴的飛羽，以防牠們飛逃。

「是。是。」

「留在身邊就保險嗎？我閨女從來沒有離開我半步，也這樣了。」

賣門票的女人不禁反駁。

大家一下子啞口無言了。這個反駁就像是當胸一擊。毫不客氣。有什麼好說的呢，這些沒有主旨的閒話！什麼也阻攔不住他們的離去。怎麼死的都有！病死的。軋死的。摔死的。淹死的。捅死的。女人們枯坐在春光裡。電磁爐上的鍋發出微弱的咕嘟聲。快要沸騰了。

「天吶！」

賣票的女人陡然叫了一嗓子。另外兩個女人嚇了一跳。

賣票的女人用一隻拳頭塞在自己的嘴上，眼睛直勾勾地盯著窗外。順著她的目光望出去，她們看到了什麼？

起初，女人認為那是一隻被遺棄在窗外的玩偶，趴伏在對面那座樓的一台空調外置機上。但是，她即刻更正了自己的判斷，禁不住定格在幡然覺醒的那個瞬間裡。那不是一個玩偶。這個裹著紅毛衣的肉墩子，他在動。定睛去看，確鑿無疑，是一個嬰兒。他的身後，也是一扇洞開的窗戶。床，一組長沙發，一組不知為何物的木質裝修，連綴起來，就是一條完美的通道，錯落有致地延伸到窗外的空調。屋內空無一人。透過窗框，像在電視機裡一樣。

一只失控的氣球飄上了天空。氣球飄過嬰兒。他抬頭了，張望自己眼前扶搖的過客。

「娃娃！」

「別動！」

餵象的女人低吼了一聲。

三個女人都看到，對面的嬰兒蠕動了一下。他可能感到了危險，試圖縮回去。但是，他還沒有學會這一招。所以，只笨拙地表達出來一個想要縮回去的意願。但是這個意願，已經令人感到目眩神迷。

女人困惑地看著眼前的這一幕。透過她家的窗框，世界整個都像裝在電視機裡一樣。在初春的陽光裡，一個趴在空調外置機上的嬰兒，隔壁陽台護欄的影子在他的身上犬牙交錯。那應該是七樓。高嗎？對於這一幕，很高。一個嬰兒懸在空中。進退兩難。兩難嗎？一個嬰兒，會有這樣的判斷嗎？他應該感到了不爽。對於這一幕，她們所處的這個角度，堪稱最佳。女人可以看到，嬰兒的臉皺成了一團，苦巴巴的。那一刻，女人感覺自己不在屋子裡，而是被一股力量順手也擱在了懸空的境地。

「乖乖！」

「他在幹啥？」

「自己爬出去的？」

「大人呢？」

「肯定是保姆！跑出去了！出事了吧！」

兩個女伴在激烈地討論。她們像她一樣，都傻掉了。彷彿不是在目睹現實中的景致。彷彿是在看情節荒唐的電視劇。電磁爐上的鍋發出噗地一聲。紅亮的湯水掀起了鍋蓋。終於沸騰了。三個女人面面相覷了一下，拔腿向門口擠去。還沒有衝出樓梯，街面的噓聲就傳了過來。

街上的人也看到了空調上的嬰兒。是那個賣氣球的人首先發現的。他的一只氣球不翼而飛。他用目光懊喪地追蹤著自己的氣球。當死下心來的時候，他也像三個女人一樣，有著片刻的困惑。他甚至還點了顆菸。但他難以理解，自己的心為何這般沮喪。不過是一只氣球，每天都是要損失幾只的。但眼睜睜地目送著這只氣球離去，卻讓他心煩意亂。終於，他丟下了手裡的菸，仰天大吼了一聲：

「媽呀！」

他發出了這一天最響亮的一個聲音。其後，每一聲驚呼的分貝都在遞減。人們自覺地認識到了，大呼小叫，此刻就是謀殺。當然也有難以置信的。

「是個人？」

「不會吧？」

「誰家大人會這麼粗心！」

「貓吧？」

「你見過穿紅毛衣的貓！」

「是個人！動了！」

「動了嗎？我沒看出來。」

三個女人的到來讓群眾統一了認識。賣票的女人急促地說服每一個人：

「是個人，嬰兒！沒錯的，我們從窗戶裡看得清清楚楚，就八九個月大吧……」

「男孩還是女孩？」

有人問。

賣票的女人愣住了。她回身徵求同伴的意見：

「男孩還是女孩？你們看清楚了沒？」

立刻有人質疑了：

「你不是看得清清楚楚嗎？」

賣票的女人哇地一聲哭了。但她哭得克制而沉悶，將拳頭再一次塞在了嘴巴裡。餵象的女人火了：

「愛信不信，快去喊警察！」

說著，她自己摸出了手機報警。

空中的嬰兒似乎是一個自然現象，一個他們似乎習焉不察，但卻從未掂量過的自然現象。街上的交通癱瘓了。沒有刺耳的喇叭聲。有熱心腸的人專門跑前跑後，負責向司機們解釋一切。不敢高聲語，恐驚天上人。觀望的人群在冒著興奮的氣泡，眼見也是要沸騰的架勢，卻好像被捂在了一口高壓鍋裡，激動而壓抑。有人舉著手機拍照，將空中的嬰兒像素化。大多數人向那個位置的下方湧去，不約而同地想到要在地面構成一道防護。

「噓——」

「噓——」

「噓——」

世界在一片噓聲中寂靜。春天的風吹過。公園裡傳來一聲聲熟悉的鶴唳。

風聲鶴唳。

「噓——」

女人遺落在人群的後面。她再一次感到自己的呼吸有些困難，彷彿是一種哽咽的感覺。半年多來，她，她們，三個喪子母親的聚會，那些沒有主旨的閒話，那些自欺欺人的追悔，那些彷彿與己無關的劇情，都在這一刻，揭穿了。世界逼真了。成為了一個當下的世界。現在，整個世界都在屏聲靜氣，凝望著一個嬰兒的安危。這個嬰兒，甚至令人憤恨。他還沒有長成人形，是男是女都叫人說不清楚。可他憑什麼，就這樣捂住了世界粗重的呼吸，牽動了世界那顆堅硬的心？他趴伏在一台空調上，把自己的一條命擺在了世界的眼前。他蜷縮在空中，像一個肉呼呼的倒下的問號，替所有夭折了的發問。

那只飄走的氣球，晃晃悠悠，又飄了回來。它再一次靠近了空調上的嬰兒。氣球拖曳的繩子，如同天空的把柄——拽一把，天空就會轟然墜地。

「不要驚動他。」

一個女孩在身邊輕聲呢喃。

這是一個買「陽光早餐」的女孩。女人認識她。她是兒子的同學，她的父母，也是動物園裡的職工。這個早早輟學了的女孩，倚在自己的推車上，著迷地仰望著空中，嘴裡動情地自言自語：

「——這是世界的嬰兒。」

女人用手捂住了臉，頃刻間發出一聲嗚咽。像當年她的兒子空洞地打在了她的懷裡。

賴印

小丑一再這樣稱呼那頭獅子。

——賴印。

起初，馴獸師沒有留意。說實話，他並不喜歡這個小丑。小丑是個中年男人，不用化妝，也醜得讓人動容，每次看到，總給人戛然躍出一般的驚詫感。

在這家走江湖的馬戲團裡，馴獸師誰都不大喜歡。他像他的獅子一樣，有種必然的倨傲。獅子是馬戲團裡唯一像樣的動物。馴獸師覺得，作為獅子的主人，如果態度窩囊，就是委屈了自己的獅子，將一頭百獸之王降低到了和那幾頭駱駝、幾隻獼猴一樣的地位。

事實上，馴獸師和獅子都是屬於動物園的。他們一同被動物園租借給了這家私人馬戲團。馬戲團老闆闊綽地一次性付給了動物園十萬塊錢，作為租用他們兩年的租金。至於馴獸師的報酬，馬戲團的老闆承諾，「比動物園的工資多兩倍」。還有什麼好說的呢？就此，馴獸師告別了自己的女人和兒子。他的女人也是動物園的飼養員，負責飼養一群品種珍惜的鶴。多年來，夫妻倆各自效力於不同的動物，日子久了，習與性成，彼此之間的差異，都有了物種意義上的不同。這樣的告別，不過就是獅子與鶴的告別吧，沒有多大的波瀾。

馬戲團的規模不大，幾頭駱駝，幾隻獼猴。據說之前也有大型動物，熊，但死了。至於那群吵吵鬧鬧的京巴狗，馴獸師頂多把牠們視為道具。但就是這群道具，讓馴獸師感到了難堪。牠們太吵了，不可思議地對於一頭獅子毫無敬意。當裝在鐵籠裡的獅子被塞進那輛卡車的車廂時，牠們沸反盈天地叫起來。誰都聽得出，叫聲裡沒有敬畏，反而是一派恐嚇與排擠的腔調。獅子很安靜，安靜得讓馴獸師倏忽心痛。他從前面的車跳下來，跑去看自己的獅子。獅子臥在鐵籠裡，有些委頓，有些茫然。那群京巴狗，齊齊爬在自己籠子的鐵網上，吵群架一樣地圍攻著獅子。駱駝和獼猴興味盎然地旁觀著。牠們的主人也跟過來了，是一個馴獸師始終猜測不出年紀的女人。女人箭步跳入車廂，用一種讓馴獸師大開眼界的方式訓斥起自己的狗。

「阿三！阿四！麥克！建國！東東寶！鐵林！」

她喊出一連串的名字。狗們倒是訓練有素，一個個應聲安靜下來，噤了聲，像課堂裡被點了名的學生。

女人回頭看看馴獸師，似乎是得意了。在馴獸師看來，那意思是對他這位新來的同行招呼：該你了。馴獸師站在車下，嚅了嚅嘴唇，卻只是對著自己的獅子「嗚」了一下。看到馴獸師，獅子有些激動。牠也並不適應這即將展開的漂泊。獅子站起來，臉貼在籠子上，凝望著馴獸師。馴獸師突然有些動情。與自己餵鶴的女人告別時，他的心都很平靜，但此時他卻難過起來。他抬抬手，對自己的獅子做了個安撫的手勢，又一次向牠說：

「嗚。」

其他的人也圍過來看情況。老闆，小丑，柔術師。

小丑哼哼著，像一聲沒有意義的吁嘆：

「呃——賴印。」

馴獸師沒有將這嘆息一般的哼哼放在心裡。他糾結在自己的情緒裡，那就是——這麼多年，為什麼就沒有為獅子起一個叫得出口的名字？

車隊上路了。五個人擠在一輛破舊的桑塔納裡，老闆親自駕車。動物擠在改裝後的加長卡車裡。卡車封閉的車廂上噴著花花綠綠的塗鴉，馬戲團的招牌捲曲，變形，被勾勒出火焰的造型。還有一輛同樣被改裝了的麵包車，裡面塞著帳篷，炊具。馴獸師挺喜歡卡車上的那些塗鴉——據說是出自那位沉鬱的柔術師之手。這讓他對柔術師有些刮目相看。柔術師在車廂上將馬戲團的招牌弄出了動人的效果，那些字環環相扣，連綿不絕，看起來，都不像是司空見慣的漢字了，一下子就讓人的心有了浪跡天涯的滋味。這種滋味，讓馴獸師有些興奮。但是，狗的狂妄和獅子的沉默，改變了馴獸師的心情。他有些牽掛自己的獅子。這頭老傢伙啊，馴獸師想，從來就沒出過遠門。這麼一想，馴獸師就不免對前面的路傷感起來。

果然，獅子的狀態很不好。晚上宿營的時候，馴獸師照例給獅子準備了半隻雞和十枚熟雞蛋。獅子顧自臥著，將頭枕在一隻前爪上，不看嘴邊的食物，深沉地看著他。他們的身邊，那群狗，卻吃得歡天喜地。馴狗的女人因此也跟著神氣起來，阿三阿四地叫得響亮。

老闆捧著一碗麵條湊過來，一邊呼呼啦啦地吃，一邊擔心地問：

「什麼意思？牠怎麼啦？」

馴獸師冷淡著。他認為他的獅子賦予了他這種不亢不卑的權利。

馴獸師蹲在鐵籠旁，輕聲呼喚著獅子：

「喎。」

「喎，」老闆用筷子頭捅下他的腰，繼續問，「生病了？你可要負責哇，這才沒走多遠……」

馴獸師頭也不回地說：

「你先把這群狗弄得離牠遠點。」

老闆還沒有做聲，馴狗的女人先不幹了：

「哎呀我們礙牠什麼事咯？」

不用權衡，老闆也分得清孰輕孰重，揚揚筷子，示意女人照辦。於是狗籠被打開了，那群京巴狗爭先恐後地鑽出去，一路狺狺吠叫著跳下車。

「牠還是不吃哇！」

觀察了一會兒，老闆忍不住大聲說。

「你也離牠遠點兒。」

馴獸師回一句。

老闆愣了一愣，訕訕地也蹦下車去。

「嗚。」

馴獸師叫著獅子。

獅子有了一些反應，將枕著的前爪從頭下抽出來，搭在自己的臉頰上，擠出些眼眵，依然靜靜地對視著他。馴獸師只得打開了鐵籠上的鎖頭，側身鑽進去，盤腿坐在獅子的身邊。他伸手去捋獅鬃。獅子的頭擺動一下，貼在他的腿上。這個動作讓馴獸師有了一種相依為命的感覺，幡然覺醒，自己如今已然是個離家的人。

車外面一片夕陽。帳篷已經支起。旁邊的公路逶迤至天邊。女人在教一群張狂的京巴狗學習算數。老闆蹲在一棵樹下吃著麵條。幾個打雜的捧著碗玩撲克。柔術師將自己的頭從胯下鑽出去，遙望著落日。小丑忽隱忽現，像出沒在叢林裡的山魈。馴獸師不是多愁善感的人，但是這樣的一幕，依然令他惆悵起來。

在馴獸師的敦促下，獅子勉強吃了三枚雞蛋，然後依偎在鐵籠邊。牠顯得那般厭倦。

這一夜，馴獸師睡得很不踏實。身邊小丑和柔術師的鼾聲此起彼伏。那群狗更是不時一陣狂吠。

「都是這頭病貓鬧的！」

隔壁老闆帳篷裡的女人大聲抱怨，爾後阿三阿四地嚷一通。於是就安靜下來。但不久吠聲又起。嚷過幾次後，女人就懶得再嚷了。也許是睡死了。直到黎明的時候，一聲沉悶的獅吼響起，一切才真的平息下來。可是，也該上路了。

擠在桑塔納裡，老闆「嗝」一聲，算是對後排的馴獸師打招呼，說：

「拜託咯，我還指望牠給咱們鑽火圈呢。」

「留心這回你要打錯算盤！」坐在副駕駛位置上的女人很有把握地插話道，「你看看牠那把鬃，稀稀拉拉，可見不是個健康的。」

「烏鴉嘴！」老闆火了，「你有沒有搞錯！」

馴獸師沉默著。身邊的小丑扭臉看他，笑了，自言自語地嘀咕：

「賴印——呃——賴印。」

馴獸師木然望著窗外。過了好久，他才發現原來自己心裡一直在不自覺地拼著這兩個音節——牠們是「賴印」嗎？什麼意思呢？馴獸師認為，小丑這是在稱呼他的獅子。小丑擅自給他的獅子起了這麼一個怪名。馴獸師覺得，這個名字不錯，至少比阿三阿四順耳。

正午的時候，車隊來到了一座小縣城。老闆臨時決定，停下來，演幾場。由於拉了一車的動物，未經允許，卡車是不能進城的，抓住會被處罰。老闆安頓一下，自己開著桑塔納進城去協調。狗們又吠叫起來。馴獸師到卡車上看自己的獅子。

獅子的狀態仍然不好。牠一動不動地臥在鐵籠的一角，對身邊狗的聒噪充耳不聞，見到馴獸師，也只是翻扇了一下眼皮，鼻孔闔縮了幾下，淌出亮晶晶的鼻涕。馴獸師蹲在獅子面前，與自己的獅子面面相覷。他很擔憂。許久，幾乎是鼓了鼓勇氣，馴獸師試探著叫出了這兩個字：

「賴印？」

聲音從自己的唇間發出，馴獸師有股沒來由的羞澀。他不禁回頭張望。果然，小丑神不知鬼不覺地站在車下，向他呲牙垂眉，像是於叢林裡戛然躍出。馴獸師朝他笑了笑，有些不好意思的善意。再回過頭，微妙的事發生了：馴獸師看到獅子站了起來，警覺地側著頭，彷彿在諦聽。

小丑在身後用一陣吱吱嘎嘎的怪笑來鼓勵馴獸師。

「賴印？」

馴獸師再一次試探著召喚。獅子循聲踱過來，溫柔地注視著馴獸師。旋即牠又爬下了，頭昂著，專注地凝著神。

身邊倏地多出一個人。那個女人也來慰問她的狗。狗們本來夾著尾巴，悄無聲息，見到主人，立刻囂張不已，奮勇地叫成一片。女人故伎重演，阿三阿四地叫，卻不是訓斥，是鼓勵和慫恿。在這種較量一般的氣氛中，馴獸師大聲向著自己的獅子叫道：

「賴印！」

獅子聞聲扭擺脖頸，抖擻一下鬃髮。爾後，一聲沉悶的低吼在車廂裡迴旋激蕩。那群狗悉悉索索地抖作一團，如泥委地。冷眼旁觀的駱駝和獼猴，也都儘量收縮了身子。馴獸師滿意極了，跳下車去給自己的獅子找東西吃。後勤的事情歸柔術師管。此人蜷在路邊，非躺非立，兩條腿盤在肩膀上讀著一本線裝書，聽到馴獸師的要求，頭也不抬地叫一聲：

「給他半隻雞！」

下午桑塔納歪歪扭扭地載回了老闆。看來一切順利。老闆一身的酒氣。

車隊準備進城，卻發生了狀況：一個打雜的小青年不見了。柔術師拷問了一番，得出結論：這個傢伙昨天和同伴玩撲克輸了錢，可能是為了賴掉賭債，跑了。柔術師拷問的手段讓馴獸師長了見識：他命令那幾個打雜的站成一排，自己拎一根小皮鞭，檢閱一般地在他們面前踱步，小皮鞭出其不意地從各種刁鑽的角度偷襲過去。柔術師使用了自己的專業技能，拎著鞭子的那條胳膊，聲東擊西，匪夷所思地抽在人身上，造成的疼痛，都遠遠不及那種令人防不勝防的惶惑有威力。很快就水落石出了。有個打雜的還額外交代說，潛逃者是蓄意的，他早就不滿老闆對他的剋扣了。得出了結論，柔術師就若無其事地蜷進了車裡，有種甩手撂下爛攤子的味道。

老闆一直扶著一棵樹在吐酒。他聽到了最後那句交代，止住嘔吐，錯愕地看著自己手下的這班人馬，臉上卻是完全被委屈了的神情。最令馴獸師難以接受的是，桑塔納居然依舊由老闆來駕駛。他艱難地爬進車裡，一邊臉色煞白地壓著酒嗝，一邊抖索著發動引擎。

車子頓挫了一下，向著前方勉力衝去。

馴獸師的心莫名地焦灼起來。起初他還能夠說服自己，力圖讓自己鬆弛一點。畢竟，坐在一輛酒鬼駕駛著的破車裡，誰都會有一些不安。但是，漸漸地，他發現並不是這麼回事。馴獸師聽到了獅子的嗚咽。相伴多年，馴獸師聽得懂獅子的每一種叫聲。現在，飄在風中的那一聲聲低鳴，在馴獸師的耳朵裡，就是獅子的哭聲。獅子怎麼了？莫不是那群京巴狗衝破了兩道鐵籠，正在群毆一頭獅子？怎麼會！可馴獸師的心卻愈加憂急。獅子的嗚咽在風中時強時弱，偶爾頗為慘烈。馴獸師不斷將頭伸出車外，透過馬路上的揚塵回望身後那輛加長的卡車。連身邊的小丑也跟著不安起來，嘀嘀咕咕地吁嘆：

「賴印——呃——賴印！」

馴獸師要求停車，他要下去看看獅子。這時候車隊已經進入了縣城。酒後的老闆依然能夠擺出回絕馴獸師的理由。他一邊吞嚥著口水，一邊說：

「開玩笑，怎麼可以在馬路上看獅子？嚇著交警可不是好玩的！」

獅子的叫聲停息了。風中只有漸漸嘈雜起來的市聲。

老闆已經落實了演出的場地，車隊直接駛入了縣城的體育場。停車後，馴獸師迫不及待地去探望獅子。車廂裡一片闃寂。駱駝們，獼猴們，狗們，共同製造出一種陌生的、壓抑的、消極的、還有充滿悲戚情緒的寧靜。獅子側伏著，頭顱浸泡在一灘渾濁腥臭的嘔吐物中，顯然是，死了。

一瞬間馴獸師覺得自己和車廂一起飄了起來。猛可衝進他腦袋裡的，是他曾經教給兒子的繞口令：

山上有個死獅子
山下有個澀柿子

死獅子吃了澀柿子
澀柿子澀死了死獅子

屈指算來，這不過是馴獸師和獅子上路的第二天。馴獸師的心神飄在遙遠的地方。倒是老闆如喪考妣。他用來租借獅子的那十萬塊錢，現在大概還餘溫猶在，獅子，卻已經涼了。沉鬱的柔術師又一次拷問那幾個打雜的。他似乎也厭倦了，有氣無力。因為事實俱在，基本上不勞他來追究。一目了然，是那個潛逃者用半隻雞毒殺了獅子——牠是馬戲團裡最值錢的一筆資產。

暮色四合。女人在指揮那群狗從駱駝的身下鑽來鑽去，駝峰上立著呆若木雞的獼猴。小丑兩腿驕矜地邁著方步，嘴裡喃喃吟哦：

「賴印——呃——賴印！」

而馴獸師，此刻腦袋裡的繞口令已經升級到了這樣的地步：

山前有四十四隻小獅子
山後有四十四棵紫色柿子樹

山前的四十四隻小獅子吃了山後的四十四棵紫色柿子樹上澀柿子
山後的四十四棵紫色柿子樹上的澀柿子把山前的四十四隻小獅子給澀死了

馴獸師突然格外想念自己的兒子。兒子在他的記憶裡向他發問：

「死獅子……怎麼吃柿子？」

這個問題一度折磨過馴獸師。那時候，他不過是一名飼養員，只負責餵養動物園中的大型貓科動物。最先是老虎，後來是獅子。沒有人要求他來馴獸，發情期的獅虎常常打架，死了也不會有人追究。實際上，他完全是為了博得兒子的歡心，才開始這麼做的：將肉叉在棍子上，逗引獅子來吃。一次次抬高棍頭。終於，獅子會隨之跳躍了。後來，獅子越過了竹圈。再後來，竹圈換成了火圈。如果此刻馴獸師的心神能夠落在實處，他會為自己最初將肉叉在棍子上的那一刻而後悔吧？

老闆確鑿無疑在後悔。他的酒徹底醒了，使勁踢了一通桑塔納的輪胎。現在折磨他的事實是：他的十萬塊錢不到兩天就打了水漂。如果獅子是另一種死法，老闆會立刻調轉車頭去向動物園追討他的十萬塊錢。但獅子死在老闆自己人的手裡了。反過來，動物園還有充分的權利來向老闆索賠。眼前這個神不守舍、瞳仁中浮映著往昔歲月的馴獸師，就是動物園的代言人，是一個債主。老闆過來拍拍馴獸師的肩頭，欲言又止，頓了頓，又走開了。

馴獸師怔忪地看到小丑在對著他笑。笑中雜糅著一個小丑特有的悲傷和嘲謔。他看到背對著自己的柔術師出神入化地朝他伸出了手，像是一個來自正面的擁抱。那雙無影手在他的鼻子前輕撫而過，悠悠揚揚的氣味如同食物一般哽塞了他的喉頭。馴獸師倒下去，感到天空翻轉了一周。

馴獸師在黎明前醒來。鼻涕、口水和眼淚糊滿了他的臉，讓他的臉也像那頭獅子般的湯湯水水。他感到鼻腔裡一股硝煙的氣味，像是被撒了一把硫磺。他抹了把臉，詫異地發現自己躺在一片曠野之中。在這個黎明，馴獸師有片刻忘記了時間行經何處，顢頇地以為自己仍然活在過去的歲月裡。他不過是要起身，洗漱，吃下女人做好的早餐，然後走進動物園那種氣味獨特的清晨中，走向他的獅子。殊不知，這種歲月已成過去。儘管，這個過去只與他相隔了短短的兩天。他卻再也回不去了。

當晨曦初露的時候，馴獸師恍然明白：自己這是被遺棄在了路上。那個馬戲團丟下了他。而且，還帶走了獅子。馴獸師是這樣替對方盤算的：儘管那已經是一頭再也鑽不了火圈的死獅子了，但剝皮割肉，也自有其價值。馬戲團的老闆能賺幾文是幾文罷。同時，馴獸師也為自己做了盤算：回不去了，沒法回去了，動物園的領導，是不會像他一樣來為他盤算的。他們會向他要那頭獅子的。而且，他的女人，也在憧憬他會帶回「比動物園的工資多兩倍」的報酬。

兀自在晨曦中坐了良久，馴獸師拍去身上的朝露，迎著那道螫人的紅輪，隻身向著蘭城的方向走去。那裡，本是馬戲團此行的目的地。誰能想到呢，他這一走，踏上的幾乎就是一條不歸的路。馴獸師開始了漫長的漂泊。

當他踏上蘭城的馬路時，口袋裡不多的幾個錢已經告罄。好在馴獸師不是一個養尊處優的人。他的身上，有著統共縫合過幾百針的疤痕。那都是獸爪給他留下的紀念，是他作為一個辛勤勞動者的憑據。馴獸師不是一個吃不了苦的人。於是，他就在蘭城吃起苦來。首先，他想到了去蘭城的動物園謀一份差事。毫無疑問，他被拒絕了。醒悟過來後，馴獸師自己都頗感可笑——自己的動物園急著要把馴獸師租出去，人家的動物園怎麼反而會聘用一個馴獸師呢？那種走江湖的流浪馬戲團蘭城也有。馴獸師在街頭看到過他們那同樣讓人心生浪跡之心的廣告。但是，一想到馬戲團裡必然會有的那些人物，老闆，小丑，柔術師，他就不寒而慄。

在一家養貉廠，馴獸師找到了第一份工作。養貉廠養貉，是為了殺貉。馴獸師見不得這樣的場面：刀子從貉的襠部順大腿內側一路挑開至腿腕，剝下腿皮。用鐵絲拴住一隻剝完皮的腿，吊於高處。爾後，拽住已剝下腿的獸皮，脫衣服般的，卯足力氣向下扯。用刀稍事削割，一張完整的獸皮便取下來了。前後不過半分鐘。領了頭一個月的工資後，馴獸師就不辭而別了。此番經歷，讓馴獸師認識到，除了動物園，自己眼下能夠找到的任何一份與動物相關的工作，都將是以宰殺動物為目的。這讓他打消了憑著技能謀生的念頭，開始了五花八門的打工生涯。建築工地，庫房，車站碼頭，不過是些出賣力氣的活計。最落魄的時候，他還拾過荒。

起初，馴獸師有目標。他想，掙夠自己在動物園裡兩年薪水的兩倍，他就回去。可現實離這個目標遙遙無期，實際上還經常與之背道而馳。漸漸地，他就忘記了這個目標。因為，幹來幹去，他都已經忘記自己曾經是一名能夠讓獅子鑽過火圈的馴獸師了。更有甚者，在蘭城，馴獸師成為了一個無以名之的人。無論做什麼，他都被人「喝」來「喝」去。「喝」就是對於他這樣一個寄宿者的稱謂。

直到那頭獅子出現在他的面前。

馴獸師一眼便認出了自己的獅子。獅子似乎變得漂亮了，顯得威武和莊重，甚至還有些油頭粉面。牠身上的毛髮被打理得非常齊整，往日淺灰的色澤變成了茶色。牠碩大的鼻頭，濕乎乎的，像打了鞋油一般發亮。但馴獸師依然認出了牠。如果較起真來，可以這麼說——馴獸師和獅子待在一起的時間，比和自己兒子待在一起的時間都要長。獅子尾巴末端那簇深色長毛，馴獸師再熟悉不過了。還有，牠的右前爪折斷的那截指甲，也照樣沒有長齊。

這突如其來的相逢令馴獸師再一次感到世界漂浮起來。差一點，他的腦袋裡又要衝進繞口令。

這是在蘭城大學的自然陳列館裡。

幾番輾轉，如今馴獸師是這所大學裡的花匠。他在這裡工作了半年多後，不期然走進了這座陳列館。馴獸師宛如置身在莽林之中。枝葉黏纏，藤樹攀附，陽光從玻璃天頂湧入，透過糾絞的植物打下斑駁的塵柱。交媾的蛇。警覺的羚羊。貓頭鷹。雉雞。短尾猴。浸泡在水缸裡的、沒有皮的、分不清是什麼動物的胎兒。馴獸師還看到了那個馬戲團裡的小丑，這讓他大吃一驚。定睛端詳，不過是樹杈上一隻猴子正對著他的屁股。這樣驚異地走進陳列館的深處，他便看到了自己的獅子。

當然，一切都是假的。或者說，是死的。塑料植物和實體標本而已。

馴獸師失神地望著自己的獅子。牠被販賣到了這裡，卻盡享生前未曾有過的尊崇。其他動物的標本都被錯落地安置在整個景觀之中，形同大自然裡的茹毛飲血，風餐露宿，獅子卻顯赫地盤踞於一塊鋪著紅地毯的檯子上。而且，四周還被隔離繩圈出了禁區。其他動物隱沒在幽深的天光之中，獅子的頭頂卻被燈光照射著。那幾只射燈將獅子原本淺咖色的鬍子粉飾成了金褐色。

而站在獅子面前的馴獸師，這個昔日的主人，形容粗卑，像一個畏手畏腳的窮親戚。他謹小慎微地打量著自己的獅子，心想這個老傢伙還認得出自己嗎？流浪經年，馴獸師的面目發生了改變。他原本有著大型貓科動物般的面容，口鼻寬闊——那是職業日積月累將他塑造出來的。現在，他寬闊的口鼻都嶙峋起來。馴獸師暗自朝獅子打著只有他們之間才能會意的眼神。他篤信，獅子也認出了他。

獅子現在是一頭不朽的獅子。在牠的座前，有一枚卡片：

獅子（lion）

這讓牠被簡化成了一個符號化的標識，一個獅類純粹的代言者。

可這是我的獅子！

馴獸師的心裡不由分說。他認為這是沒得商量的。百感交集的馴獸師一直待到了閉館的時刻，被工作人員「喝」一聲喝醒。

黃昏中，他失魂落魄地坐在陳列館外的台階上。對面齊整的草坪和扶疏的花木，都是他辛勤勞作的成果。半年來，他和他的獅子近在咫尺，但一個花匠幾乎毫無走進殿堂的理由。若不是今天他突發奇想，偷閒溜了進去，只怕他和他的獅子便永難重逢了。一這麼想，馴獸師便覺得自己受到了一次難得的優待。

一連幾天，馴獸師都忘我地流連於陳列館裡。他和自己的獅子默默交流。馴獸師確信這位老夥計聽到了他的心聲。牠知道了這些日子他過得有多不容易。

馴獸師讓獅子看自己腳踝上的新傷。那是前段日子他修剪花木時被一隻惡犬咬的。蘭成大學的家屬區，養狗成風，知識分子們將此視為一種文明的風尚。咬就咬了吧，骨子裡，馴獸師依然是人群中最不怕咬的那一類人。但狗主人的態度，卻讓馴獸師寒心。狗主人非但沒有道歉，反而一疊聲地吆喝馴獸師：嗝嗝嗝！快躲開快躲開。隨後，換了腔調親暱地呼喚自己的狗——蜜雪兒。

馴獸師並沒有只顧自己傾訴。他藏了一塊生肉，趁人不注意，丟在了那個被隔離繩圈開的禁區裡。第二天再去時，肉當然沒有了。馴獸師寧願相信，那是被獅子吃掉的。

不久，他的舉動引起了注意。儘管，他並未因此荒疏自己的本職工作，但人家還是干涉起他。

「嗝，不要來了，這裡和你有什麼關係呢？這裡的樹葉不用你來剪。」

一個戴著眼鏡的管理員驅逐他。

馴獸師服從地離開了。但是來日依然我行我素。

「嗝！你這個人怎麼不聽話！」

管理員再次看到他就惱了，正正經經發起火。並不是他進來參觀這件事本身可惱，是他對人家的吩咐置若罔聞惹人羞惱。

就有他的直接上司訓斥他了：

「喎，你好好做你的花匠，不要瞎轉！」

馴獸師垂頭不語，倏忽有了決定。如果沒有遇見獅子，或許他會在這所大學一直做下去。畢竟，花匠這份工作，算是他離家後找到的最合宜的一份差事。雖然薪水連他在動物園的一半都不到。現在，他和獅子重逢了，卻被禁止會面。那麼，還留在這裡做什麼呢？

月朗星稀的夜晚，馴獸師背著一只帆布工具袋來到了陳列館前。拾級而上的時候，他聽到了獅子在裡面對自己發出深切的呼應。他是有備而來的。他從工具袋裡摸出了一把鈑金鐵剪來對付那圈鏈鎖。鐵和鐵咬合的聲音在午夜琮琤作響。很順利，陳列館的門被打開了。裡面並沒有想像的那般黑暗。月光罩頂，給這個人造的莽林塗抹出一層銀光。所有的標本都復活了，風吹草動，發出物競天擇之下獨有的狡獪聲息。獅子溫柔地打著響鼻。馴獸師穿越密林，徑直走向他的獅子。

拂曉的時候，馴獸師頂著正在隱去的星月，再次踏上了漂泊之路。昨天，他最後一次打理了自己侍弄的花木，除掉了月季影響長勢的花蕾，修剪了草坪，重新牽拉固定了爬牆虎。晨風中，馴獸師感到一身輕鬆。自從他被馬戲團遺棄在曠野的那個夜晚，他就失去了一切行囊。如今他是一個連名字都放棄了的人。他不懼就這樣無以名之地走下去，就這樣被「喎喎喎」地呼喝著去顛沛流離。

自然陳列館洞開的大門很是讓校方緊張了一番。但仔細爬梳後，卻沒有發現丟失任何財物。陳列館的館長也是這樣對校領導申辯的：

「我敢保證，一片樹葉都沒丟。」

沒有人會將這件事情和一個失蹤的花匠聯繫起來。馴獸師非但秋毫無犯，而且，他給自然陳列館還鄭重地添上了一筆。就像沒有人覺察和在意他的消失一樣，也沒人覺察和在意，那頭獅子標本座前的卡片上憑空多了一項條目：

獅子（lion）

賴印

橋

勝利在即，革命軍催枯拉朽般的一路凱歌。但是戰局卻發生了突變，看起來似乎已經是強弩之末的敵軍得到了意外的增援，這支援軍從背後向革命軍的大本營逼近——而革命軍在前方獲得的優勢是以背後的空虛防衛換取的。在一派恐慌當中，最高指揮者突然想起，在敵軍意圖突破的那個脆弱地帶，剛剛有一支革命軍奉命抵達了那裡。

眼下，這支幾乎不在作戰序列裡的部隊，卻成為了決定這場戰爭勝敗的決定因素。

壹

團長的部隊如期趕到了指定地點。

由於天氣的原因，他們一度在路上耽擱了幾天，但是經過短暫地休整，團長就命令部隊全速進軍了。「要不惜一切代價！」團長熱情洋溢地號召自己的士兵：「按時到達指定位置，事關戰事的大局，更是對於我們尊嚴的檢驗！」團長顯然有些亢奮。這不是他往日的風格，瓢潑的大雨和崎嶇的山路出人意料地鼓舞了他。

戰爭爆發以來，作為一個並沒有經過實戰檢驗的軍事長官，團長的戰績實在乏善可陳。經過一次小的戰役後，他的這個團就幾乎減員了一半。當自己的士兵像挨了鐮刀的麥子一般齊刷刷地在眼前倒下時，瞠目結舌的團長漸漸滋生出一股深刻的厭惡情緒。

但細究起來，團長的厭惡並沒有具體的對象。畢業於日本士官學校的他似乎厭惡的不是戰爭本身。譬如，當馬克沁機槍在身邊交織出壯觀的火力時，他的厭惡情緒反而會得到一些排遣。這時候，團長會暫時擺脫掉厭惡，憂心忡忡地思考起馬克沁機槍的主要性能。當他想到這種一分鐘射出六百發子彈的武器第一次在羅得西亞被英軍使用就造成了三千祖魯人的死亡時，發生在眼前的戰爭就變得虛幻了。團長會覺得自己猶在課堂之中，戰爭史中連綿不盡的炮火混淆在一起，喪失了具體的面貌與目的。它只是一場戰爭而已。團長因此對倒在自己眼前的士兵熟視無睹，令他憂傷的，倒是那三千祖魯人——當年這些祖魯人面對這種噴火的傢伙時，他們該是何等驚訝啊？團長黯然神傷地想。

很快，他的這個團充其量只剩下了兩個營的兵力。這樣就形成了比較荒唐的局面，一下子有三位營長成了團長的馬弁。三位營長對此感激涕零。其他部隊已經就地正法了幾名倖存下來的軍官，其中甚至不乏團長這樣級別的。交戰雙方任何一支部隊潰退的時候，等在身後的都是比敵軍更為冷酷的督戰隊，督戰隊用大刀砍殺的血腥方式來穩住陣腳，把魂飛魄散的敗兵重新趕上前線。兩相對比，他們這個團實在是受到了額外的庇護。這當然和團長顯赫的家世有關。能夠懲罰團長的，也許只有他那位赫赫有名的父親了。

傳聞接踵而來。據說大本營在戰爭伊始，就沒有指望他們這個團會戰功卓著。如果說團長在這場戰爭中身負了什麼重任的話，那就是在戰爭結束的時候，他依然還——活著。這些傳聞自然在很大程度上擾亂了這支部隊的軍心。兵士們鬥志渙散，整個隊伍籠罩著一股夢幻般的消極情緒。同時，兵士們又有種沒來由的樂觀態度，畢竟，相對於其他部隊，他們進行的這場戰爭實在是有些像一場兒戲了。

減員日復一日地持續著。團長的厭惡情緒也愈加強烈。他覺得自己唯一的任務就是看著自己這支部隊的人馬一個個陣亡。這似乎都成為了一個目標。有時候團長甚至會奇怪地認為：在如此殘酷的殺戮和大面積的死亡之下，自己的人馬消失的速度居然是緩慢的。

大本營似乎一直忽略著這支部隊。直到有一天，一位營長在團長的身邊被流彈掀去了整張臉，大本營才對團長的安危擔憂起來。

團長眼睜睜地看著那個失去了臉的人兀自從自己身邊掉頭跑開。那個人像是突然覺悟了什麼，他向著後方拼命奔跑，彷彿目標明確，一轉眼就沒有了蹤跡。後來兵士們在一片樹林中找到了那個人的屍體。當時樹林中擠滿了撲翅亂飛的麻雀，那個沒臉的人卻用他的整個身體呈現出了一種惆悵的表情。

這就是死亡！團長在心裡嘆息著：撲翅亂飛的麻雀，以及沒有了臉卻依然惆悵的表情。

死亡和團長近在咫尺，大本營終於意識到了這一點。新的命令很快就下達了。團長被命令帶著殘部迅速向後撤退，迂迴大半個戰場，去占領另一場戰役的一個關鍵突破口。團長被告知，他要率部到達的是一條險峻的大河，並且要如期在這條河上架設一座橋，隨後大部隊將從這座橋上通過，奇襲敵軍的指揮中樞。大本營對於團長的安排看起來殫精竭慮，因為據說保證團長的安全也是這場戰爭的戰略目標之一。他們杜撰出了一個符合軍事邏輯的命令。

大本營甚至充分考慮到了團長的榮譽感，電文在措辭中虛張聲勢，誇大了這項任務的重要性，彷彿它真的事關全域，因此，語氣不免就格外嚴厲。

嚴令之餘，這份電文在結束的時候，居然破天荒地使用了這樣的結束語：

向著偉大的勝利，前進！

時值夏季，這一帶正是暴雨頻發的時候。團長的隊伍在滂沱的雨水中踏上了征途。這支作風散漫的部隊非但應付不了殘酷的戰事，面對大自然的風雨也裹足不前。出發不久，部隊就遇到了山體滑坡。一瞬間泥沙俱下，山路一側的大山似乎整個坍塌了，巨大的石頭裹挾在洪水中奔湧而來。好在團長並沒有走在隊伍前列。他覺得這突如其來的一切更像是一聲巨大的咆哮，餘音未盡，就吞沒了他面前的世界。天翻地覆，道里阻隔，團長眼前的部隊頃刻間蕩然無存。

令人驚訝的是，團長騎著的那匹馬居然絲毫沒有受到驚嚇。牠只是冷漠地擺了擺飽滿的頭顱，將鬃毛上的雨水抖了團長一臉。倒是那些毫髮無損的兵士們亂作了一團。他們狂呼濫叫，你推我搡地抱頭鼠竄。

團長被激怒了。他覺得自己的部下個個面目誇張，彷彿是在演戲。他怒不可遏地用馬鞭狠狠抽擊身邊的兵士，並且戲劇性地拔出了自己的毛瑟手槍向天鳴放。槍聲在混亂中顯得微不足道。這時給團長充當馬弁的那幾位營長發揮了作用，他們不約而同地拔槍射擊。幾名兵士中彈倒地，渾濁的泥水迅速將他們身上湧出的血變成了濃稠的泥漿。

局面因此得以控制。穩定下來的兵士們在大雨中呆若木雞。前方依然有石塊不斷墜落下來，在山谷間發出重重疊疊的轟鳴。團長面容肅穆，憂鬱地看著自己的這支隊伍。雨水從他的帽沿上落下，彷彿一道水簾。團長透過這片濁水，看到世界一片令人無法容忍的骯髒。他甚至開始厭惡自己的這些部下，覺得大雨之中的他們，衣衫襤褸，軍容敗壞，神情都有些令人不齒的迷惘。

隊伍轉移到了一片遍布著碎石的安全地帶。團長站在最先搭好的帳篷裡向外張望，他看到自己的兵士們突然士氣高昂起來。兵士們在暴雨中有條不紊地忙碌著，像一群分工明確的螞蟻。雨水迷濛，場面居然有些感人。很快營地就搭建起來，並且很像那麼回事兒。

「看來我們這支部隊不善於破壞，倒是很善於建設。」團長調侃地說：「命令我們去架橋實在是個英明的決定。」

他的副官替他點燃了一支菸，不無憂慮地提醒他：「這項任務也未必輕鬆，如果我們不能按時到達位置，一樣是失敗……」

「失敗？」團長自言自語地嘀咕了一聲。

迄今為止，儘管他的部隊僅距全軍覆沒只剩一步之遙，但從來還沒有人對他說過「失敗」這個詞。

副官從小就是團長的貼身侍童，團長赴東洋留學他都陪侍在身邊，在他眼裡，團長永遠不是自己的長官，他只是自己的少爺。因此，當「失敗」這樣的軍事術語從嘴裡說出時，副官自己都有些驚訝。他不安地看著團長的背影，不禁為他形銷骨立的單薄樣子感到了傷心。副官最清楚團長的留學生涯是怎樣度過的，此刻他彷彿又看到了那些妖嬈的櫻花，看到了那些東洋女子體毛叢生的私處，他甚至嗅到了那種具有迷幻氣息的西梅脯和深色櫻桃的香味。副官怔怔地想，從一開始老爺就錯了，眼前這個人，哪裡是塊做軍人的料？副官突然感到了不安，覺得自己的少爺也許永遠完成不了戰爭中的任何一個任務了。

夜裡團長不得不睡在一張軍用吊床上，因為帳篷裡灌進的雨水已經沒過了腳面。他蜷縮在吊床裡，即使難以入睡也沒有輾轉反側的餘地。後來好不容易睡著，又被一隻闖進來的長尾雉驚醒。這隻鳥滑翔著進來，落在了團長身上，飽含雨水的尾羽在團長臉上劇烈地撲打。睡夢中的團長被嚇壞了，發出淒厲的叫喊。副官衝進來時，看到他縮作一團，正在掩面哭泣。那隻鳥也受到了同樣的驚嚇，在帳篷裡沒頭沒腦地胡亂飛撞。副官一邊安慰團長，一邊斥責警衛。

「牠呼地一下就飛進去了，」警衛辯解道：「我根本來不及擋住牠。」

這時抽泣著的團長從指縫中發出了微弱的聲音。那是一種怪聲怪氣的腔調，副官愣了片刻才明白了那是一道命令。

團長說：「斃了。」

副官為難起來，他不知道團長命令「斃了」誰。但是他很快就有了方向——團長用一根蒼白的手指指向了那名警衛。那名警衛已經將鳥趕出了帳篷，一回頭卻看到了那根指向自己的手指。

那名警衛被拖出去的時候，副官尚且心存僥倖，他憂慮地看著團長。但是團長依然蜷縮著身子，他甚至將大衣蒙在了自己頭上。顯然他並不打算收回自己的這道命令。

槍聲在深夜的山谷中響亮無比，即使浩蕩的雨聲都湮沒不了。團長以這種方式在這場戰爭中殺了第一個人。

副官在後半夜又走進了團長的帳篷，他放心不下自己的少爺。團長已經睡著了，臉上依然殘留著淚痕。副官看到他的手垂在吊床之外，那紙電文夾在他的指縫之間。

拂曉的時候，副官再次走到團長帳篷前，而那紙電文已經飄浮在積水中，正緩緩地隨之流走。

清晨，團長在暴雨間歇的時刻將隊伍集合了起來。山谷中依然水霧瀰漫，這影響了團長的視覺。他站在一塊嶙峋的怪石上，放眼望去，居然覺得霧氣氤氳中的這支隊伍，彷彿兵多將廣，填滿了整個山谷。

團長首先清點了自己這支隊伍的人數。士兵們的報數聲單調、乏味，但卻有種扣人心弦的效果。儘管團長已經有所準備，但實際數字還是令他吃驚不小。他終於認識到，如果嚴格按照標準編制計算，自己目前連一個營長都算不上了。距離團長較近的士官朦朧地看到了他的神情，都感覺到了一股非同以往的凝重。接著，這股凝重的氣氛像霧靄一樣迅速感染了整個部隊。

「長官尤在，士卒全無，你們知道該如何論罪嗎？」團長淡淡地對身邊的幾位營長發問。

幾位營長噤若寒蟬。但是他們立刻發現，團長並非是在申斥，他神色黯淡，目光中甚至有股深深的同情。

團長做出了原地休整的決定，並且罷免了那名唯一還名副其實的營長，自己親自負責營一級的指揮。這時雨又下了起來。團長命令部隊冒雨進行操練。他拒絕了副官勸他回到帳篷裡的請求，始終站在那塊石頭上，身上的披風不一會兒就被雨淋透了。

當晚團長就發起了高燒。隨軍醫生忙了一個通宵才使他的體溫降下來。但是清晨的時候，他依然親自去督導部隊的操練。

三天後這支隊伍起程了。跋涉在暴雨與泥濘之中的兵士們都發現了團長臉上那種發著高燒的跡象：既萎靡又亢奮，兩頰緋紅，彷彿處在微醺的酒意之中。團長慷慨激昂地動員了一番後，策馬消失在了稠密的雨霧中。

貳

部隊在深夜抵達了目的地。團長在夜色中考察了那條黝黑發亮的河。他站在岸邊都能感覺到河流湍急的流速。他覺得腳下的碎石似乎在隱隱振動。河面的風向是與水的流向一致的，似乎是河水裹挾了風。

部隊在河岸紮營。這一夜團長睡得格外深沉。

翌日清晨，兩個戴著斗笠的人冒雨來到了營地前。他們給哨兵出示了一張證件後，站在雨中等候團長的召見。

團長其實早就看到了這兩個人。他睡了一個少有的好覺，一大早就站在帳篷裡向外眺望。他看到這兩個人遠遠地向自己走來，他們頭上的斗笠吸引了團長的目光。出現在雨中的斗笠本來不足為奇，但是團長通過望遠鏡看清楚了這兩只斗笠上都插著一根粗短的羽毛。團長猜測這一定是某個組織的標誌。他心事忡忡地看著這兩根在雨霧中前來造訪自己的羽毛，隱約感到了某種不安。

哨兵證實了團長的猜測，這兩個人果然是當地民協的負責人。

儘管團長被不安的情緒困擾著，但他還是立刻會見了這兩個人。因為團長非常清楚，革命軍取得的勝利實賴武力與民眾運動的結合，作為襄助革命的重要力量，民協在這場戰爭中起著舉足輕重的作用。

這兩個人被請進帳篷後，團長的注意力就集中在了他們的斗笠上。他有些荒唐地請他們摘下斗笠讓自己看看。兩位負責人面面相覷，但還是滿足了團長的要求。斗笠其實很尋常，是用竹篾夾油紙編成的，但那根粗短的羽毛有效地令其不同凡響起來。團長若有所思地拈著那根被雨淋濕的羽毛，不禁想起了那天夜裡將自己驚醒的長尾雉。在團長的意識裡，那隻長尾雉有著某種意味深長的來歷，牠似乎昭示了什麼，被牠冰冷的尾羽紛亂地撲打在臉上的滋味，始終令團長不寒而慄。

團長怔忪的神情給兩位負責人留下了難忘的印象。他們本來準備向團長詳盡地匯報當地的形勢，但面對團長的心不在焉，他們知趣地打消了念頭。雙方的交談顯得有些尷尬，兩位負責人並沒有探聽到這支革命軍突然抵達的目的，團長用一句「這是軍事祕密」打發了他們的好奇心。

團長的態度引起了兩位負責人的不快，他們覺得受到了不應有的輕視。當團長提出讓他們給自己的士兵提供洗澡的條件時，這種不快就演變成了不滿。

「要熱水，最好還有香皂。」團長不緊不慢地說：「我的士兵們現在迫切地需要清洗一下。」

「洗澡對軍人這麼重要嗎？」一位負責人不無揶揄地說：「我自己都有多半年沒洗澡了。」

「所以你不是軍人。」團長立刻反駁道。

交談的氣氛變得緊張。兩位負責人感到蒙受了羞辱，在這種情緒下，他們提及了元熙先生。元熙先生的大名團長早有耳聞，甚至在東洋留學時，都有異國朋友向他打聽過這位版本目錄學大家。但是此刻在這兩位負責人口裡，元熙先生卻是著名的劣紳。

「我們準備組織特別法庭審判他，」一位負責人沉聲說：「也許要殺掉他。」

團長沒有聽出他們的弦外之音，並沒有領會到他們此刻是在顯示自己的力量。他有些恍惚，元熙先生的名字使他回憶起了自己的異國友人，於是那些有關的異國歲月也翩然躍上了他的心頭。他想起了那幾位東洋女子，想起了她們沐浴在溫泉中的慵懶的樣子。

當兩位負責人告辭的時候，團長置若罔聞地依舊陷入在自己的回憶中。

儘管民協負責人與團長的會面不甚融洽，但他們依然滿足了團長的要求。部隊在當天下午分批進入了那座古鎮。民協已經安排好了一切，他們在古鎮唯一的澡堂裡為團長的兵士們蓄滿了熱水，當然，還有充足的香皂。

率先而來的團長踏上古鎮的青石路面時，看到街兩邊站滿了歡迎自己的民眾。他們似乎被某種命令約束著，儘管高矮不齊，但依然顯得整齊劃一。團長騎在馬上，他高高在上地望下去，滿眼全是插著羽毛的斗笠，這令他們看起來更像是一支訓練有素的隊伍。團長的人馬從他們之間穿過，似乎也感到了無形的壓迫。當面對一群有組織、守紀律的民眾時，兵士們也許突然羞愧了起來。連團長騎著的那匹馬都有些垂頭喪氣了。

澡堂並不簡陋，除了石砌的大池外，還另有幾間隔開的雅室。考慮到古鎮的偏僻，它甚至算得上是精緻了。團長有些驚訝，他沒有想到這裡居然會有這樣講究的沐浴場所。但是他很快就從澡堂老闆的嘴裡得到了答案。

澡堂老闆是一個瘦小的中年男人，他顯然是受到了恐嚇，當他被帶到團長面前時，依然處在恐慌的餘悸之中。他不敢正視團長的眼睛，因此團長始終無法看清他的臉。這個垂頭而立的人將自己的雙臂抱在袖筒裡，團長問一句，他答一句。他告訴團長這家澡堂是元熙先生的產業——當年元熙先生返鄉後把開設一家澡堂當做移風易俗的手段之一。

「它根本不賺錢，」澡堂老闆囁嚅地說：「根本沒人來洗，即使元熙先生免費請他們洗他們也不肯洗。」

此刻團長已經泡在了雅室的水池裡，副官用木勺一瓢一瓢地將水澆在他身上。被熱水浸泡和澆灌的滋味使團長陷入了一種無法排解的寂寞。他覺得澡堂老闆發出的聲音彷彿無限遙遠，尤其當這個聲音說起元熙先生居然在這裡辦過一份報紙時，團長更加覺得猶在夢中。這份報紙最終當然是半途而廢了，聽到這個結果，團長似乎才回到現實裡。最後團長隨口問起了元熙先生對這場戰爭的態度，澡堂老闆卻回答道：「元熙先生是刀子嘴，豆腐心！」他不但答非所問，而且語氣也突然尖利起來，有種強辯的味道。

團長並沒有在意澡堂老闆的緊張，他本來就問得毫無目的，況且這次沐浴是這樣地令人滿意，團長已經全身心地懈怠了。他將自己完全沉入水中，只留出鼻孔呼吸。水流從他臉上漫過，透過水面，他依稀看到水流動蕩的起伏。團長莫名其妙地想起了那個死去的營長，那個失去了整張臉的人此刻彷彿漂浮在水面上，他的面孔正成為扭曲的波紋。團長發覺自己居然已經遺忘了這個人的名字，即使絞盡腦汁也無從想起。這令團長陷入深深的自責之中，這個人對於他突然變得無比重要，他覺得自己用遺忘背叛了這個人。團長的眼淚流進了水裡。

在澡堂外的街道上，等候洗澡的兵士們卻惹出了亂子。

幾名下級軍官異想天開地向民協負責人提出了召妓的要求。這個要求令對方憤怒莫名，本來已經積存的怨氣立刻爆發了。一位負責人毫不客氣地駁斥了他們的非份之想，並且用惡劣的方言辱罵他們。當這幾位下級軍官聽出自己是在挨罵時，不免有些惱羞成怒。但是面對他們的強硬，對方絲毫沒有退縮，雙方由謾罵發展到相互推搡，氣氛劍拔弩張。混亂中一位軍官的帽子被人碰掉了，這就如同發出了一道號令，槍聲立刻就響了。

聞聲而來的團長並沒有立刻下令制止騷亂。他站在澡堂門前的廊簷下，看著雙方在雨水中壁壘分明地對峙，彷彿隔岸觀火。

是團長身邊的副官替他行使了職責。肇事的軍官被捆綁起來，副官沒有徵求團長的意見，就命令將這幾個人槍斃掉。副官這麼做顯然是正確的，他已經看出了局面的嚴峻——那個被槍擊中的人倒臥在青石路面上，插著羽毛的斗笠滾落在雨水中。

直到這時團長才緩慢地說道：「讓他們洗了澡再正法吧。」

幾名下級軍官為自己的荒唐付出了性命，但民協對於這支不期而至的革命軍依然萌生出排斥感。這支軍隊挫傷了他們的期待。在他們眼裡，這是一支態度傲慢並且作風敗壞的部隊，這位團長，也缺乏某種他們認可的氣質——他的臉甚至都缺乏一個革命軍人應有的正確性。幾位民協負責人私下交流了看法，他們一致認為，這位團長更像是一個牢騷滿腹並且沉痾在身的少爺。在對團長進行了比喻意義上的蔑視後，某種報復性的情緒也在他們心中悄悄醞釀起來。但是，對於這支革命軍，民協依然保持了最後的一點熱情。他們邀請團長將隊伍帶到古鎮來，這裡的條件顯然要比潮濕的河岸強得多。

團長親自去慰問了那名受到槍擊的民協成員。這個人已經被抬到了廊簷下，他不知什麼時候已經撿回了自己的斗笠，緊緊地抓在手中。隨軍醫生正緊張地為他處理傷口。團長看到這個渾身是血的人依然保持著一種冷漠的鎮定，他的不動聲色與那幾名下級軍官臨死前聲嘶力竭的叫喊形成了鮮明的對比。他似乎對於自己身體上的創傷毫無反應，只是那隻抓著斗笠的手攥出了青筋。團長舉目四望，他發現圍攏在自己身邊的那些人都有著相同的表情，一張張斗笠遮蓋下的臉，都有著一種冷漠的鎮定。寬大的斗笠在他們臉上投下了一絲不易覺察的陰影。

團長心裡再次感到了某種不安。他拒絕了民協的邀請，決定依然將營地紮在河岸邊。他的拒絕在對方看來，不啻又是一種缺乏善意的態度，團長因此又一次喪失了與對方融洽起來的機會。在這支隊伍到來之前，當地民協的活動還是相對溫和的。這塊地方民風淳樸，洪流滔天的革命風暴並沒有完全滌蕩這裡。但是，當這支隊伍一再令他們感到失望後，他們漸漸被某種粗暴的行動熱情鼓舞起來了。

團長被請進了民協的指揮所。這間指揮所設在澡堂對面的一座木樓裡，看得出以前曾經是家飯館，如今裡面的條凳依舊擺在一張張木桌邊。民協的成員們如同吃飯一樣地一桌桌圍坐著，這種情形令團長感覺自己彷彿是在赴宴。在這裡，那兩位曾經拜訪過團長的負責人再一次提起了元熙先生。他們控訴了元熙先生阻撓民眾運動的諸多罪行。

「我們準備對他採取行動，報告已經送往省城，」一位負責人語氣堅定地說：「估計批覆很快就能下來，屆時請將軍出席我們的特別法庭，指導我們對他進行審判。」

團長不置可否地看了對方一眼。他感覺到了，這個元熙先生已經成為對方與自己抗衡的一個籌碼。團長覺得這當然是可笑的。

似乎帶有某種嘲諷的意味，這位負責人面對團長的模稜兩可又列舉了一項元熙先生的劣跡——民協準備以團長父親的名字重新命名這座古鎮，以示對於革命元勳的敬意，但這件事情卻遭到了元熙先生的詆毀，他甚至不惜寫出反動文章沿街散發。

「文章內容惡毒，多有詛咒之詞，如此劣紳難道不應該殺掉嗎？」這位負責人玩味地看著團長。

團長並沒有因此而激動。當自己父親的名字突然出現的時候，團長並沒有如那位負責人期望的那樣聚精會神起來，相反，他的思緒卻更加恍惚了。團長彷彿看到父親向自己走來，令人費解的是，這個走來的父親居然也戴著一只巨大的斗笠，一根長長的羽毛垂在他的腦後，上面掛滿了汙濁的雨水……

叁

當新的電令到來時，團長正站在河邊眺望對岸。雨後初霽，空氣中瀰漫著植物與泥土潮濕的腥味。士兵們正在準備架設橋梁的木材，「橐橐」的伐木聲迴盪在身後。團長覺得那些被砍伐著的樹木散發出了一種誇張的憂鬱氣息，這種只有新鮮傷口才有的氣息令整個河岸變得傷感。

團長接過副官送來的電文，匆匆讀完後，沉默不語地返回了自己的帳篷。

大本營命令團長迅速完成那座橋的架設，並且過河占據有利地勢，準備阻擊敵軍的偷襲，「將敵人有效地攔截於河之對岸」。

這份電令措辭沉重得都有些輕佻了，以一種顯而易見的、慫恿般的口氣鼓舞團長以主動地進攻來取代被動地防禦，這樣才能爭取到足夠的時間，以待援軍的到來。

賦予這支部隊如此重大的責任，大本營也是不得已而為之，是突變的戰局將團長推向了風口浪尖。同時，大本營也過於樂觀了，他們低估了這支部隊的減員情況，如果他們知道被自己寄予厚望的只是一個營的兵力，那麼他們就會明白自己正面臨著巨大的風險。

電文中並沒有解釋局勢與上一道命令之間的出入，但是破綻在團長眼裡一目了然——自己這支隊伍本來是為偷襲開路的，現在居然擔負起了阻擊偷襲的重任。團長從「援軍」這兩個字看清了自己面臨的處境，他明白了，自己已經被置於了需要援救的境地。

團長當然有一種被愚弄的感覺。他猜測這一切都是自己那位嚴父的主意——用一種詭計般的策略將自己哄騙到最為險惡的絕境，以此達到他用血與火錘鍊兒子的目的。團長深知自己的父親對於這場戰爭的熱忱。這個結論難免令團長感到哀傷。可是他的副官卻說出了另外一種可能性。年輕的副官似乎已經洞悉了這個時代深奧的背景，懂得戰爭只是那些深奧背景的膚淺體現。他以一個從小在大家庭中周旋於所有主子間的侍童的機智，向團長尖銳地指出：「也許是老爺出了什麼事？」副官的推測似乎更加合理——團長的父親身處時代的中心，歷史的經驗說明那樣的位置風雲莫測，一旦跌落，勢必禍及九族。副官更加懷疑團長如今恰恰就是面臨著一種內部鬥爭的迫害。

副官顯然比團長更為客觀，他不像團長那樣總是感情用事，將個人情緒和瀰天的戰爭混淆在一起進行簡單的判斷。但是他的結論比團長的更令人沮喪。團長的臉色變得煞白。情緒稍微穩定下來後，他提筆給家裡寫了一封信。

團長的這封信寫得百感交集，整封信籠罩著一種憂傷的哀怨，如同是對一個世界的告別之書。因為一切尚是猜測，他只能採取了一種含糊其詞的語言。他首先試探性地詢問了父親的健康，然後就在信中回顧了自己的成長。將一個人的成長訴諸筆端，難免就會冗長，團長耐心地描述了自己記憶中最為遙遠的一些畫面，以這些畫面地再現第一次向自己的父親暗示出了某種眷戀之情，同時也隱隱地抱怨了父親對自己態度上的暴虐。他有些疼痛，同時也有些神往。最後，團長向父親簡單匯報了自己目前的任務，儘管他流露出了自己對於這場戰爭「最終目的」的迷惘，但是他依然向父親保證自己會盡到一個軍人的職責。他寫道：

雖然我不認為獲得戰爭的勝利比一朵花的開放與凋零更加有意義，但是我依然將令您欣慰當做我來到塵世的最終目的。

寫到這裡團長已經是熱淚盈眶了。

這封信將由副官親自送到團長的家裡。在這種叵測的時刻離開團長，副官當然無法放心。

他建議團長隨便派一個馬弁去傳遞家書。

「我走了誰給你洗頭呢？」副官動情地說。

團長擺了擺手自顧離開了帳篷，命令衛兵牽來了自己的馬。

這封家書多少緩解了團長內心的紛亂，他沿著河岸信馬由韁地踽踽而行。充沛的雨水使這一帶的植物長勢凶猛，遍地的花公草和金不換開放得異樣絢爛。團長在不知不覺中已經遠離了自己的營地。

在一片過分明亮的陽光中，團長看到了元熙先生落寞的背影。正午的陽光照在元熙先生赭石色的長袍上。團長立刻就判斷出了這個人的身分，對於這個人他似乎相識已久。

兩個人在正午的河岸邊不期而遇。面色蒼白的團長看來並沒有引起元熙先生的反感，同樣，元熙先生那張著名的麻臉也沒有成為他們之間交談的障礙。團長端詳著這位前朝的翰林，覺得他與自己的預期幾乎沒有大的出入，他似乎只能是這個樣子的——穿著赭石色的長袍，站在明亮的日光中，身幹修偉，卻神色落寞。

團長的留洋經歷成為了他們最初的話題。元熙先生對於那個「蕞爾小邦」青眼有加，言辭之中不乏溢美。他講到了自己的幾名異國弟子，他們曾經邀請他去過漢口的日本租界，在那裡他見識了唯有在書本上才能追慕的古典風度——「皆席地而坐，臥則以屏掩之，屏皆六曲」，元熙先生甚至覺得那些東洋女子「高髻如雲，腰纏錦帶，儼然是晉、唐畫像中的人物」。這樣的話題自然又勾起了團長的回憶，此刻當他站在這條河邊懷念起那些曾經消魂的往事，不免有著恍若隔世的沉痛。

如同一場風花雪月終究將被馬蹄踏碎，他們的話題很快就牽涉到了目前的戰爭。元熙先生毫不諱言自己對於這場戰爭的敵意，這位「前朝遺民」認為戰爭侵擾了他最後的樂土，他已經在一次又一次的「革命」面前一退再退，本來以為會在家鄉聊盡餘生了，但是這場戰爭再一次令獷悍之氣充彌了都野。

作為一名投身於戰爭的軍人，團長並沒有足夠的興趣與元熙先生展開辯論，而且他也缺乏辯論的依據，因為對於這場戰爭的意義團長本身就是模糊不清的。團長的木訥激發了元熙先生的激情，他雄辯滔滔，彷彿終於抓到了一次盡情抒發的機會，眼前的這位青年軍官在他眼裡成為了這場戰爭的代言人。最後，元熙先生將眼下的戰爭斥為一場邪氣盈天的浩劫，無論目的與手段，都不具備浩然的正氣。為了讓自己的理論更有說服力，元熙先生做出了令團長匪夷所思的舉動——

他輕輕撩起長袍的下擺，緩步向著河水走去。

河水在陽光下熠熠發亮，泛著耀眼的波光。元熙先生進入到水的中央，彷彿融入在一片無限的光明之中。他始終沒有沉沒，河水只是淹過了他的腳踝，這樣就隱匿了他的行走，使得他宛如馭風而行，漂浮在一片虛妄的逝水之上。

團長目睹了這奇蹟般的一幕，他眼睜睜地看著元熙先生蹈水而行，抵達了對岸。巨大的震悚令團長周身顫慄，他用雙手捂住了自己的臉，無法克制地啜泣起來。團長的那匹馬也發出了驚厥的嘶叫，牠癱倒在地，糞便和著尿液噴湧而出。

元熙先生重新回到團長身邊時，團長依然陷入在巨大的無能為力之中，他蹲在地上，以手掩面。團長覺得自己被徹底掏空了，孤單單一無所依。當元熙先生的手搭在他觳觫著的肩頭時，他除了感到虛妄，還有一種徹底的順從從心底湧起。

「這其實沒有什麼，我剛剛不過是走在一座水中橋上。」元熙先生安慰著這個年輕的軍官，他沒有想到他會如此脆弱。元熙先生這樣說道：「這座橋比我的年紀都大，枯水季節它會浮出水面，眼下雨水充沛，它就沉入了水中。你看到了，當我通過它抵達彼岸時，必定拖泥帶水，沾上邪穢之氣，所以我從來不會走它，如果要去對岸，我寧可多走幾百里路，從另一座正大光明的橋上走過去。你覺得這荒唐嗎？不，這就好比春耕秋收，你會覺得目的可以大於一切嗎？其實手段已經在最初決定了目的，這便是因果……」

淚跡未乾的團長仰起頭，他看到元熙先生那張麻臉上的每一個坑凹都被陽光填充了，同時，團長覺得正午的陽光像雪崩一樣灼傷了自己的眼睛，一瞬間，他的內心被某種無端的熱情點燃，他似乎找到了這場戰爭的意義，並且突然迫切地希望為之申辯。

「我的部隊也不會從它上面走過，」團長喃喃地說：「我們正在架一座橋，我們將從自己架起的橋上堂堂正正地渡過河去，走向偉大的勝利……」

遺憾的是，團長的話並沒有被元熙先生聽到，他的聲音微弱，而且元熙先生已經轉身離開了他。團長看到元熙先生每走一步都在河岸的石頭上留下了一片水跡。

團長無法想像，他在這一刻做出的決定，最終成為了這場戰爭的一個轉折點。這座水中橋本來可以改變歷史，它是一個玄祕的存在，是歷史中無數次出現過的所謂機會。如果團長抓住了這個天賜的捷徑，迅速跨過這座現成的橋，那麼他將爭取到足夠的時間。後來的戰事說明了時間的寶貴，足以彌補這支部隊兵力上的不足；團長完全可以利用時間的有效性，以逸待勞地迎擊敵軍。

但是，此刻團長固執地堅持讓自己的士兵繼續架設一座涵義萬千的新橋。

肆

團長對自己的部下隱瞞了那座水中橋的存在，他怕兵士們因此懈怠新橋的架設。這座新橋在團長的要求下搭建得過分鋪張，完全不像一座臨時性的橋梁。團長否定了搭一座簡易浮橋的方案，他要求這座新橋必須明顯高出水面。

始終有頭戴斗笠的人出現在營地周圍，他們不解地注視著在水中施工的士兵，目光中有種觀賞的態度。這些當地人當然知道那座水中橋，但是隱存的隔閡阻止了雙方的交流，否則他們一定會向士兵們發出疑問，並且指出他們的工作實際上是多此一舉的徒勞。

時間就是這樣被延宕的。

三天後，新橋在團長的督促下竣工了。它在夕陽下筆直地矗立在水中，新鮮的木頭依然散發著新鮮傷口般的憂鬱氣息。

部隊開拔前夕，團長策馬來到了元熙先生的宅第前。

元熙先生的宅第建在一面山坡上，圍牆高大寬闊，彷彿一座獨立於世外的城池。團長遠遠望著這座宅第，覺得它和自己的家似乎是由同一群工匠建造起來的——它們出自同一個藍圖，儘管細節上偶有不同，但是整個氣質卻如出一轍。團長困惑地想，眼前這座宅第裡的主人已經成為了這場戰爭的障礙，它也許將要面臨自己父親所代表著的那種力量的摧毀。團長無法釐清這裡面的邏輯，起碼他從表面上看不出這座宅第與自家宅第之間的差別，因此他無法找到兩者之間對立的根據。

黃昏中的團長覺得自己彷彿是走在回家的路上。溫暖與沮喪同時出現在團長的情緒中。這一點都不奇怪，因為這兩種情緒就是團長對於自己那個家庭的基本情緒。這種情緒令團長在山路上踟躕不前了，他拿不定主意是否真的該去見一見元熙先生。他覺得自己的到來，也許不能算做是一種拜訪，可是沒有了拜訪的性質，他將以怎樣的姿態走進元熙先生的家門呢？最後，團長終於掉轉了馬頭。

在山腳下，一隊戴著斗笠的人與團長相遇了。對方停下了步子，但是團長策馬急馳，從他們身邊風一樣掠了過去。團長並沒有輕視對方的意思，他只是不願意讓他們看到自己滿面的淚水。團長的淚水毫無原由，彷彿撲面而來的山風吹痛了他的眼睛，令他孩子般的失魂落魄。

團長在天色黯淡的時刻來到了那座水中橋前。他的馬警覺地噴著響鼻，彷彿能夠看到某種隱匿的危機。團長跳下馬，用手撫摸著馬頭，同時把自己的臉貼在馬頸上溫柔地摩擦著，這番親暱的舉動令團長和他的馬彼此都得到了安慰。團長坐在河岸邊，最後一次回憶起那些東洋女子。她們肌膚如雪，經過溫泉的浸泡，又會泛起淡淡的粉色，總是令人身不由己地渴望依偎上去；她們的品質中有種天生的沉默，她們用沉默將喧嘩的世界還原成最簡單的幾種關係……

團長的欲念在回憶中滋生起來，昏暗的河水從他眼前流淌而過。

遠處傳來兩聲槍響，一些撲翅亂飛的鳥從頭頂飛過。團長陡然覺得胸口和頭部一陣疼痛的痙攣。那匹馬發出了一聲嘶叫。

回到營地後團長就得到了元熙先生已經被槍決的報告。民協曾來找過他，在尋找未果的情況下，他們自己完成了對元熙先生的判決。他們送來了一份書面材料，說明了此次審判得到了最高組織的許可；處決元熙先生時一共開了兩槍，一槍擊中頭部，一槍擊中胸口。

營地的篝火已經點燃，空氣中盡是松樹燃燒後特有的芬芳。團長走到一堆篝火前，將報告丟進了火焰中。他突然想起了自己的父親，他覺得元熙先生的容貌依稀有些像自己的父親。

這支部隊連夜跨過了自己親手架設的新橋。

他們剛剛抵達對岸就與敵軍遭遇了。黑暗中雙方試探性地互射了幾槍後，大規模的戰鬥就爆發了。敵軍顯然也沒有估計到這支部隊的出現，他們也是剛剛到達，黑夜掩蓋了雙方戰術上的倉促，令最初的交戰勢均力敵。團長的兵力儘管嚴重不足，但裝備依然完整，幾十挺馬克沁機槍交織出的火力有效地迷惑了敵人。

但是黑夜終將過去，團長明白，一旦天亮，自己這支部隊的脆弱就將暴露無遺。現在他才意識到時間的意義——在敵軍到來之前，如果自己的部隊早一些抵達對岸，構築起有效的工事，那麼就可以取得關鍵性的戰略優勢。而眼下，只有短暫的黑暗在掩護著他們了。團長並未因此產生一絲悔意。如果說他的選擇喪失的是一場戰爭的取勝機會，那麼，對他自己而言，他覺得自己抓住的是一次同樣重大的機會。

團長決定發起衝鋒。這個決定並不是出自戰術的考慮，他只是覺得應當這麼做。他已經知道了，這是自己的最後一次戰鬥，同時也是自己唯一一次真正意義上的戰鬥。戰鬥本身已經成為了意義，於是一切都變得單純，團長再也不覺得迷惘，那種曾經深刻困擾著他的問題煙消雲散。團長身先士卒。在他的感召下，這支一貫散漫的部隊煥發出了強大的勇氣，兵士們前仆後繼，一度甚至衝垮了敵軍的鬥志。

白晝終將來臨。當晨曦顯露的時刻，渾身血汗的團長又一次熱淚盈眶。隨著光明的到來，這支部隊完全暴露在敵軍的眼前。當敵軍掌握了他們的實際兵力後，屠殺般地反撲就開始了。

這場局部戰鬥持續到午後終於結束。

團長的部隊全軍覆沒。敵軍在層層疊疊的屍體中找到了團長，在清點了戰果之後，他們誤以為被自己擊斃的這位年輕軍官只是一位營長——團長的軍裝已經無法讓人辨別出真實的軍銜了。這位年青軍官的整張臉都被掀掉了，但是令人驚訝的是，這個沒臉的人卻用他的整個身體呈現出了一種惆悵的表情。

與此同時，疾馳而來的援軍在得到消息後倉惶回轉，他們距離這條大河僅剩一天的路程。整個戰爭就此逆轉。大本營做夢也不會料到，其實冥冥之中曾經有一座水中橋可以指引著他們走向勝利。

團長陣亡的消息傳來時，他的副官正跟隨著老爺踏上漫長的流亡之路。他當然不用再回到少爺身邊了。老爺在一夜之間蒼老，他在敗局面前被迫放棄了所有財富和尊嚴後，只隨身珍藏著兒子的那封家書。

在此後的顛沛流離中，副官想起少爺時就會拿出那紙電文來看。這紙電文是他在一個拂曉從團長的帳篷外撿起的，當時它正隨著雨水緩緩流走。電文被雨水浸泡後，文字已經漫漶不清，只有為數不多的幾個字尚可辨認：

向著偉大的勝利，前進！

時代醫生

醫生在灰白的晨曦中跑過了東方紅廣場。那個老頭始終跑在他的前面，他的步伐穩健，速度均勻，因此有種不同凡響的風度將他和其他晨練者區別了出來。像往常一樣，醫生在廣場的東口看到了老頭的背影。他試圖追上去。但是，就好像有某種神祕的物質橫亙其間，即便老頭跑動的頻率始終不變，醫生在反覆調整了幾次自己的速度後，依然沒有實現這個願望。所以，當老頭照例在那排健身器前停住時，跑到他身邊的醫生就有些大而無當的激動。醫生用很興奮的聲音說：「知道嗎，我離婚了！」

老頭轉過自己紅光滿面的臉，一邊繼續大幅度地扭著腰，一邊說：「是嗎？那我一會兒請你吃牛肉麵。」

「還是我請你吧。」醫生有種沒來由的羞澀，他說：「誰讓你是我的教練呢？」

醫生跳起來抓住一根單槓，把自己吊在半空，他覺得自己的身體在這個清晨充滿了熱情。在這種熱情的驅使下，醫生接連做了好幾個引體向上的動作。然後他就做不動了，但是身體裡的熱情依然洋溢著。所以，他就把熱情轉化成了滔滔不絕的語言。他依然吊在半空中，對著身下的老頭說：「我要給你講一個故事。」

老頭正前仰後合地做著運動，他可能並沒有聽到醫生的話。

沒有得到回應，醫生有些失落。他深深地吸了口氣，自言自語般的說：「當然，聽不聽是你的事了。」

老頭仰起腦袋，雙腳交替著前後甩動，他問：「聽什麼，啊？」

「聽話啊！」醫生的情緒發生了轉變，他怒衝衝地說：「你說的話我都聽了，你讓我跑快一點，我就跑快了，你讓我跑慢一點，我就跑慢了，你搞得真像我的教練一樣。」

那都是三年前的事了。那時候新婚的醫生開始晨跑，他在晨跑的第一天就遇到了老頭。老頭從清晨的霧靄中突然插在他的面前，對他大喝一聲：「哪兒有你這樣跑步的？你跑得簡直難看死了！」醫生吃了一驚，不由得就停下了步子。「不要停，跑！跑！」老頭在他面前倒著跑，並且用兩隻手的動作召喚著他。醫生重新跑起來後，老頭就開始常年指導著他的跑姿了：「稍微快一些，快一些快一些，慢，慢一些，頭，頭頭，仰起來！」

吊在半空的醫生說：「我聽了你多少話啊，簡直是莫名其妙。」

老頭撲哧一聲笑出來了，說：「我是個熱心人，這點你早該看出來了，我是見不得運動姿勢難看的，鍛煉就該有鍛煉的樣子，烏七八糟地亂弄，還不如躺在被窩裡，你出來鍛煉是為什麼？啊？為什麼呢？」

「你為什麼呢？」醫生又開始引體向上了。

「我？」老頭嘿嘿笑著說：「我怕死，所以要鍛煉。你呢？你不怕死嗎？可是你運動的姿勢不正確，是達不到鍛煉的目的的。」

醫生覺得自己流汗了。但他依然堅持把自己吊在半空中。他說：「可是我並不怕死。」

「不怕死你鍛煉什麼！」老頭有些火了，他可能覺得醫生是在故意頂撞他。

「我並不是鍛煉，」醫生在這個清晨倔強起來，他辯解說：「我只是跑一跑，是由於你的出現，我的跑步才成了鍛煉。」

「跑一跑？什麼意思？你什麼意思啊？你是說我多管閒事嗎？」老頭認真起來，兩隻手搓來搓去，還把關節壓出些響動。

醫生也感到了奇怪，他不知道是一種什麼情緒在支配著自己，令他非要和老頭說下去。他說：「你沒有多管閒事，是你並不了解我的動機，嗯，你只是有些自以為是。」

「你下來！」老頭狠狠地說。

醫生有些吃驚地看著老頭。他從半空中看下去，老頭灰白的頭髮就像一捧稀疏的茅草，此刻這捧茅草還蒸騰著裊裊的熱氣（那是正確鍛煉後的結果）。醫生不能想像，這樣的一個老頭，居然會對自己明確地表示出一種暴力的傾向——天啊，他這是要做什麼？

醫生依舊吊在半空中。老頭等待了片刻，最後不屑地哼了一聲，轉身離開了。

吊在單槓上的醫生落下來，他追上去，對老頭說：「你別走，我還沒請你吃牛肉麵呢。要不，你請我？」

老頭詫異地看著淚水從醫生的眼眶裡流了出來。愣了一陣後，老頭寬宥地說：「嗯，我知道了，你離婚了，我不和你計較。」

兩個人並肩走進了街對面的那家牛肉麵館。這個時候正是一天的開始，麵館裡擠滿了人，排在取飯口的隊伍一直延伸到了街上。他們進去的時候，恰好有個座位騰出來，老頭一個箭步衝上去，穩穩地填補了那個空缺。

「你去排隊，我找座位！」老頭很有把握地揮手說。

醫生去開了票，他替老頭額外加了份牛肉。當他站在那支等待取飯的隊列裡時，那支隊列所隱含的絕望的漫長氣息令他的眼眶再一次潮濕了。窗口裡的師傅向他響亮地發出問話時，他才回過神來。

「寬地洗地？」師傅用純正的蘭州方言問醫生，那意思是問他麵條要拉成寬的還是細的。

「洗地(細的)。」醫生扭捏地回答。他使用了自己非常不善於的方言。醫生突然覺得,在這個熱氣騰騰的地方,自己如果使用標準的普通話,無疑將是可恥的。

老頭已經成功地找齊了座位,他把自己的一隻腳勾在一張凳子上,明確無誤地表達出了他對這張凳子的所有權。醫生在那張凳子上坐下,他埋頭吃了幾口麵條,然後就對老頭說:「我要給你講個故事。」他的語氣有些不由分說的味道,彷彿他替老頭多加的那份牛肉給了他充分的理由。老頭嘴裡塞著一大口麵條,只能嗚嚕出兩聲。

醫生的故事夾雜著一些蹩腳的方言腔調——在牛肉麵熱辣的滋味裡,他有些身不由己。醫生的婚姻和一場醫療事故密不可分。那時候,他剛剛分配到一家醫院,成為了一名年輕的眼科醫生。和他同時分配來的,還有另一個大學畢業生,不錯,她就是醫生日後的妻子。「當然,現在她已經是我的前妻了。」醫生補充說。

起初,他們並沒有格外地關注對方,彼此之間的交往完全是同志式的。但是,當他們第一次共同完成一台手術時,卻發生了那件不可原諒的事故。

受害者是一個年僅八歲的男孩。這個孩子本身就是一個不可思議的患者,他只有八歲,卻是一個肺癌患者。孩子的父母倒很樂觀,他們可能認為自己的孩子這麼小,總不至於就真的沒救了。這種樂觀的情緒可以從他們的行為看出來,那就是,他們居然還有精力關注到這個孩子的眼疾。這個孩子的右眼有著輕微的斜視，這本來不是迫切需要醫治的毛病，比起肺癌，簡直就是可以忽略不計的，但是這對父母卻要求在治療肺癌的同時，順便也把孩子這個微不足道的瑕疵補救過來。他們是處於怎樣的動機呢？這一點醫生想到過，他認為這對年輕的父母對自己的孩子依然充滿著美好的憧憬，他們非但不懷疑自己的孩子終究會獲得健康，而且，對那種健康的質量也是絲毫不願意降低的，那就是，它還必須是美麗的，是沒有絲毫殘缺的。在孩子父母的要求下，醫院為這個孩子安排了右眼的矯正術。這是那種很簡單的手術，所以就交給了醫生和他的那位女同事。

此前他們已經協助其他醫生進行過許多次類似的手術了，但這一次是他們首次合作，而且，是由他主刀。手術進行得很順利，他們經過了準確的計算，成功地將男孩眼部的外直肌退後了兩個毫米，整個過程完全合乎規範。醫生還記得，當那個孩子被推出手術室後，他對自己的女搭檔做出了一個勝利的手勢。他顯得很興奮，畢竟，這是他第一次主刀。

但是當天中午醫生就發現了異樣。他們去病房探視那個孩子的術後反應，孩子剛剛從麻醉中甦醒，雙眼都被繃帶紮著，他很堅強，只對醫生說，叔叔，我有些痛。醫生還表揚了他，說他真是一個勇敢的男子漢，因為他只感到了「有些痛」。可是，漸漸地醫生就驚恐起來，因為他注意到這個孩子總是下意識地用手去捂自己的眼睛，而他每一次伸出的，都是左手。他用左手去捂自己的左眼。這個細節顯然也被那個女同事注意到了，他們從病房出來後，醫生看到這個女同事的整張臉都煞白著。他們都從對方的神情中得到了一個可怕的暗示：自己有可能犯下了不可原諒的錯誤——他們把本來應當開在右眼的刀開在了男孩的左眼。可是這太荒誕了，以至於他們誰都不敢主動開口去證實一下。他們本能地不允許自己承認會犯下如此的過失，如果事實真的如此，那麼這個過失即使是算做罪行都毫不勉強。整個世界一下子變得抽象了，全部凝聚成一股力量針對著他們那兩顆小小的心臟。他們誰都沒有說話，分開後各自去尋求解脫的方法。但是解脫註定是無望的，他們唯一可以矇蔽自己的，就是把這一切當做是場噩夢，所以其後的幾天，他們反而顯得很正常，只是臉上都掛著一種夢幻般的表情。

受害者只是個孩子，他並不能意識到自己所受的傷害，他無法區別醫生們的手術刀下在哪裡才是正確的。所以那幾天一切如舊，世界照樣運轉著。本來這種手術三天後就可以去掉繃帶了，但是，作為手術的實施者，他們找出了許多藉口，無望地延宕著那一刻的來臨。

然而，男孩眼上的繃帶早晚要被揭開，這就如同死亡一般無可避免。隨著那個日子的臨近，醫生陷入了某種病態的亢奮。他的一切行動都變得迅速了，行走如風，有時候走著走著就不由自主地小跑起來，他覺得這樣似乎才能擺脫掉什麼。終於在一天夜裡，醫生敲響了那個女同事宿舍的房門。當她打開門的一瞬間，就被醫生幾乎要撲倒般的擁抱住了。醫生抱著她說：

「我們逃跑吧！」這句話讓她看到了自己的絕望，原來在她的潛意識中，逃跑的這個欲望也已經是那麼的強烈，所以她才會在那幾天漫無目的地整理起行裝，把自己的宿舍搞得一片狼藉。然而，那畢竟只是一種絕望的幻想，可是他們此時的擁抱卻是那樣的可靠和真實。

醫生的敘述在這裡停頓了片刻。因為，他回憶起了那一夜前妻在自己懷裡的掙扎。她的掙扎不是那種拒絕的姿態，一切都發生得極度慌亂，他們都沒有自覺的意識，所以她不可能是在拒絕他。她呻吟著，在他的身下柔韌地起伏著。她的肢體那麼有力，讓醫生覺得自己是浮在一個連綿不絕的海浪之上，當她劇烈地顫慄起來時，醫生又覺得她是一條剛剛擱淺的魚，依然有足夠的力氣撲騰著。

這種可靠和真實的擁抱支撐住了他們。他們開始鎮定起來了，並且在第二天就在大家面前公開了他們之間的關係。他們的手挽在一起，緊緊地依靠住，有一種夢幻般的依賴感。他們安靜地等待著一個日子的來臨。醫生說他會把一切責任都承擔下來，不過，說完後他又說起了自己的父母，他說他的父母費盡千辛萬苦才把他培養成了一名醫生，如今就這樣斷送掉了。說的時候，他哭了，完全像一個無辜的孩子那樣，撲在女同事的懷裡，把眼淚和鼻涕蹭在她的胸口。

「太可怕了！」老頭壓底聲音對醫生說：「看來鍛煉身體真是太重要了，我是堅決不會把自己的身體交給你們醫生來糟蹋的！」

醫生對老頭的話置若罔聞，他完全沉浸在自己的故事裡了。

那些日子，他們都準備好了。但是結果卻大相徑庭。那個男孩的病情突然急轉直下，癌細胞以令人震驚的速度轉移到了許多其他的器官上，他眼上的繃帶還沒有打開就死在了醫院的急救室裡。

老頭有些瞠目結舌。但是他很快就幸災樂禍地說：「即使是死了，你們也逃不了干係，你們得賠多少錢啊？」

醫生搖搖頭，否定了老頭的判斷。實際上也是如此，那個孩子的父母悲痛欲絕，他們無法接受這樣的事實，他們本來是堅信自己的孩子終究會健康並且美麗的。悲痛令這對父母忽略了一個重要的傷口，直到這個孩子的屍體燒成了灰燼，他們也沒有去區分那道傷口的左右位置。這似乎是一個僥倖的結果，一個性質惡劣的事故被一個男孩的夭折掩蓋了。但醫生顯然不能因此心安理得。他的女同事也不能。他們無法想像，那個孩子在另一個世界裡雙眼都斜斜地散亂著——他們將男孩那隻正常的左眼向外調整了一點五度——但是這個想像卻在他們的腦子裡揮之不去。後來他們結婚了，這幾乎是必然的。他們沒有舉行任何儀式，一切都進行得不露聲色，以至於很久以來大家都以為他們是未婚同居。婚後醫生就開始了漫長的晨跑，他的妻子也有自己一套固定的行為，那就是不厭其煩地整理著行裝，彷彿隨時要遠行一樣。

醫生在這個清晨說了太多的話。他的語言由於夾雜了自己完全陌生的蘭州方言，因此顯得不倫不類。當「噩夢」、「絕望」這樣的詞用方言說出來時，既有些古怪可笑，也令醫生有些不能自持地哀傷。他聽到了老頭不耐煩的聲音，那時候他們已經從牛肉麵館出來了，老頭向他抱怨說：「好了，你不要講了，要不明天講也可以，你不要跟著我，我還要送孫子去幼兒園。」但醫生依舊喋喋不休。他要把自己的話說完，聽眾是必須要有的。

醫生說：「從明天起，我就不出來跑步了。」

「隨便你。」老頭自顧走自己的路了。

醫生追上去，跟在他的身後繼續說著：「有一件事情，我一直沒有告訴我的前妻，那可是個祕密，你要聽嗎？」

老頭頭也不回，他可能認為自己是被一個瘋子糾纏上了。

醫生追了幾步。但老頭箭步如飛，那種神祕的物質好像又橫亘在他們之間了。醫生覺得他無法追上老頭的腳步，只好沮喪地站在了路邊。

醫生在路邊喃喃自語：「那個男孩的屍體被拉走之前，我曾經去過醫院的太平間……」

醫生是去看那個男孩的。沒有費什麼力氣，醫生就從那些蒙著白布的屍體中找到了他。他太小了，蒙在白布下只有一個枕頭那麼大。醫生掀起了他臉上的白布，看到他如同睡去了一般的恬靜。當然，病痛的陰影依然殘留在他的臉上，那是一種沒有絲毫侵犯性的猙獰，並不令人恐懼，只是令人心痛莫名。醫生找到了那個傷口，它恢復得很好，也許再長一長，就會和預期的一樣不會留下任何痕跡了。醫生看到了，這個傷口的位置並不像他們已經認定的那樣處在一個錯誤的位置上，他甚至用自己的雙手在心中判斷了一下左右，結果是，那個傷口的位置的確是正確的。它在右面，不在左面。這個事實沒有帶給醫生絲毫的喜悅和欣慰，他覺得整個人都喪失了力氣。男孩生前左手的動作，也許只是一種無意識的行為，也許，只是牽拉後的眼外肌令他感到了左眼的不適，但是他的行為，卻令兩個醫生如此的絕望。原來折磨著他們的，只是他們心中那種與生俱在的莫須有的恐懼。

老頭的背影越走越遠，眼看就要消失在廣場的主席台後面了。他可能沒有聽到醫生在他身後的叫喊。

「知道我為什麼跑步嗎？」醫生向著朝陽大聲疾呼道：「那只是為了我們心中與生俱在的莫須有的恐懼！」

有時

1

事實上，王努是個春風得意的人。但是那一天出門的時候，他覺得自己整個人的狀態都有些失落。那一天王努很早就爬起來沖澡，接著電話響起來，老同學少君在電話裡跟他確定了晚上的聚會。賓館的衛生間裡接著分機，掛在鏡子的旁邊，王努放下電話時，就看到了鏡子中光著屁股的自己，水淋淋的，像隻落湯雞——怎麼會這樣比喻呢？王努怔了一下，定神打量鏡子中的身體，它孤獨地站在花灑下，倒是依然勻稱和標準。孤獨？——這個比喻也莫名其妙啊，王努心裡嘀咕著，心情就這樣消極起來，以至於後來他厭惡起自己的手包。以前王努是喜歡背那種電腦包的，但是隨著仕途的升遷，妻子反對他再把包背在肩上，要求他的包也像職務的升遷一樣，發生位置上的變化。於是，王努換了一只昂貴的手包，移在腋下夾著。那一天準備出門時，王努突然覺得這種包和這種夾的姿勢都很噁心。王努決定不夾著包出門了，把手機和香菸統統塞進褲兜。考慮了一下，王努決定把錢夾留在房間裡，一來它實在不好再塞進口袋，二來也覺得帶著它沒什麼必要。這次來西安，王努是考察一家地產公司，結果關係到價值千萬的合作，對方自然安排得非常周到，隨身攜帶錢夾顯然是多餘的。

王努在七點鐘準時下樓，他穿了件大紅色的T恤，褲兜兩側鼓鼓囊囊的。李經理已經站在賓館的大廳裡等著王努了，這幾天，王努的各種活動都是由她陪同著。最後一天，王努要求去西線的旅遊景點轉一圈。雖然在西安讀了四年大學，但西面那些大名鼎鼎的地方，王努卻一直沒有參觀過。接待方當然要滿足王努的這個要求，派出一輛越野車，又派出一個李經理。這麼安排，當然算得上細緻了，因為李經理從什麼角度去看，都算得上是個風姿綽約的漂亮女人。幾天下來，王努已經對這個女人產生出一些欲望，這很正常，但是王努也很正常地把握住了自己，諸如此類的誘惑，對於王努已經不是什麼新鮮的事情，王努自有分寸。

那一天王努消極的心情並沒有因為李經理而好轉，它壞得有些不明不白，王努也搞不清楚有什麼地方不對頭，只好把它歸咎於天氣了。天陰著，七月的西安在清晨已經燠熱不堪。陰天裡的熱，不磊落，是陰謀般的沉悶和叵測。王努上車前抬頭看了看天空，於是這一天就陰謀般勢不可擋地開始了。越野車很快就駛出了城區，飽滿的輪胎滑過平整的公路，輕微的震顫傳遞在王努身上，讓王努產生出是自己在滑行的錯覺。

這樣，杜穎打來的第一個電話，就符合了某種規律，成為一個坡度的起點，令王努的這一天流暢地滑行下去。那時王努已經登上了埋葬著女皇帝武則天的乾陵。天空依然陰霾，稀稀拉拉的三五個遊客，圍在那塊涵義萬千的無字碑下，舉頭仰望，在陰沉的空氣中，就有了些肅穆。這種氣氛感染了王努，令他也有些悵然若失，以至手機響了半天才被他從兜裡摸出來。杜穎說，我以為你不方便聽電話呢。王努想不出對方是誰，努力從記憶中搜索這個陌生的聲音。對方猜出了他的疑惑，接著說，想不到吧，是我，杜穎。王努怔住，客氣地說，杜穎啊，怎麼是你呢？杜穎說，很意外吧？來西安也不打聲招呼，我們見一面吧。王努猶豫了一下，說，下次吧，我今天晚上就走。這不，現在在乾陵呢，整個西線轉下來，怕是就沒什麼時間了。杜穎「哦」了一聲，試探著說，要不……你先轉，我們再聯繫？然後就掛斷了。王努收起手機，目光眺望出去，遠處那兩座挺拔的山峰，的確渾圓如乳，恰似旅遊宣傳冊上的描述——它們是女皇帝仰臥大地的絕妙象徵。杜穎的出現，令這樣的地貌在王努的眼裡遽然維妙維肖了，起初，王努怎麼看，那兩座山峰，也只是山峰。

十多年後的今天，杜穎留給王努的記憶，最深刻的，也只是一對渾圓的乳房了。當年的煎熬與折磨，在時間面前，其實不如一對乳房那樣持之以恆。要知道，當初杜穎選擇分離時，王努痛苦地以為，自己這一輩子都會被這件傷心事籠罩住，他不會忘記杜穎，更不會忘記杜穎帶給他的傷害。分離發生在他們大學畢業的時候，王努回了原籍，杜穎留在了西安，她投進了另一個男人的懷抱，速度快到令王努猝不及防。事情是怎麼收場的，王努已經記不清了。那一天王努站在乾陵上，只記得自己當初幾乎崩潰掉，離開西安時，宛如一隻喪家犬。記憶就這樣在乾陵之上與現實形成了對比，如今的王努，已經是要害部門的正處級領導，三十多歲，坐上這樣的位置，怎麼說，也算得上是個菁英人物了。

下面的旅途中，王努開始了從一對乳房出發的回憶：那個時候，王努和杜穎之間沒有實質性的身體接觸，王努只是有限地撫摸過杜穎渾圓的乳房。但那種綿軟的有節制的安慰，那種淺嘗輒止的欲罷不能，囊括了愛情的所有滋味……

下一站是貴妃楊玉環香消玉殞的馬嵬坡。王努剛剛從越野車上下來，杜穎的電話就打了過來。她的聲音有些急促，說，我還是覺得需要見你一面。王努問，怎麼，有要緊的事情嗎？杜穎停頓了一下，說，是的，我有重要的東西要送給你。王努覺得自己的嗓子有些發緊，於是，同樣停頓了一下，問，什麼東西呢？話一出口，他就有些後悔，覺得自己不該這麼問，杜穎似乎是在暗示，如果把一個暗示追究成堂而皇之的東西，顯然是不恰當的。杜穎的聲音一瞬間變得美妙，有一種和煦的溫婉，她說，見面你就會知道的。在王努沉吟的時候，她又補充道，這件重要的東西，我必須親自送給你。王努腦子轉了轉，用遲疑的口氣答應，好吧，我回到西安大概也是下午五點鐘左右了，夜裡十一點鐘的飛機，中間還有個聚會，我們大概只有兩個小時的時間。羅列出這一組時間，王努心裡其實已經傾向於去見見杜穎了，他不自覺地做出了衡量和判斷，結論是，兩個小時，應該夠杜穎「親自送出」那件「重要的東西」了。杜穎的喜悅從聲音裡都感覺得到，她欣慰地說，那我們說定了，五點鐘左右我聯繫你。王努還想再說些什麼，杜穎已經掛了電話。

天空這時候滴下大顆的雨點，零零落落地砸下來，每一顆都很飽滿。由於一個饋贈已經在等待著王努，所以對於馬嵬坡的遊覽，就變得有些敷衍了事。貴妃楊玉環的漢白玉塑像，被雨點打得斑斑駁駁，王努吃驚地發現，塑像的體形和神態，很像記憶中的杜穎。這個發現在王努滑行般的一天中，起到了推波助瀾的作用。以豐腴為美的楊玉環，被漢白玉這種溫潤的材質具象地塑造出來，呈現出一種庸俗的不健康的肉欲，王努心中已經形象模糊了的杜穎，於是就被落實了。十幾年前的杜穎是什麼樣子已經不重要，通過這尊塑像，王努已經可以將那個即將來臨的饋贈具體起來。離開馬嵬坡的時候，王努是一種受到蠱惑後的複雜情緒。

為了趕時間，他們沒有停下來進餐。李經理事先準備了搭配精緻的飯菜，裝在嶄新的保溫盒裡。王努坐在車上一邊吃，一邊看著窗外逐漸密集起來的雨珠。後來他就睡著了，睡得自己都莫名其妙。王努很少會在不知不覺中昏睡過去，他懂得需要對自己的身體有所控制，否則他不可能謀取到如今的地位。

醒來時，王努發現自己的頭斜倚在李經理的胸前。王努感覺到了這個女人飽滿的乳房，甚至可以感覺到她乳罩邊緣的輪廓，它們共同依託在王努的眉骨一側，柔軟中夾雜著一絲細微的堅硬。這種曖昧的觸覺令王努貪戀，但是王努命令自己清醒。王努知道，李經理也是接待方對於自己的一個饋贈，只是接受這個饋贈的代價過於昂貴，它的背面，是價值千萬的交易。對於這種事情，王努當然知道怎麼應付，取捨之間，他不會亂了方向。異乎尋常的是，那一天王努無端地放任自己在恍惚與清醒之間多出了一個停頓，他沒有馬上坐起來，甚至將頭有意識地向那一側埋了過去，對那只乳房形成了擠壓。路面已經不是那麼平整了，偶爾會有一個起伏，使車身小小的彈跳一下，作用在王努的頭上，就是一個韌性十足的震顫。王努沉溺在一份幽暗的快感中，生理上都發生了變化，堅硬起來。過了片刻，王努才把身子斜向了另一邊，彷彿是睡夢中一個自然的翻身。這個插曲險些打破了王努這一天的滑行狀態，它令王努的軌跡有了瞬間的修正，如果王努因此回到了那個春風得意的菁英王努，那麼，接下來的一切就都將恢復到正常的一天。

到達法門寺時，大雨突然停了，天空中劃出一條巨大的彩虹，四周氤氳的水氣一瞬間輝映出萬千迷離的亮色。開車的司機說，王處長果然是貴人，一到法門寺，佛光就顯靈了。這當然是一句奉承話，但是王努突然對這種低級的奉承反感起來。從車上下來，王努用手機回撥了杜穎打來的那個號碼。也許是信號的原因，手機裡杜穎的語調有種空曠的回聲。她說，別告訴我你不能來了啊。王努有些語塞，其實是他突然間迫切了，怕杜穎會改變主意。王努說，我們把見面的地方定一下吧。杜穎的聲音宛如來自天國，就在我們學校門口吧，她說，以前的那家眼鏡店，現在改成了西餐廳，你找得到的。王努說，好的，六點鐘，我們不見不散。杜穎笑著重複，不見不散。他們通話的工夫，李經理已經買了門票回來，王努敏感地注意到，遞門票過來時，這個女人的目光在自己下身有一個不易覺察地停頓。王努這才意識到，自己那裡依然堅硬著，好在兩側的褲兜都鼓鼓囊囊的，多少緩解了那裡的突出。當然，在那一刻，王努開始慶幸自己出門時放棄了那只手包。

雖然下了場大雨，但是燠熱的空氣依然沒有得到緩解。王努很快就黏糊糊地出了一身悶汗，而且，堅硬起來的地方絲毫沒有疲軟的跡象，這都令王努的行動變得遲緩，令他的步子看起來有些笨拙。王努就是這樣笨拙地走進了法門寺這莊嚴之地。

2

眼前的杜穎令王努吃了一驚。她端坐在那裡，穿一件白色的亞麻襯衫，頭髮光潔地綰在腦後，使得整張臉的輪廓完整地呈現出那種和諧的鵝蛋狀，而且，這張和諧的鵝蛋狀的臉沒有化妝，素淨得彷彿塗上了一層瓷質的光。這些都與王努的記憶無關，杜穎美得令他猝不及防。有一瞬間，王努甚至不能夠確定，眼前這個女人就是自己大學時代的那位戀人，她們之間唯一一致的，似乎只有飽滿的乳房了。王努的目光不由得就要落在杜穎的胸前，同時感到有些沮喪，覺得自己沒有回賓館沖洗一下就出現在杜穎面前，是一個重大的失誤。

王努的確很急迫，回程中他突然意識到，自己起碼已經有超過三個月的時間沒有性生活了。怎麼會這樣呢？這令王努自己都感到震驚，是什麼禁錮了自己的身體？王努閉著眼睛羅列出了以下的原因：首先是忙碌，其次是謹慎，還有——對於妻子的厭倦？……王努驀地覺悟到，其實什麼準確的原因都沒有，自己何止是三個月沒有性生活呢，甚至從把包夾在腋下的那一天起，他就沒有嚴格意義上的性生活了。其間越野車有一個比較明顯的剎車，王努和李經理的身體劇烈地碰撞在一起，李經理尖銳地「哼」了一聲，那種聲調，立刻讓王努聯想到了女人在床上的呻吟。有一瞬間，王努幾乎改變主意，想直接就和身邊這個現成的女人回賓館算了，何必非要去見杜穎呢？但理智終於還是占據了上風，王努知道，自己絕不可以沾染李經理。這樣，王努在越野車平穩的行駛中，在自己滑行般的錯覺中，就不能不悲傷起來，既怨天，又尤人。回到西安後，在悲傷中急迫起來的王努，要求司機把自己直接送到了這家西餐廳的門前。王努讓李經理先回去休息，自己晚上去機場時再聯繫她。

杜穎在面對王努時卻沒有表現出任何的詫異。她微微點了下頭，示意王努在自己的對面坐下，並徵求王努吃些什麼，自然得好像一對多年的夫妻。然後，杜穎對王努說出了第一句正式的話，她說，王努，今天我們見面，我丈夫是知道的。這句意味複雜的話具有一股奇異的魔力，事後王努想，事情就是從這個時候糟糕起來的。從這句話開始，王努和杜穎的會面就被某種趨勢裹挾了，王努不由自主就順服在杜穎的語境中，把自己的願望壓制了下去，也把已經到了嘴邊的話嚥了回去。杜穎的第二句話是，這是我送給你的重要禮物。王努這才發現，餐桌上有一本黑色硬殼的厚書，杜穎用一隻手輕輕地推向了他。於是，王努在那一天再一次吃驚不已。那是一本精裝的《聖經》。驚訝其實是沒有來由的，誰會為一本精裝的《聖經》驚訝呢？王努所驚訝的，是那種現實與期望之間巨大的落差，它在一瞬間就把王努帶進了持久的恍惚。

這是多麼奇妙的一件事情，王努十多年前的舊日戀人，開始在這家西餐廳裡向他布道。那些神聖的話語對於恍惚的王努卻只是一個又一個偶爾突現的單詞，光，信，望，愛，諸如此類。其中一個詞由於出現的頻率很多，就被王努格外地記住了，它是：有時。

杜穎捧起那本精裝的《聖經》，對王努讀道：

凡事都有定期，

天下萬物都有定時。

生有時，死有時；

栽種有時，拔出所栽種的也有時；

殺戮有時，醫治有時；

拆毀有時，建造有時；

哭有時；笑有時；

哀慟有時，跳舞有時；

拋擲石頭有時，堆聚石頭有時；

懷抱有時，不懷抱有時；

尋找有時，失落有時；

保守有時，捨棄有時；

撕裂有時，縫補有時；
靜默有時，言語有時；
喜愛有時，很惡有時；
爭戰有時，和好有時。

王努在這些一枚枚閃著特殊光芒的小金幣般的詞語中，吃下了一塊牛排，兩只小羊角麵包。食物進入胃裡的過程中，王努的意識有一刻回到了身體上。他看著眼前的杜穎，恍惚中就回憶起當年那對構成他愛情全部滋味的乳房。它們像水草一般順從，可以被塑造，它們像食物一般莊嚴，可以充飢，他撫摸它們，吮吸它們，它們在撫摸和吮吸中花朵一般綻放——那種滋味，不就是尋找有時，失落有時麼？在回憶中下出這個定義，無端地令王努熱淚盈眶了。為了掩飾，王努摸出一支菸準備點上，卻被杜穎阻止住，她用一隻手摘掉了王努已經含在嘴角的菸，說，這裡不許吸菸的。

王努有些慌亂，問她，你怎麼知道我在西安的？杜穎含笑說，少君告訴我的，怎麼，你後悔來見我了嗎？王努說當然不，又說，原來是少君，我說呢。這時候王努就決定結束和杜穎的會面了，他對那些事先的預期已經不抱什麼希望。王努說，我們就到這裡吧，我還要去見見少君，時間不多了。杜穎似乎沒有聽到，眼簾垂下去端詳自己手中盛著紅酒的酒杯，過了片刻，才拿酒杯和王努的碰了碰，在一聲悦耳的撞擊聲中說，王努，原諒我當年的罪，我們都需要被拯救。王努在「罪」和「拯救」這樣的語言下有些不知所措，他還不太適應這樣的句法。他覺得沒什麼好說的，既然眼前的一切都不是按照他的預期展開，就只有沉默了。於是王努只有抬起手腕去看錶，七點鐘剛過，也就是說，杜穎需要「親自送出」的這件「重要的東西」，實際上只用了一個小時。在王努看錶的同時，對面的杜穎雙手抱在胸前，遮蔽了那對唯一與過去一致的乳房，她在禱告：仁慈的主啊，求你看顧我的同學王努，讓他在塵世中獲得安寧，願詛咒他的得詛咒，祝福他的得祝福……

從西餐廳出來，傍晚的西安城卻驟然光明了。陰沉了一天的天空，突然間鑽出了太陽。下過雨後的地面騰起不可一世的熱浪。王努目送著杜穎的離去，杜穎的背影在地面騰起的熱浪中隱隱約約地浮動，王努覺得這真的是一個脱離了低級趣味的背影。

3

那一天傍晚七點鐘剛過的時候，王努出現在了自己母校的家屬區。當時王努的腋下夾著一本精裝的《聖經》，這個姿勢迷惑了王努。起初王努還多少可以意識到自己是夾了本書，但過了會兒，王努就把這事忘記了。王努已經習慣了這種夾著的姿勢，所以很容易就把這本《聖經》和那只手包混淆在了一起。何況，它們的體積和重量幾乎是沒有差別的。

少君跑下樓來迎接王努。由於比約定的時間早了一個小時，少君顯得有些準備不充分，他只穿了一條肥大的短褲和一件半舊的白背心。少君的這副形象，在王努眼裡也與預計的很不一致，王努以為留校後已經做到副教授的少君，不該是這麼一個樣子。至於具體該是什麼樣子，王努也說不清楚，總之，不該是現在這副樣子。少君說，怎麼提前了，吃飯了嗎？王努說吃過了，說著過去親暱地摟摟少君的肩膀。他們是大學時代最親密的兄弟，分別十多年後，這樣的動作應該很正常。實際上王努還想做得更誇張一些呢，他很想有力地擁抱少君，把那一天從出門時就困擾著他的失落感，在與少君久別重逢的喜悅中化解掉。但是少君卻躲開了王努摟過來的那隻手。他好像有些抑鬱，起碼沒有王努那樣熱情。少君說，既然吃過了，就不請你到家裡坐了，我們找個地方。看到王努收起了笑容，少君苦笑著補充道，正跟老婆吵架，就不讓你看笑話了。於是王努做出了一個錯誤的選擇，他重新笑起來，說，好，我們找個環境好一些的地方。如果這個時候，王努能夠意識到自己腋下夾的是一本《聖經》而不是一只手包，或許就可以避免後來的那個事件了。起碼他不會在身無分文的情況下，邀請少君去一個「環境好一些的地方」。

兩個昔日的兄弟，穿過他們曾經共同求學的校園，來到了大街上。「環境好一些的地方」其實很好找，很快他們就走進了一家格調不錯的酒吧。

王努要了一瓶紅酒，和少君碰過杯後，感嘆道，我們得好好追憶一下似水流年。這句話一出口，王努就順利地滑進了傷感的情緒中，因為和杜穎見面時，他甚至連這種情緒都沒有享受到。少君卻擺擺手說，追憶是我這種不得意的人才幹的事情，你春風得意的，應該展望才對。王努愣了一下，腦子裡突然一片空白。王努感覺少君的話有些噎人，他覺得這一天真的有些不對勁。王努訕訕地說，你有什麼不得意呢，都做到副教授了。少君看著王努，重複道，是，副教授！他把「副」字咬得狠狠的，讓王努都懷疑是不是自己的語調中格外地強調了這個字。然後，就像剛剛杜穎布道一樣，少君開始了訴苦，那些鬱鬱寡歡的話，對於恍惚的王努也只是一個又一個偶爾突現的單詞，職稱，房子，錢，諸如此類。不知不覺中，王努把這些詞和半瓶紅酒一起嚥進了肚子。當然，其餘的半瓶是被少君嚥下去的。於是他們又叫了一瓶。在充分證明了自己的「不得意」後，少君開始反證王努的「春風得意」。他問王努有幾套房子，王努遲疑了一下，說有兩套，他說他一套房子還是按揭買來的。他問王努一定有專車吧，得到肯定的答覆後，他說他幸好住在學校裡，否則就得買一輛自行車來代步。

這種對比令王努不安起來。在酒精的作用下，王努突然反駁道，你多久沒有性生活了？少君想一想，很嚴肅地說，有一週了，我現在根本沒有那方面的……王努打斷他，伸出三根手指在他眼前晃，說，我起碼超過三個月沒碰過女人了。說完王努就起來上衛生間了。他要給少君留下些時間，仔細去品味「超過三個月」的涵義。

王努的步子的確有些飄，他心裡很奇怪，為什麼自己會故意選擇這種步態，其實那點酒，對於他根本不算什麼。衛生間裡還有一個人，這個人在王努步態淩亂地離開時，跟了出來。他貼在王努的身後，悄聲問道，先生，需要小姐嗎？王努停下來，回頭上下打量這個人。應該說，王努這個時候是相當清楚的，因為他問出了一句相當理智的話。王努問，多少錢？對方說，三百。事後王努想，自己當時猶豫了嗎？答案是沒有。王努當時沒有猶豫地說，帶路！

王努被帶到了一間包廂。他甚至沒有去給少君打聲招呼。王努想自己很快就會出來的。包廂裡倒還雅致，一排沙發，居然還有一束鬱金香。隨後那個穿著黑裙子的女人就進來了。她很直接，進來後就交給王努一枚安全套，然後背過身去，開始脫自己的衣服。沙發不夠寬大，女人的四肢吸盤似的在身下扣住了王努，他只能站在地上，俯下身把頭埋在她的胸前。王努吮吸著女人的乳房，起初口腔裡那種微鹹的汗味多少還令王努生出了厭惡，但是他很快就被點燃了，忘情地陷入在那對乳房所帶來的安慰中。它們飽滿地貼在王努的臉上，令他一陣陣的窒息，他也真的是像潛水一樣，有意地把自己的鼻孔和嘴全部擠壓進去，讓那種遒勁的肉的力量堵塞住自己的呼吸，直到肺部將要爆炸的時候，才求生似的仰起頭。這樣就有些是像做遊戲了。女人不耐煩起來，催促道，你快一些。於是，王努在女人的催促聲中，完成了下面的事情。不管這件事情後來發展到怎樣糟糕的地步，王努都願意承認，這是他迄今為止最酣暢淋漓的一次性事。那個時候，他當然想到了杜穎，甚至都想到了貴妃楊玉環。王努想，最燦爛的那個瞬間，自己感受到的那種巨大的滋味，就是「懷抱有時」吧。

王努起來整理自己的褲子時，那種被陽光普照著的感覺依然沒有消退，以至於那個女人在身後發出疑問時，他居然快樂地笑了起來。女人問，哎！你剛剛戴套了沒？這句話王努聽清楚了，但是巨大的滿足令他忽略了其中蘊含的危險。王努笑了，說，什麼話？你不怕得病，我還怕呢！女人的臉陰沉下來，用手指了指地面。順著方向看過去，王努立刻懵了。地面上扔著一只打開了包裝但卻沒有展開的安全套。怎麼會這樣?!事後王努判斷這完全是個圈套，女人是在他整理衣服時調了包，那只使用過的安全套被她藏了起來。但是當時，王努的確是糊塗了，他不能夠確定，自己是否真的在狂亂中忘記了安全。王努甚至不甘心地撿起了地上的那只安全套，把它展開，對著燈光檢查起來。沒有等到王努得出結論，包廂的門就被人從外面撞開了，三個粗糙的男人走了進來。

4

少君被領進包廂時，王努剛剛看過自己的錶，九點差十分。王努想起來，自己今晚十一點鐘是要乘飛機離開西安的。當然，被他想起來的還有其他的事情，比如，他出門時沒有帶手包，錢夾也扔在賓館裡，所以，現在面對訛詐，他沒法迅速地擺平。少君顯然已經知道了事情的原委，他進來時像一隻倉惶的兔子。王努卻很鎮定，身體剛剛獲得的巨大安慰，給了他從容的態度。王努甚至依然向少君愉快地笑了笑，從褲兜裡摸出房卡交給他說，你去賓館，在我的房間裡把錢夾拿來，裡面有張銀行卡，你去提款機裡取五千塊給他們。少君呆若木雞地站著不動。王努只好催促他，快去呀！

少君走後，其他人也退出了包廂，只留下王努一個人在裡面。王努坐在沙發上，開始反省自己這一天的行為。漸漸地，就有了一個基本的脈絡：王努覺得杜穎難脫其咎，那個在乾陵上打進來的第一個電話，喚醒了他「超過三個月」沒有解決的慾望，而且，天氣，乾陵的地貌，貴妃楊玉環的體態，李經理的乳房，與杜穎神聖的會面，少君的反證法，都起到了推波助瀾的作用。這樣看來，天下萬物都有定時，自己最終毫不猶豫地走進這間包廂似乎就是必然的了。但是，王努覺得這些理由還不足以讓自己判若兩人。燠熱的天氣，女人的誘惑，朋友憤憤不平的抱怨，這些幾乎是每天都發生著的事情，為什麼只有今天才令自己失去理智呢？一定還有其他更重要的因素被忽略了。那麼是什麼呢？王努絞盡腦汁，也找不到那個理由。想得狠了，恐懼就湧了上來。王努的思路被帶向了另一個問題——自己究竟戴沒戴安全套呢？越想越傾向危險的結論，王努感覺到自己的身體發生了一種黝暗的病變，鼻腔裡甚至瀰漫上潰敗的腐爛氣息。

這時候門外突然紛亂起來，有人在跑動，有人在大聲呵斥。然後門就被撞開了，兩個警察出現在門口。王努一陣眩暈，他不能夠相信這一切真的發生了。被警察帶出酒吧時，王努看到了少君。他站在閃著警燈的警車旁，臉色煞白。王努苦笑著說，老同學，你毀了我了。少君神經質地抖起來，聲音尖利地說，我覺得還是應該報警。王努伸手摟摟他的肩膀。這一次少君沒有躲開，瑟縮著把那張房卡塞在了王努的手裡。王努感到自己的這個兄弟是在一瞬間垮了下去，黑夜巨大的陰影在一瞬間淹上了他的臉。那一刻，王努抵達了一天中痛苦的頂峰。他不能相信少君會迂腐到這樣的地步，直到坐在警車裡後，少君那些鬱鬱寡歡的反證法還喋喋不休地迴響在他耳旁：你有幾套房子，你有專車吧，你春風得意的，應該展望才對……

在派出所裡，王努唯一可以選擇的，就是撥通了李經理的電話。在此之前，王努被做了詢問筆錄，並且在自己簽下的每一個名字上摁上了鮮紅的指印。隨後李經理就到了，和她一同來的，還有他們公司幾位重要的高層。王努一直保持著鎮定，用沾著印泥的手分別和他們一一握手。王努的異常只有他自己可以感覺得到，他覺得走出派出所時，自己彷彿是在水面上滑行著的。

坐在車裡，一位姓張的老總對王努說，讓您受驚了，是我們招待不周，不過您放心，這件事情絕對到此為止，您不需要有什麼顧慮，善後工作我們一定處理好。王努點點頭說，謝謝。然後王努摸出了一支菸。李經理就坐在王努的身邊，王努記得自從他們見面以來，每次只要自己摸出菸，李經理就會準確地把一只點燃的打火機伸過來。但是現在，李經理的頭偏向車窗外，只留給他一個冷漠的側影。這個女人顯然是受到了傷害，她不能理解，菁英王努的趣味何以會如此低下，從某種意義上想，王努的行為簡直是對她的侮辱——難道她不是一個更具誘惑力的安慰？

回到賓館後，雖然時間緊迫，王努還是堅持進了衛生間沖洗自己。王努把所有的浴液都澆在自己的下身，然後又一遍遍地用香皂去揉搓，但是那股潰敗的腐爛氣息始終瀰漫在鼻腔裡。王努驚悚著顫慄起來，奪眶而出的眼淚混在洶湧的水流中。抬頭間，王努看到了鏡子中自己的身體——它孤獨地站在花灑下，水淋淋的，像隻落湯雞。王努遽然找到了自己這一天所有異常的根源，那就是，在清晨面對鏡子中自己的那一瞬間，他痛心疾首地意識到，自己依然勻稱和標準的身體，只用來春風得意和夾昂貴的手包了——它居然沒有用來敗壞過。

十點鐘剛過，王努向機場出發了。王努的身後是一支浩浩蕩蕩的車隊，那家公司所有的高層人員都前來送行。他們提前開始了慶賀，因為那份價值千萬的合同幾乎已經萬無一失地落實了。他們歡迎王努儘快回來補上一場壓驚酒。車隊快到機場時，王努突然想起些什麼，問身邊的李經理，你們見到我那本書了嗎？李經理不解地問，書，什麼書呢？王努對她形容了一下，說，有這麼大，黑色的殼，精裝。李經理搖搖頭說，沒有，我們沒有見到，要不您告訴我書名吧，我一定替您再買一本。王努說不必了，他始終沒有說出那個書名。

那一天，在登機的時候，王努突然感到了自己腋下的異樣。在飛機上坐下後，王努緩慢地拉開了自己手包的拉鍊。它果然在裡面，尺寸，厚度，恰到好處地緊貼著柔軟的皮革。王努閉起眼睛，用手指撫摸它的書脊，覺得有時，這一天還沒有過去，但是已經虛無起來了。

有時候，姓虞的會成為多數

我們租住的地方，理論上應該叫做城鄉結合部，但現在很多事情，除了在理論上站得住腳，實踐起來都會有些模稜兩可，因為實踐中的一切，都變得似是而非了，不再像石器時代那麼涇渭分明。

這塊叫做「雁灘」的地方，二十年前據說還是一片農田，當年蘭城的男青年，稍微有些抱負的，如果弄上個「雁灘」姑娘，都會有些氣短，被人問起，不禁就要含糊其辭，反應快的，隨口會將姑娘們的出處說成是「城東的」。雁灘就在蘭城的東邊，這一點，是不含糊的，就好比東京，理論上也是在蘭城的東邊一樣。可事情說變就變了。今天的雁灘，哪裡還見得到農田？全部是樓了。雁灘姑娘們搖身一變，都成了搶手貨，因為賣了地，她們都成為了有錢人家的閨女。然而在理論上，此地依然是要被冷靜地視為城鄉結合部的，大批的外來者盤踞在這裡，來來去去，就像當年的莊稼，一茬一茬的，等待著被這座城市收割。

像我們這樣的寄居者，在蘭城的雁灘比比皆是。我們來自五湖四海，可目標卻未必是同一個，當然你要籠統地概括一下，五湖四海的目標也能夠被你在理論上總結成一條定律什麼的。我們的房間在雁灘一棟四層小樓的頂層，四壁連帶房頂都沒有經過粉刷，預製板直接裸露著，樓面的外牆也沒有任何裝飾，倒是表裡如一，那種水泥特有的灰白格調，讓這一帶的樓體呈現出一種堪稱肅穆的氣氛。周邊幾乎沒有什麼植物，一切都暴露在白花花的陽光裡，到了夜晚，即使萬家燈火，也顯得是曠野無人。住在這裡也有一種別樣的好，那就是，儘管周遭甚囂塵上，但只要你認得幾個字，或者不幸有著一顆還算焦慮的心，那麼，你就會感受到某種非常突出的寧靜之感。

我們一共是四個人，我，小王，小虞和老虞。我姓李，被大家喚做小李。大學畢業後我就在雁灘這個範圍內輾轉棲身，白天乘車去市裡面打工，暮色四合的時候跑回來擠進架子床睡覺。最讓我難以釋懷的是，我常常需要把自己在夜晚投奔的那個地方叫做「家」。下班的時候，跟同事們打招呼，不免要說「回了」，可是回哪兒了呢？回宿舍了？回出租屋了？都不大合適，好像也不太符合漢語的規範，約定俗成，也只能大大咧咧地吵吵：「回家了回家了。」這麼吵完，自己的心裡不免就會有些發虛，因為畢竟是誇大其詞和虛張聲勢了，其後的歸途，就會感到有些淒涼。

小王年紀與我相當，也是大學畢業後混到雁灘來的。

餘下的二位，本來也乏善可陳，大家不過是五湖四海，不過是萍水相逢，但好玩的是，他們居然都姓虞。關於姓氏，我們能說些什麼呢？你看，我姓李，據說這個姓如今已經是第一大姓了，如果誰當街大叫一聲「老李」，估計應者雲集，會有不低的回頭率。小王也比我差不了許多，我打工的那家公司，就有十數個小王。可是，在我們蝸居的那個二十平米的狹小空間裡，我和小王，居然成為了少數。我們的另外兩個同屋，都姓虞。為了將他們區別開，只有把年紀稍大的那一個叫做了老虞。老虞其實也不老，只比我們大個三兩歲，可是沒辦法，誰讓我們遇到了這種狀況呢？——有時候，姓虞的會成為多數。

「對於老虞這個人，你們了解多少呢？」有一天小虞向我們發問。

是啊，對於老虞這個人，我們了解多少呢？這麼說吧，最先被壓縮進這個二十平米空間裡的人，是我和老虞。我們在一個夏日的午後循著樓外張貼的廣告不期而遇，我眼前的這位乍一看還是蠻普通的，就像所有畢業三五年後依然沒著沒落的青年，整個人的外觀，就是一種「城鄉結合部」的風貌，但當時，我看著老虞，覺得他有些沒來由的彆扭。後來我算弄明白了，可謂恍然大悟——原來這個老虞把衣服是統在褲腰裡的。這應該是老虞讓我彆扭的地方。說起來也沒有什麼充分的理由，衣服統在褲腰裡，本來不是個問題，但不知道有誰統計過沒有，把畢業三五年依然沒有著落這些因素都參考進去，這樣的一部分年輕人，有多少會是將衣服統在褲腰裡的？老虞他棲身雁灘的出租屋，謀生於一家賣汽車配件的小公司，天天騎一輛需要弓背塌肩才能駕馭的自行車，行程大約都在五十公里上下，這麼一個人，卻像寫字樓裡的小開一樣，習慣把衣服統在褲腰裡，可不是他媽的有型極了？

後來小王加入了我們的隊伍，再後來才是小虞。沒什麼可說的，我們四個年輕人已經將那二十平米最大化地分攤了。被分攤了的，當然還有我們捉襟見肘的購買力和沒有著落的人生。這樣你就會明白了，為什麼我會在這間出租屋裡感受到非常突出的寧靜之感。因為我已經極大地分攤了自己，把什麼都勻了出去，渙散了，不寧靜才怪。

所以從理論上講，我應該是最了解老虞的人，畢竟是我倆先占領的這二十平方米。但我也不能肯定，這個小虞會不會比我和小王掌握更多的材料，誰能忽視這樣的事實呢？——在這個狹小的罐頭瓶裡，兩位姓虞的成為了多數。他們會由此更親近一些吧？於是我和小王就自覺地將小虞的發問當做了一個設問句，認為他一定是要自問自答一番的。

果然是這樣。以下就是小虞給出的答案：

老虞他其實挺孤獨的（妖怪了，我們幾個縮在同一罐頭瓶裡的年輕人，乃至滿雁灘的人，乃至全蘭城的人，乃至塵世中的所有人，有誰是不孤獨的呢？）。尤其被我們老虞老虞地喊著，就更讓他和我們有了一些隔閡，他可能會覺得，本來還算年輕的自己，莫名其妙一下子就蒼老了吧？就是說，是我們把老虞喊蒼老了，是我們把老虞喊孤獨了。你們知道的，老虞幾乎沒有休息日，雙休日咱們都還睡著的時候，他照例會扛著他的自行車下樓，出門。起初我也和你們一樣，以為老虞的公司業務繁忙，或者這傢伙兼了職，打了雙份工之類的，可後來我知道了，不是這麼回事。誰讓我也姓虞呢？我當然要比你們更關心一些老虞。其實老虞他在週六週日這樣的時候，和我們一樣，也是無所事事的。他扛著車子下樓，出門，好像是要去上班一樣，其實呢，他根本沒什麼事兒，不過是擺出了這麼一副架勢。唉，老虞幹嘛給咱們裝神弄鬼呢？讓我看，他就是這麼個人，孤獨唄。當然，我有時候也覺得孤獨，你們八成也孤獨過（何止八成啊？），可咱們基本上不會在星期天的早晨也把自己弄到街上去。你們要換一種方式來理解老虞。也許換十種方式，該不理解還是不理解，也許你們連半種方式也懶得換，老虞的事兒你們壓根就不放在心裡，誰也不能指責你們。關鍵是，誰都得承認，理解不理解一個不過是擠在同一間出租屋裡的夥計，原則上的確並不重要。誰管誰呀，就像老虞把衣服統進褲子裡，即使再怎麼讓人看了著急，也只是他自己的事兒。

我跟你們說個事兒，你們肯定都沒留心過。冬天的時候，有天夜裡我上廁所，老虞在裡面兒，門沒關，他正站起來提褲衩，可把我嚇了一跳——他居然把上身穿著的保暖內衣仔仔細細地往褲衩裡統。恐怖吧？就是從那一刻，我決心要親近親近我的這位老兄。

有些事兒我們沒試過，不知道其實遠比我們想像的要簡單。就比如說，我們住在這二十平米的空間裡，本來算是個挺稀罕的緣分，可大家誰都沒有嘗試過要彼此親近。太累了，跟人打交道太累了，大家天天回來的時候都是一副大勢已去的狼狽相，誰還打得起精神給別人示好？可是如果有一天你們試著拍下對方的肩膀，沒準兒對方也會親熱地捅你一拳。當然，拍下肩膀、捅上一拳也沒那麼重要，大勢照樣還是已去。反正老虞就是這樣的一個人，我主動接近他，不過就是多點個頭，打個招呼什麼的，他就有一出沒一出跟我講了些他的事兒。

下面這些事兒，就是老虞說給我的：

有一個週日，老虞出門時咱們照樣睡得東倒西歪。把自行車扛到樓下，老虞思考了一下去向，然後騎上車子漫無目的地在街上轉起來。誰能想得到呢？週日的清晨照樣會形成上班的高峰——我們這個世界，已經沒有安息日啦。自行車在街面上匯聚成一股洪流——這還是讓人有些想不到吧，原來我們依然活在一個自行車的王國裡，尤其在每一個含辛茹苦的清晨。老虞裹挾在浩浩蕩蕩的洪流中，因此也具備了方向感。他和清晨奔波的人們一同前進，一同追趕時間。東走西奔，漸漸地洪流開始消退，最後變得稀稀拉拉。清晨的空寂一下子突現出來，變得有些荒涼。

已經是十點多鐘了，老虞仍在大街上騎行。這時大街上又漸漸熱鬧，但性質迥異，與那股胼手胝足的洪流相比，此時上街遊蕩的多是些閒散分子了。

騎到雁灘橋頭時，老虞看到了那個賣糖炒栗子的傢伙。一口大鍋支在路邊，一堆炒好的栗子上豎插著標價，露出「五元」，不知道下半截隱藏了什麼玄機。老虞有一瞬間的躊躇，他在盤算，買一斤栗子權做午飯是否划算。他也通曉這些小販們的把戲——在標價上搞鬼，在秤盤上搞鬼，出其不意地訛詐一下沒見過世面的人。不料攤主滿臉堆笑地招呼他：「哥們，來啦！」說著用報紙包上一包栗子塞了過來。老虞沒有推辭，自己不是個沒見過世面的人，這個他有把握，而且，有時候，我們內心的算盤總是會屈從於一包劈面而來的栗子。老虞坐到自行車的後座上，用兩條腿支撐住平衡，一粒一粒剝食。他已經有了主意，待會兒撂下個十塊八塊的就走人——這正是老虞平常中午吃快餐的標準。

「怎麼樣？」攤主關切地問。這是個其貌不揚的傢伙，長得除了像個賣糖炒栗子的，什麼也不像。

「嗯，不錯。」老虞不動聲色地回答。

「那就好那就好，我真是有點為你擔心。」

「什麼？你說什麼？擔什麼心？」

老虞一怔，感覺他們說的並不是同一個話題，對方可能並不是在問他栗子的滋味。

「酒精中毒啊！」賣栗子的頓足說，「那天你喝太多了，要不怎麼會直接送到醫院去呢。」

「你記錯了吧，」老虞說，「認錯人了？」

「別逗了，要不你就真的是喝傻了。」賣栗子的憂心忡忡地揉著自己的下巴，「老吳是怎麼說的？小五你遲早有一天會喝廢的，可不是嗎，我看你就快被他說中了。」

儘管捧著一包栗子的老虞表情看起來是在說：嗨，夥計，你他媽的認錯人了，不過沒關係，誰都有走眼的時候。但有那麼恍惚的一瞬間，他真的感到自己被一股神祕的風捲走了，落在一個昏暗的小酒館裡，以「小五」的名義與這個賣栗子的還有一個什麼老吳推杯換盞，斯時，劣質白酒哽咽在喉頭，但依然無法阻擋內心那種卑微的、粗糙的、患難與共的溫暖。

這時候兩個打扮得很時髦的女孩走過來。她們都穿著那種底子很厚的鞋，窄小的短裙把屁股勒得緊繃繃的，上身是顏色漂亮的短風衣，兩只背包背在各自嬌小的肩膀上。她們從糖炒栗子面前走過去，又走回來。

其中一個說：「怎麼賣啊？」

賣栗子的大概認為這樣的顧客不適宜他的買賣方式，因此表現得不是很熱情，指指那塊韜光養晦的標價牌，眼睛向天上翻著。

「你沒長嘴嗎？」另一個女孩厲聲喝問。

賣栗子的被嚇了一跳，咕噥道：「你們沒長眼睛嗎，自己不會看。」

兩個女孩對視了一下，讓人以為她們會共同喊出兩個字：扁他！

但她們只是對視了一下，然後異口同聲道：「來一斤。」

賣栗子的伸手去包炒好的栗子，不料一個女孩尖聲細氣地說：「我們要吃現炒的。」

賣栗子的說：「這就是現炒的。」

女孩糾正他：「這是炒好的，不是現炒的，我們要吃那種邊炒邊賣的，你炒給我們。」

賣栗子的愣了片刻，大概覺得挺有意思，嘿地笑出聲，然後就揮舞起一把鐵鍬，在那口大鍋裡翻炒起來。兩個女孩不屑地撇撇嘴，她們不計較這個夥計的傻笑，她們要吃現炒的栗子。等待的時候，兩個女孩開始議論起某件衣服的優劣，不好，太長，穿上像個嬤嬤。挺好啊，嬤嬤才好吶，性感。

而此刻的老虞，不可自拔地滯留在了那個昏暗的小酒館裡。這裡面有汙穢淒苦，也著實有一種很溫暖的東西讓他流連忘返，只是夢幻酒館裡現在多出了兩個時髦的女孩，她們坐在另一張桌子，內容混亂地交談著，正在說嬤嬤，突然一拐，就說起了某個明星。不喜歡，鼻子太短，還翹起來，像豬八戒。自己養的狗還不了解什麼毛病，他就是想搞我，滾他奶奶的蛋吧，我有那麼好搞？好像又是說某個男朋友了。

「現炒」的栗子炒好了，賣栗子的夥計鼻頭累出汗珠來。兩個女孩接過她們的栗子，先各自剝一粒，其中一粒熱氣內聚，「砰」地炸開，惹得兩人誇張地一陣尖叫。該付錢了，老虞很緊張，他想像不出賣栗子的惡劣把戲會在這兩個女孩面前遇到什麼打擊。賣栗子的心裡顯然也沒底，指向那塊牌子的手指在顫抖，它已經露出了真面目：二十五元。兩個女孩顧自小心地剝食著熱栗子，你十元，我十元，其中一個再多翻出五元，全部扔在那口大鍋裡。這太令人失望了，好像憋足了勁一拳打出去，卻打在一團空氣裡。賣栗子的又是半天回不過神，用不可思議的眼神瞅瞅老虞，隨後他氣憤地罵一句：「臭雞！」

已經走出幾步遠的兩個女孩同時回頭，凶惡地齊聲斷喝：「呔！」

這「呔」是蘭城的用法，斷喝出來讓人顯得很夠勁兒。

賣栗子的夥計不由自主縮了一下脖子，換上了一臉的無辜相。時間一下子凝固啦，是一個對峙的局面。兩個女孩將信將疑地瞪了他半天才扭臉而去，嘰嘰咕咕地評價：「這貨，長得像某某某一樣。」

老虞終於將自己從那個小酒館拖拽出來了，騎上車子準備離開。剛才他幾乎要忘乎所以地陷入到一場糾紛中去。沒人知道老虞的內心經歷了一場什麼風暴。他詫異地發現，如果那兩個姑娘和賣栗子的發生衝突，那麼毫無疑問，他會堅定地站在賣栗子的一邊，並且拔拳相助也是說不定的。這也說得過去，喏，這個買栗子的才對我們的老虞噓寒問暖過，讓他從滿街的無良小販中脫穎而出，成了一個與老虞貌似相識的人。但這個發現仍然讓老虞不禁有些發抖，他基本上是個溫順的人，從來沒有滋生過什麼豪情，可剛才內心那股片刻的、氣勢洶洶的波瀾，又是多麼接近一種「豪情」的指標。老虞覺得他在那一個片刻熱烈地介入到了世界之中。

賣栗子的夥計在身後喊他：「這就走啦？少喝點，你少喝點啊小五。」

老虞做出了鑑定，這個傢伙張冠李戴，裡面並沒有什麼陰謀——他壓根就沒跟老虞要什麼十塊八塊。老虞並不想糾正他，相反，他現在非常渴望自己就是那個被朋友擔心著的、義薄雲天的小五。

「老虞說他那天騎著車子在蘭城打了個來回，」小虞惆悵地對我們複述，「有一股沒法兒跟人說明的情緒讓他一路迎風流淚，他不得不停下了幾次，掏出手帕來擦眼睛——見鬼，你們沒聽錯，我說的就是手帕，老虞他還是個褲兜裡隨時塞著手帕的人。他就是這麼一個人！」

可是小虞啊小虞，你跟我們扯這些幹嘛呢？我，小王，作為兩個聽眾，不禁都覺得有些尷尬，好像突然被人強迫了什麼似的，情形類似於坐在公交車上陡然遇到了一個你不得不起身讓座的老傢伙。何況小王這時剛丟了差事，正操心如何再就業。我們都有些拿不準，這個小虞一反常態地跟我們絮叨起來，是基於怎樣的一種心情？

小虞好像是鐵了心，有種要砸爛什麼的狠勁兒，他自顧喋喋不休地往下說：

有些事兒說出來不像是真的，因為這些事兒會讓人覺得難以理解。可生活裡還是需要有些真實感吧？否則咱們可不是都活到夢裡面了嗎？——還他媽的是個噩夢。好比，咱們現在待的這件屋子，總是真的吧？月租四百，每個人摸出的那張紅票子總是真的吧？還好比雁灘橋頭總是真的吧？咱們天天從那兒至少打一個來回，這一點沒誰懷疑過吧？好了，老虞就此每當途經雁灘橋頭的時候，都要逗留一下，跟那個賣栗子的夥計點下頭，也沒到拍肩膀捅拳頭的地步，他不過是格外看重這傢伙的那聲叮嚀——少喝點，你少喝點啊小五。

有那麼一個階段，老虞身不由己地活成了一個莫須有的「小五」。就是說，他覺得自己在被人牽掛，那感覺，就好像一個人在夜裡，自己抱著自己，管自己叫：親愛的。老虞他對這種感覺著迷啦，像是被一個命令部署進了這個角色。這個賣栗子的傢伙是什麼人？一定和咱們不是一路人。比如，他能把標價五元的招牌換成二十五元，比如人家一定住得比咱們好，掙得比咱們多，比如好歹咱們都有一張大學的文憑。可這些都構不成差別，我們之間的不同只在於，無論這個傢伙是看走了眼還是犯了癔症，總之他能指鹿為馬，熱烘烘地牽掛自己的同類。這可能就是打動老虞的地方了。

我們讀了大學，人生不過是一個人均五平米的格局，這麼戲劇性地、徒勞般地空忙活，也許誰都會在途經雁灘橋頭那種地方的時刻，靈機一動，望著橋，望著河，陡然生出些別致的念頭。這不，那一天，老盧在週日又騎車來到了這個賣栗子的夥計面前，他們交頭接耳了一番。可能這一天的老盧出門時並沒有什麼打算，那時候我醒了，他不過是看了我一眼，什麼都沒說，更沒打什麼招呼，可是我在心裡跟自己說：老盧他這是要出去吃苦頭哇。

然後你們都知道了，咱們的老盧就此不告而別。至於他幹嘛去了，遺憾得很，我也無從知曉，我只知道他是跟賣栗子的夥計去了趟河南。半年後，他又回來了。

——老盧是在一個黃昏回來的。那時我們三個人剛剛挨過了一天，也是次第進屋不久，各人仰馬翻，無外乎是大勢已去的架勢。看到老盧，大家當然有些吃驚，但也只是面面相覷了一番，就好像他還和半年前一樣，不過是推銷了一天的汽車配件歸來。大家眼睜睜地看著老盧爬上了自己的那張架子床。讓我們覺得心頭一緊的是，我們都發現了，老盧襯衫的下擺令人心碎地垂掛在褲腰的外面。於是誰都知道了，這個老盧在半年的時光裡，便已歷盡了滄桑。

交代一下雁灘橋頭吧。蘭城是被一條大河攔腰截斷的城市，我們委身的雁灘，靠著一座雁灘大橋和城市的主體連接在一起。雁灘橋是我們每日必過的一條通道。曾幾何時，我每次跨越這條通道，都覺得自己是蠕動在一根筆直的腸子裡，清早被輸送進去，黃昏被排泄出來。這種感覺使得我每次靠近雁灘橋頭之際，都會覺得腹脹如鼓。

如今從小虞的嘴裡，我們知道了老虞失蹤的前傳，那不能算做一個確鑿的前因，也不是太有說服力，但是不知怎麼搞的，從此每當我路過雁灘橋頭，遙望這截城市的腸子，心裡都會多少生出些巴望。我也渴望有一個隨便什麼破人，將我就地攔下，宛如一個奇蹟，以一種我從未感受過的熱情招呼我，然後平地起妖風，將我也裹挾到一種卑微的、粗糙的、患難與共的溫暖裡。這種事兒沒什麼好說的，我們這個被理論說明著的世界，在實踐中，總是會時不時出些故障，事情通常就是這樣達到平衡的，就好比，有時候，姓虞的會成為多數。

後記——我們為什麼寫小說

——我們為什麼寫小說？

這個問題被人問得太多了，彷彿「寫小說」的確算是一件格外需要理由的事情。尤其我本來還是個畫畫的。我想被人這麼質問，多少有些被指責為不務正業的意思。可我只畫畫的時候，也被人質問過：為什麼畫畫呢？是啊，為什麼呢？誰會問你「為什麼吃飯」呢？而且，所謂「正業」，究竟算是哪個行當，也委實讓人不好說。反正我沒聽誰問過某位商人，您為什麼經商呢？如果經商是「正業」，那麼我畫畫、寫小說的理由便是：我沒有務正業的能力，如果問我從另一個不務正業為什麼弄到這一個不務正業，我除了只好承認我太愛不務正業，還得定定神，鄭重地回答：嗯，那的確是因為，我覺得畫畫，已經不足以滿足我想要的表達。

這個比較鄭重的理由，聽起來幾近陳詞濫調，幾乎等於又一個語焉不詳，但的確是我最初寫作時比較清晰的一個理由。為了滿足表達？——什麼樣的表達需要滿足呢？問題總是接踵而至，我想如此詰問下去，是難以扣問到某個根源性的起點的，那個提綱挈領的巨大問題，必定聽起來與我們諸多的小問題毫無瓜葛，你硬要以彼來回答此，註定遭人恥笑。

實際上我是真的很不會回答這個問題，就像被人問道「為什麼活著」一樣，越是這種牽涉到本質性價值的問題，越是讓人不知所云。此類問題一則根底太宏大，二則面目太虛無。所以乾脆含糊其辭地應付過去。沒有理由好像也不妨礙我們繼續「活著」，無憑無據同樣似乎也不妨礙我們「寫小說」。但是活著活著，寫來寫去，難免有時候會突然有所懷疑——這個，究竟為什麼呢？我們這樣急切地、戲劇性地、自以為是地窮忙活，為什麼呢？這就是跟自己算帳了，運算一番，答案當然往往還是含糊其辭的。如果非要有個答案，那麼它們只能是約等於——宏大和虛無。答案原來就是問題本身。那麼，我基本上就可以這樣來回答了：我活著，抑或寫小說，是因為這些項目宏大而虛無。

因此，我從公元一千九百七十二年開始活著，從公元兩千年開始寫小說。

我把開始活和開始寫並列起來說，不是想藉著「活」來誇大「寫」。誰都知道，我們的「活」實在並無多少榮耀可言。如果硬要在這兩者之間形成一個關係，我更願意讓「寫」來拉低「活」。不錯，公式似乎又推進了一步，勉為其難地歸納一下，便是：我們的寫作，是為了將生命的姿勢降低。

我從小生活在校園裡，周圍最不缺少的就是書。讀書成為一件家常便飯的事情，導致出的結果之一，居然是會令人醞釀出勢不可擋的表達欲，而且，這種表達的熱情，還是建立在一個仰視的角度上——喏，那麼多的厲害角色，你都見識過了，還有何傲慢可言？這樣看來，讀書破萬卷算是件有風險的事情，稍不留神，便會讓人變得渴望喋喋不休，同時又侷促膽怯。但恰恰是這種混合著熱烈與陰鬱的情緒，成為了我最初動筆時的迷人之處。是的，我願意，我願意滿懷著羞澀地訴說，在這個過程中，我所享受到的，不啻於一次愛情。於是，懷春般的，我有了第一批嚴格意義上的創作。

如果此言不虛，我是要承認了，我寫小說的態度，原來真的時而會偏離了初衷，就彷彿戀愛一場，總不免在某個階段脱離最初的那份純粹，三心二意，始亂終棄。當寫作之門敞開的時候，遙望一番，居然除了寧靜，還有喧囂。真是糟糕透了，如果我們本來是為了柔軟，卻越來越剛硬，那算是怎麼一回事呢，好比本來是在塗紅，結果卻在畫綠，簡直是南轅北轍地瞎搞。瞎搞就有瞎搞的後果，那就是，我們時常要面臨與摯愛離散的危機。為此，我大約寫了一半的報廢小說，雖然它們都見諸於刊物，但上帝知道，它們有多惡劣。

這便是回答此類問題的益處，稍加細究，便會發現自己的漏洞。但是神知道我們的軟弱，我們總是這樣背道而馳著，偶爾回過神兒，才來個急停，回到最初被應許的道路上去。我的小說就是在這種糾正與偏離之間寫下的。跑偏了的時候，就寫得難看，回了正路，就稍微好看一些。當然，孰正孰偏，好看與否，這完全是一個很私人化的、很有偏見的洞識，各人有各人的方向——在我們視為歧路的，在他人可能倒是坦途。所以，十多年來，我寫了數百萬字，歸根結底，就是一個不斷掉頭的過程，不覺得矯揉造作的話，你可以把我的姿勢看成是一個回望的姿勢。

——我們為什麼寫小說？

我在這裡使用了「我們」這樣的一個很有規模的詞，無外乎是在給自己壯膽，給自己取暖，好像真的總是有這麼一群人，至少是一夥人，這些跑在一條道上的傢伙，不合時宜地，排列在這個短句中——繼續跑。

感謝主，這個地球上的路徑還真是多，不至於讓我們四處碰壁。總有一條道路是為我們敞開的，敦促我們成為一個忠貞不渝的人。在寫作之路上，我的經驗是，確有這樣一些傑出的平台為我們而預備，譬如，如今我遇到的台灣人間出版社。這一次，我領受的褒賞是——將以繁體、豎排的形式呈現出自己的作品。要知道，對於一個以漢語寫作的小說家而言，這份褒賞，實在是令人喜悅。

最後，我想引用一位前輩的話，J．D．塞林格——就像《紐約客》始終為他敞開一樣，我們也自有自己的承蔭蒙澤之處。J．D．塞林格，這個老嬉皮，在《弗蘭妮與祖伊》的卷首獻詞中這樣寫道：

一歲的馬修・塞林格曾經鼓動一起午飯的小朋友吃他給的一顆凍青豆；我則盡力秉承馬修的這種精神，鼓動我的編輯、我的導師、我最親密的朋友（老天保佑他）威廉・肖恩收下這本不起眼的小書。肖恩是《紐約客》的守護神，是酷愛放手一搏的冒險家，是低產作家的庇護者，是支持文風誇張到無可救藥的辯護手，也是生來就是藝術家的大編輯中謙虛得最沒道理的一個。

在這個意義上，我們為「守護神、冒險家、庇護者、辯護手、最沒道理謙虛的藝術家」，寫小說。

弋舟主要創作年表

作品名稱	**刊物(或出版社)**
《跛足之年》(長篇小說)	敦煌文藝出版社二〇〇九年出版；安徽文藝出版社二〇一五年出版(再版)
《我們的底牌》(中短篇小說集)	作家出版社二〇一一年出版
《春秋誤》(長篇小說)	甘肅文化出版社二〇一二年出版
《戰事》(長篇小說)	百花洲文藝出版社二〇一二年出版
《蝌蚪》(長篇小說)	作家出版社二〇一三年出版；二〇一五年再版
《所有的故事》(短篇小說集)	太白文藝出版社二〇一四年出版
《弋舟的小說》(中篇小說集)	甘肅文藝出版社二〇一四年出版
《劉曉東》(中篇小說集)	作家出版社二〇一四年出版
《我在這世上太孤獨》(長篇非虛構作品)	太白文藝出版社二〇一四年出版
《從清晨到日暮》(隨筆集)	當代中國出版社二〇一四年出版
《我們的踟躕》(長篇小說)	十月文藝出版社二〇一五年出版
《懷雨人》(中短篇小說集)	安徽文藝出版社二〇一五年出版

當代大陸新銳作家系列

01 在雲落　張楚著　二〇一四年十二月出版

二〇一四年魯迅文學獎得主張楚第一本台灣版小說集

河北作家張楚的《在雲落》以現代主義筆緻，書寫北方小縣城裡面貌模糊、生存堪慮的人們面對生活中種種困阨與苦難時的現實選擇與精神狀態。無論是〈曲別針〉裡既是殘暴凶手也是慈愛父親的宗國，或是〈七根孔雀羽毛〉裡吃軟飯的宗建明，甚者是〈細嗓門〉裡因不堪長期家暴殺了丈夫後，被捕前到了閨蜜所在的城市，想幫閨蜜挽救婚姻的女屠夫林紅；張楚既逼近他們的生命創傷又滿含悲憫，寫出他們絕望的黑暗與卑微的精神追求，介乎黑暗與明亮間蒼茫的生存景觀。

02 愛情到處流傳　付秀瑩著　二〇一四年十二月出版

被譽為具有沈從文之風的七〇後女作家

在《愛情到處流傳》中，北京作家付秀瑩以沉靜的目光靜看「芳村」，遙念「舊院」，不管是「芳村」系列中農村大家庭裡夫妻、母女、贅婿們之間的愛情與競爭，或者是〈小米開花〉裡，小米的性啟蒙與看待身體的方式，無一不精準的抓到鄉村人們特有的、微妙的人際關、獨特的處世方式與世界觀。另一部分作品則是書寫都市人們精神與情感的隱祕曖昧：〈出走〉裡男性小職員亟欲逃離瑣碎平庸日常生活的衝動；〈醉太平〉中學術圈裡浮沉男女的利益交換、欲望追逐；〈那雪〉則寫出了都市女性的情感缺憾。付秀瑩以傳統溫柔敦厚的溫暖剔透筆法，書寫了這人世間的岑寂荒涼。

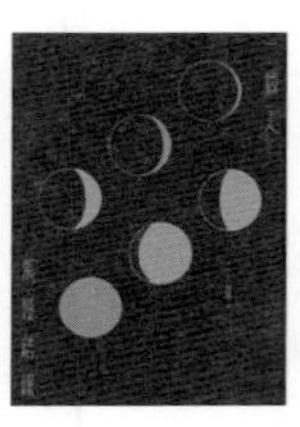

03 一個人張燈結彩　田耳著　二〇一四年十二月出版

當魯蛇（loser）同在一起！

《一個人張燈結彩》具有鮮明的通俗色彩，來自湘西鳳凰的田耳筆下的人物都是現實世界中的失敗者、邊緣人、被損害者，他們在陰鬱、沒有出口的情境中，群聚在一起，以欲望反抗現實困厄的生存法則，以動物感官吹響魯蛇之歌。他們欲以魯蛇之姿，奮力開出一朵花。

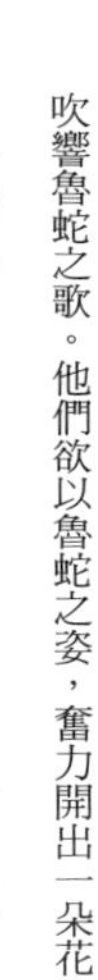

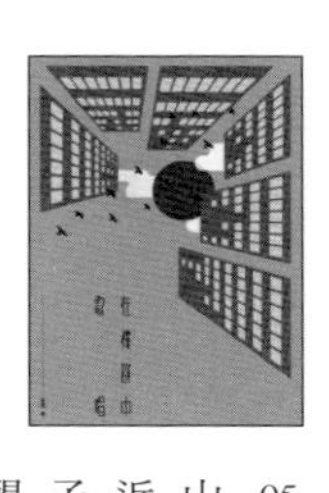

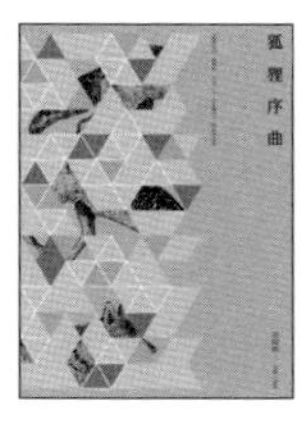

04 **愛情詩** 金仁順著 二〇一四年十二月出版

與衛慧、棉棉、陳染齊名的七〇後女作家

二〇〇二年的〈水邊的阿狄麗雅〉造就了二〇〇三年張元、姜文和趙薇的電影《綠茶》。二〇〇九年的〈春香〉又開啟了朝鮮民間傳說的故事新編。不管是朝鮮族的金仁順、女作家的金仁順，或是編劇的金仁順，她總面對著愛情，描繪著孔雀開屏時的美好與幸福，以及華麗開屏背後的殘酷與幽微。

05 **在樓群中歌唱** 東紫著 二〇一四年十二月出版

山東作家東紫擅長日常生活化敘事，在《在樓群中歌唱》中，她敏銳細膩地觀察人情百態，寫出各階層人物在近乎無事日常生活中的情感空虛與心靈創傷。〈白貓〉藉由一隻白貓介入初老失婚男性與闊別十年的十八歲兒子重聚的生活，帶出父親對兒子期待又戒慎恐懼的情感、初老失婚男性枯寂冷漠的生活與對生命的回顧與甦醒。〈在樓群中歌唱〉中，透過喜歡唱著「我在馬路邊撿到一分錢，把它交到警察叔叔手裡邊」的清潔工李守志無意間撿到十萬元所引發的波瀾，寫出消失中的德性與安於本分的快樂。東紫的作品看似庸常，卻宛若「顯微鏡」般總能於瑣碎中見深刻。

06 **狐狸序曲** 甫躍輝著 二〇一四年十二月出版

剛滿三十歲的甫躍輝來自中國南方邊陲保山，大學考上了上海復旦大學，從此開始了一個鄉村青年的都市震撼教育，也開啟了他的創作之路。身為作家王安憶的學生，也為現在大陸最受注目的八〇後青年作家之一，他的小說主人公多數和他自身一樣，是外地移居上海的異鄉人，他們孤寂，他們飄零，他們邊緣，他們是大城市中的一點浮塵微粒，他們存在，但並不擁有這個世界。然而，這群浮塵微粒也有過去，因此，他也喜寫老家保山，這個孕育他想像力的故鄉。在這些鄉村書寫中，可以察覺出他對幼年時代農村生活的懷念。然而，懷念亦表示這群浮塵微粒再也回不去了，他們註定在這個世界中繼續飄零。

國家圖書館出版品預行編目（CIP）資料

平行 / 弋舟著. --初版. -- 臺北市：人間, 2015. 11
344面；14.8 x 21公分
ISBN 978-986-6777-99-8（平裝）

857.63　　104021320

平行

作者　弋舟
責任編輯　蔡鈺淩
封面設計　蔡佳豪
內文版型設計　黃瑪琍
排版　仲雅筠
校對　邱月亭、林妏霜、蔡鈺淩

發行人　呂正惠
社長　林怡君
出版　人間出版社
台北市長泰街五十九巷七號
電話　（02）23370566
傳真　（02）23377447
郵政劃撥　11746473．人間出版社
電郵　renjianpublic@gmail.com

定價　三六〇元
初版一刷　二〇一五年十一月
ISBN　978-986-6777-99-8

印刷　崎威彩藝有限公司
總經銷　聯合發行股份有限公司
新北市新店區寶橋路二三五巷六弄六號二樓
電話　（02）29178022
傳真　（02）29156275